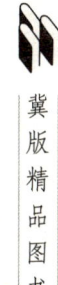

冀版精品图书

王厨娘的烟火人生

王 霜 ◎ 著

花山文艺出版社

图书在版编目（CIP）数据

王厨娘的烟火人生 / 王霜著.—石家庄:花山文艺
出版社，2016.12
ISBN 978-7-5511-3062-2

Ⅰ.①王… Ⅱ.①王… Ⅲ.①长篇小说－中国－
当代 Ⅳ.①I247.5

中国版本图书馆CIP数据核字(2016)第271722号

出　　品：冀版精品出版工程办公室
书　　名：**王厨娘的烟火人生**
　　　　　Wangchuniang de yanhuo rensheng
著　　者：王　霜

责任编辑：董　舸
责任校对：杨丽英
装帧设计：果亚楠
美术编辑：胡彤亮
出版发行：花山文艺出版社（邮政编码：050061）
　　　　　（河北省石家庄市友谊北大街330号）
销售热线：0311-88643221/29/31/32/26
传　　真：0311-88643225
印　　刷：大厂回族自治县正兴印务有限公司
经　　销：新华书店
开　　本：710×1020　1/16
印　　张：12.5
字　　数：190千字
版　　次：2017年4月第1版
　　　　　2017年4月第1次印刷
书　　号：ISBN 978-7-5511-3062-2
定　　价：25.00元

满怀着包容和温暖去写（自序）

开始写这部小说的时候，因为情绪因素经历了很长一阵子的沮丧、焦虑、排斥、无存在感。我意识到了以后，觉得应该自己拯救自己，我很害怕被颓丧的情绪折磨，所以想找个让自己情绪高涨的事情做，以便忘了烦恼。找了很多事情去尝试，其中就包括很用心地在厨房劳作。就感受到了烹饪的乐趣。

对于我们每一个凡人，当你肚子饿了，想到需要吃什么的时候，任何一个每天都在天马行空幻想去冒险或者遭遇奇遇的人们，心思就都瞬间落地了。在厨房，我性格中喜欢创造尝试的优点起了好作用。当真的亲自动起手来，烹饪之妙，其中趣味，那种虽然事先了然于心，却时时在之后获得的意外惊喜，绝不是在谈及美食的话题时，那些浅知陋见者捕风捉影者叶公好龙者能体会点滴的。

但我今天说的，可不仅仅是这些。在这部小说里，我其实想写的只是女人。写作是最具有个人色彩的孤独劳作，成果就是把自己孤独时刻的想法、观察、判断、分析，概括落实到笔端，原以为会有很多自己希冀的理想在里面，但其实，写作间自然还有很多意外的失望在里面，不，也许还是希望，是期待挽回的希望。

今天的社会，我们身边的女人，转型的程度太惊人了，既叫人心生敬意，又叫人忍无可忍。有时候，无论是庸常的市井生活或者是万能的娱乐圈，强大网络传递出来的信息，已经几乎无法从女人天性的品质上判断性别了。这个时代，已经充当社会角色的女人，在政治角色中的恰如其分，在职场角色中的驾轻就熟，在知识领域内的忘我奉献，在各种场面，女人的各种美丽和魅力的展现，从表面看上去无尽的风光，但其实，谁能体察到那个美人其实在离开舞台离开办公室，回到家中脱掉高跟鞋那满身的疲倦和满脑子的空乏。于是，这些背影和阴影里的落寞似乎成了沉重的包袱背在我的肩上。而且，由于创作中的情绪冲动想象的飘忽更加深了这种难以甩掉的负重。

说来说去，我在叙述一个故事，将一个每天都会发生的故事说给大家，但意在精神层面追索何以叫现代社会女人陷入困境。在《王厨娘的烟火人生》里，我的精神境界有了升华，文学视野有了拓展，我开始关心社会，也许是有意识的，这对于我来说，从前小说写作的狭隘纯粹的个人视角有了唤醒般的突破。

其实我每次写自序，都很谨慎说话，会担心不被完全理解。跟科学家比，跟其他社会学家比，作家没什么了不起。但其实，任何写作者，在提笔之前，付出了大量的学习成本，需要很广泛的知识的涉猎和获取后，才有可能有能力有智力去敏感和判断那些人和那些事，在无尽美妙的幻想世界的天空里，就也许会有灿烂的新思想和艺术的新发现。如同任何一个发生在我们身边的情爱事件，如何美妙动人都需要结尾，作家总会先看到了或者预见到了结尾才开始讲述故事，才去追溯过往寻求迷惑的解答与命运解救的，但无论结尾是悲剧还是喜剧，不管你喜欢还是不情愿，所有人，无论是情陷其中的他，还是阅读中无法自拔的你，都不能拒绝的是身随心往满心愉悦诱人畅快的那个过程。

现在，还是回到小说本身。长篇小说《王厨娘的烟火人生》描写了两个不同家庭出身的年轻人共同创业的故事，这与当下鼓励"双创"的政策相吻合。刚大学毕业的王小鸥的爷爷是抗日老革命，但是父母离异了，之后，双方又各自重新组建家庭，王小鸥一边需要替离异的父母承担赡养爷爷的重担，一边用理解和接受弥合家庭出现的裂痕，同时还自强自立乐观向上打拼自己的事业。富二代小伙韩耕的父母早年创业财产殷实，韩耕却不坐享其成，宁愿吃苦耐劳靠自己的双手创造美好的未来。一个是颇有颜值的女孩子，一点儿不好逸恶劳，靠辛苦和努力养活自己。一个是帅气的男孩子，却一点儿不花心，很有钱却没炫富的小毛病。作家借助这个故事，传导人性的美丽善良，传导我们希冀的中华文化和气质，传导高尚的精神追求，在其中，所有作家本人的感悟和理解以及想象力全部得到宣泄和释放。主人公王小鸥的父亲王革命爱上了医院的狐狸精乔慧敏，导致家庭解体了，但故事没有结束，王小鸥的母亲因此有机会在离婚后与报社丧妻的老郑结合。两对新夫妻各自组合的新家庭，女儿王小鸥在这个复杂其实也不复杂的新组合家庭环境中从成长到成熟。小说虽然是虚构的，但是所有正在亲身经历这个奇幻时代的人都明白，生活即是如此，没什么大惊小怪的，生活有阳光更有阴暗。作为作家你必须用更高远公正的眼光去关注，你才能说服读者跟你一样去理解去宽容去同情。一个人在某一时刻做出的一世的选择是很艰难的，而且这其中人生的答案也是无解的。因此，怀着包容和温暖便是我写作的初衷，希望很多女性脱离出人生困境，用爱的理由去选择清爽和无悔的人生。

小说里王小鸥做到了，她用自己的坚强和承受，用自己的勤劳和努力，用自己的善良和包容，给自己的家庭以及所有亲人带来了温暖，并且她自己也深深感受到了爱的快乐。所以如此说来，爱是初衷，爱更应该是结尾。

2016年5月于石家庄

1

王小鸥这名字是她爸爸王革命起的。王革命这名字是他爸爸王三楞起的。王三楞是老革命，新中国成立前在老家保定白洋淀抗过日。

王革命出生的时候当地正起劲地闹"文化大革命"，周围一起长大的孩子还有叫文革的，叫永红的，叫卫东的。"文革"后期，王革命随父亲到了S市，后来爸爸在这个城市离休，全家一直住在距离市中心不远环境又很幽静的槐中路干休所里。

王革命20世纪80年代末期参军，去了山东潍坊，当了一名海军战士。这多少是随了父亲的意愿。也别怪别人，王革命自幼贪玩，高中还因为早恋耽误了学业，没考上大学。虽然父亲给了他一个政治色彩很浓烈的名字，却谁曾想，在甲板上的四年时光，王革命阅读了大量中外小说，自此脑袋里充斥了奇怪的不着边际的荒诞念头，就是如今称作非主流很小资的东西。复员后，王革命跟门当户对的邻居家一个高中毕业就上班的女孩结婚。结婚的时候，王革命跟父亲说想改名，父亲两天没跟他说话，他就放弃了这想法。等孩子出生的时候，他终于坚定而顽固地落实了自己的想法，就是给孩子起名叫王小鸥，他说他18岁的时候就想好了，有一天清晨在军舰的甲板上看着天空中飞翔的海鸥，他就想好了，他原打算这名字给自己的，既然父亲不答应，就给自己的女儿吧。

王小鸥在师大读大三的时候，师大搞了一场"秀我青春时尚风采大赛"。王小鸥既是参赛者，又因为是学生会文娱部部长，还要负责组织给活动拉赞助。这可难倒了年轻气盛的女孩王小鸥，回到家问爸爸王革命怎么办。

此时，四十多岁的王革命已经是一家省直大型医院的保卫处处长，虽然能领着亲戚朋友家的人直接去找专家看病，却对王小鸥找钱赞助的事情一窍不通。王革命在单位跟同事念叨这件事，就有脑袋灵光的人出主意，说药厂有熟人吗，他们有的是钱没处花，华药、石药是国企吧，还有私企呢，神威、以岭呀，还有那么多民营医院呢，什么长城呀，普济呀，白血病呀，正定肝病医院呀，多了，人家就院长一个人说了算，看看咱们单位谁跟他们熟，托托关系问问呗，为了孩子嘛。

王革命就想到了药房的乔慧敏。乔慧敏是个美人，三十多岁，离婚了，一年四季穿裙子，夏天露到膝盖以上，冬天穿靴子还露着膝盖，走路高昂着头，摇曳生姿的，很惹眼。王革命之所以想到她，是因为一年前乔慧敏就是因为跟一个药厂副总暧昧，被她老公在家属楼下追打，邻居们叫去了王革命，才解决了这场纠纷。虽然之后，乔慧敏因此离婚了，却对王革命很有好感。

没想到的是，乔慧敏真是仗义，听了王革命为女儿拉赞助的恳求，特别痛快，立马抄起了电话。

结果是，一家民营口腔医院，给拿了三万元，一家连锁药房老板答应个人赞助一万元，把王小鸥的难事给办妥了不说，王小鸥还因为获得一等奖以及最上镜奖，一时间在师大校园里声名大噪。当然，声名大噪的另外原因，是有人在校园网上爆料说，此次比赛纯粹是某选手自己花钱操作的云云，嚷嚷几次并无人响应，只因比赛结果并无任何关乎功利方面的实际意义，对王小鸥自己的生活，也并无什么影响。

不对，影响还是有的，这件事发生之后，王革命开始跟王小鸥妈妈吵架。小鸥妈妈是个质朴的女人，不爱打扮，二十多年就在他们家居住的干休所招待所上班，最早是服务员，然后到餐厅，如今也管点事，半辈子干的就是收拾屋子做饭的活计，可是，王革命说，她做饭特难吃，一股子抹布味。到了后来，还补充说，已经忍受了很久了，最讨厌看到小鸥妈妈穿着雨靴蹲在地上不分白天黑天老是在洗床单。

王小鸥还记得周末回家，起初，一定是豆角炒肉和土豆炖牛肉。爷爷自己住一楼，妈妈总是先盛出一碗给自己，然后再盖上锅盖继续炖，等土豆和肉都炖得面糊糊的，盛出来给爷爷送去。后来，爸爸跟妈妈整天赌气，嫌乎整天炖菜，老是白菜豆腐、土豆牛肉。妈妈就开始炒菜，弄一大桌子，芹菜炒肉、辣椒炒肉、葱头炒肉，等等。爸爸又说，弄多少菜都没用，都一个味。接下去，有一天晚上，王小鸥跟爸爸在看电视，妈妈从晚饭后就开始在卫生间洗衣服，爸爸好像跟妈妈说啥，妈妈没听见，不知何故，爸爸突然怒火万丈，冲过去，一脚把地上的洗衣盆踹翻了。

连王小鸥都看明白了，爸爸王革命在找碴儿。从妈妈的哭诉中，王小鸥得知，原来，爸爸王革命喜欢上了医院的狐狸精乔慧敏。王小鸥几次想跟爸爸谈谈。但是，爸爸的态度，竟然生硬冰冷得叫小鸥不认识，仿佛爸爸成了陌生人。一年后，王革命净身出户，搬到了乔慧敏家，此艳事随着和煦的春风，曾经迅速风传方圆十几里，从超市到菜市。其中还有一个原因是，老革命爷爷王三楞，拄着拐杖，去了王革命他们医院，找了他们领导，才叫此家庭私密事件成为公开桃色新闻蔓延开来。

王小鸥在这样压抑的家庭氛围中，迎来了自己的毕业典礼。像很多离婚家庭的孩子一样，王小鸥的性格也受到了影响。但这个孩子因为性格柔顺，不会在表面上看出特别明显的逆反，更不可能自暴自弃，但在心底，成长中的少女王小鸥意外地看到，原来天经地义只属于自己的父亲，竟然也会把自己的情义，很轻易地转移到家庭之外一个陌生的女人身上。这显然除了是对母亲的轻视之外，还有对唯一女儿父爱情感寄托的无动于衷。因为任何一个男人都明白，一个女孩一生里所有对异性禀赋的认知和判断都源自父亲。但现在，王革命顾不上女儿咋判断了，或者他觉得，等女儿长大了，血缘的牵系也会叫她谅解父亲当初的苦衷。对王小鸥的影响就是，她不再喜欢像以前那样在大庭广众面前抛头露面，那个张扬无忌、喜悦快乐的女孩忽然就变得羞怯和躲闪，克制和收敛性情的后面是对父亲王革命抛弃贤惠妻子，追逐漂亮女人乔慧敏这件浪漫艳情事件的耿耿于怀。除此之外，王小鸥心里的不确定感与安全感的缺失也笃定她自己在内心告诫自己，我一定要比妈妈强大，我一定加倍努力做自己期望的自己。

那天下午，爸爸办事路过学校，叫小鸥下楼来，说晚上带她去吃饭。小鸥刚要说妈妈等着自己回家，爸爸就说，已经跟妈妈说过了，今晚上带她出去吃饭庆祝大学毕业，还说，乔阿姨买了衣服，送给她。小鸥听了，心里就感觉堵，想说句什么，抬眼突然看到爸爸鬓角的丝丝白发，小鸥心里陡然就酸楚起来，怎么一瞬间，英俊潇洒的爸爸，就老了呢 。于是，小鸥就沉默了。爸爸说，下午五点他跟乔阿姨一起，开车过来接她。

小鸥听爸爸这么说，就明白了，还有一个半小时就到五点，爸爸说五点来接自己，那一定是现在急着回医院去接乔慧敏。想起曾经见过的爸爸王革命跟乔慧敏在一起仿佛少男少女热恋般甜甜蜜蜜的样子，小鸥心里酸唧唧的，因为从打记事，从没见过爸爸跟妈妈这样，似乎一次都没有过。

其实自从父母分开，小鸥自己也难以解释并且在之后对自己的行为有过后悔和自责。父亲走后，母女俩的关系也发生了改变，一半的时间，王小鸥陪着哭泣的母亲发泄对父亲的怨恨，但还有一些时候，她会突然情绪难抑，竟然把对父亲的怨恨转移到无助可怜的母亲身上，就是说不清道不明的那种郁闷和愤怒，觉得就是不管怎么样，母亲不能留住父亲，就有母亲自己的错。之后，王小鸥更是心里难受，反正父亲回不来了，家庭就是这个样子了，自己何必再次伤害母亲呢。

自从爸爸搬走后，小鸥妈妈回距离不远的姥姥家次数多了，姥姥身体很好，还有舅舅、舅妈、表弟林旭跟姥姥住一起。爸爸离开以后，妈妈常常一直从下午就躺在床上，晚上也不吃饭，自然没怎么管爷爷吃啥。这样一次两次之后，王小鸥就默默地进了厨房。直到有一次，妈妈自己也饿了，傍晚从屋里出来，看小鸥正洗菜做饭呢，看到妈妈出来，王小鸥也没说啥，妈妈就默默进了厨房，愣愣看着案板上切好的肉，心里说不出来啥滋味。

小鸥这个时候，就已经知道，舅妈在给妈妈介绍男人。舅妈性格直爽泼辣，挺会劝人，对离婚的妈妈说，没事的，一个家庭的破裂，导致两个家庭的诞生，好事呀。新生活就要开始了，叫革命到别的地方去革命吧，给咱们腾个地方出来，咱们也正好有个机会换个活法。舅妈不仅这么说，还真这么做。之后就给妈妈介绍男人，拉着妈妈去国际大厦了。王小鸥无法形容自己的忐忑，整个下午都魂不守舍，看到母亲走了，第一感觉就是马上给父亲王革命打电话汇报，可是，拿起电话手在迟疑，是呀，凭什么告诉爸爸呢，有什么意义呢，爸爸现在算干什么的呢，你是想叫爸爸阻止妈妈，还是给父亲一个暗示，暗示什么呢，很幼稚。王小鸥放下了电话。那晚母亲回来的表现没什么异常，王小鸥装着什么都不知道，偷偷观察母亲几次后，母亲自己憋不住了，说是个拉二胡的，比自己大八岁。王小鸥停住筷子，脑海里想象着二胡叔叔的样子，等着母亲的结束语，母亲说不像搞艺术的，脖子粗脑袋大。王小鸥哈哈大笑一下子很开心，在这件事上，母亲竟然幽默了一下。

又过了没多久，舅妈给妈妈再次介绍了一个丧偶的中年男人。这个男人叫郑然，在报社工作，还是个中层领导，也有个跟小鸥岁数差不多上大学的女儿。舅妈还在电话里着急地催促母亲，说老郑人气很旺，据说呀，文化系统很多没结婚的女人，还有挺年轻的离婚的，条件都很好的女人，不少呢，一听他的情况，都考虑见面呢。

王小鸥起先听说这个人，没觉得母亲会跟老郑有啥发展。因为舅妈老说，报社呀，电视台呀，都是美女才女，假如稍一主动，老郑就不知道归谁了。绝对没想到的是，妈妈就见了老郑一面，回到家里，立刻如同一个被卸去了重负的人，脸上放光，眼睛发亮，走路姿态都变了，也不知道是革命爸爸离婚把妈妈闹瘦了的缘故，还是她自己仿佛踏上了祥云，小鸥前所未有地发现，妈妈走路轻飘飘的，一件以前没看妈妈穿过的裙子的质地也轻飘飘的，这引起了王小鸥的警惕，王小鸥曾经要求在网上买一条真丝裙子，被妈妈斥为又薄又透一看就不正经，不正经当然是大事呀，要知道，妈妈以前认为，穿这种质地的服饰，几乎代表着轻浮。

此时，小鸥叹了一口气。心想，妈妈一定痛快地答应爸爸带自己出去吃饭了，这样，她就可以迅速地给爷爷煮面后，去给报社老郑炖肉。王革命因为离婚，不怎么跟爷爷见面，买了东西叫小鸥送去。小鸥知道爷爷已经从拿拐杖顿地嗷嗷咆哮，变成拄着拐杖坐大门口石凳上默默无语等儿子王革命回来看他了。

直到五点半，还不见爸爸的影子。王小鸥有点急躁。下楼站在林荫下，眼睛巴望着学校门口的方向。恰好俩熟悉的女生从外头回来，是一起学瑜伽的体育播音系女生董欣和同在外语系的何丽君。三个人打招呼，董欣问："小鸥等谁呢？"

小鸥哼了一声，没好气地说："等我亲爸和后妈呢，说请我吃饭，过了半个小时了，还不来。"

何丽君一听，觉得新奇，就问："亲爸和后妈，一起请你吃饭，你们家够和谐的，你亲妈呢？"

王小鸥哪能说出亲妈去跟准后爸约会去了，只好含糊。

董欣见何丽君好奇，就一副不以为然的样子说："这有啥奇怪，跟我家情况差不多，有什么呀，没关系的，对了，他们说请你吃什么呀，不会是驴肉火烧吧，那你可别吃，宰一顿就宰狠点，去什么地方，说没有？"

王小鸥说："去湘君府，行吧。"

董欣一听，口水流出来的样子，说："哎呀，肯定不错呀，馋死我了，我最爱吃那里的鱼头了。"说到这，董欣笑嘻嘻地对小鸥说："你勇敢点咋样，估计你爸爸肯定不会反对。"

小鸥问啥意思，勇敢啥呀。

董欣却捅咕身边的何丽君，说："快快，求求小鸥吧，带上咱俩，也算是给小鸥在她后妈面前撑撑腰，一起去得了，人多势众。"

何丽君却故意不解其详，问："咱们去干嘛，又不是去打架，人家是自己家人吃饭团聚。"

董欣怪诞地笑，说："啥一家人呀，刚凑一块儿的，你没听见呀，我可跟你说过吧，湘君府的鱼头有多好吃。"

王小鸥一旁忍不住了："行了，一起去就一起去，我怕啥呀。"

董欣忍着兴奋问："那得有个借口吧，什么借口呀，干脆说何丽君正好生日算了，就说已经说好了，今晚上一起吃饭，不能分开，不然为了吃鱼头非要坏你爸爸的局，显得我们不够意思。"

王小鸥也不笑，看着手机说："再等一会儿，如果还不来……"

董欣抢过话头说："等等吧，肯定来的，你爸爸既然说好了的，咱们再等等。"

何丽君问："我生日？今天吗？叔叔要问我怎么说呀，真说我今天生日呀？阴历的阳历的呀？"

董欣笑："什么阳历阴历呀，没人问你那么细的，放心吧。"

说话间，王小鸥看见爸爸的车出现在远处，看着越来越近的车，小鸥赶紧把眼睛投向副驾驶位置上，果然有个女人坐在那里。于是，小鸥压低声音跟身边的两人说了句："他们来了，别乱说话了，看我眼神，准备好行动。"

2

王革命拐过弯就看见了女儿王小鸥，身边还有俩女同学，挤在一起挤眉弄眼地笑着说什么呢。他并没有猜到女孩们的意图，脚下的油门松下来，他摇下车窗。等看到三个女孩齐刷刷一起扭头看过来，脸上还有点诡异的神情，他似乎感觉到了一点儿什么，因为他看到王小鸥左右手各自拉着一个女孩。

没等他说什么，乔慧敏先说话了："你们家王小鸥要带着她的同学一起去吗？"说完，乔慧敏扭脸看王革命的反应。

王革命此时已经察觉了小鸥的意图，听乔慧敏这样问，假装毫不在意地神情说："嗯，刚才是问我了，问我带着同学一起去吃饭，合适不，我说那有啥不合适的呀，我还以为她说着玩呢，还是真的，什么你们家王小鸥，咱们家王小鸥好不好呀。"

说完话，王革命打开车门，站到了车外，此时三个女孩已经走到车前，董欣和何丽君齐声叫叔叔好，王小鸥看着爸爸的表情，没说什么，一瞬间父女俩眼神有了沟通，王革命笑着对那俩女孩说："都是小鸥的好朋友吧，一起上车吧，叔叔请你们吃大餐去。"

小鸥见爸爸这么说，心里顿时没了忐忑，高兴起来，朝车里的乔慧敏简单晃晃手，拉开后车门，叫董欣先进去，又叫何丽君进去，抬眼看到乔慧敏已经从车里出来，王小鸥不知道乔慧敏啥意思，以为要跟自己换座位，就对乔慧敏说："乔阿姨，你坐前面吧，我们三个坐后面就行了。"

乔慧敏没接话，她绕到车左门，对王革命说："我开车吧，你坐边上跟孩子们说会儿话。"王革命听了，顺从地绕到副驾驶位置，上了车之后，很自然地身体坐稳当，乔慧敏熟练地发动车，车子朝校门外驶去。

三个女孩被乔慧敏突然的举动弄蒙了，刚刚看到王革命的亲切感一下消失不少，因为驾驶员的变换，她们好像坐在了陌生人的车上，就有些局促起来。王革命感觉到了，咳嗽一声，首先打破车里的沉寂，说："说说，你们喜欢吃什么呀？"

董欣听王革命开口了，赶紧接话："叔叔真不好意思，打扰你们家了，本来我跟小鸥说好，今天晚上给何丽君过生日呢，她给忘了，后来看你老也不过来，过了半个小时了，正商量要是您有什么重要事耽误了，我们三个就一起庆祝生日去了。"

王革命扭脸看了王小鸥一眼，说："我晚了吗？我很准时呀，跟小鸥说好的呀，五点半过来，一分钟也没晚吧。"

小鸥搭腔："谁说没晚，晚了半个小时了，你不是说五点吗，我咋记得你说的是五点呀。"

乔慧敏打断她们，对王革命说："你跟湘君府打个电话吧，看看能不能换个宽敞点的房间。"

王革命就掏出手机，拨通了电话，说原来定的三个人的房间，五个人装得下吗，挤不挤呀，还有没有大一点儿的房间呀。王革命说话的时候，王小鸥怕俩女孩难堪，使劲捏着她俩的手，示意俩人别说话。过了会儿听到对方已经把房间调成了大间的，车里人的情绪才放松下来。

王小鸥从没想到过乔慧敏会开车，并且开得这么好。她从上车一直压抑着心里的惊讶。同时，她从身边两个女孩的神情和身体姿态都能感觉得到，她俩在偷偷打量和观察这个做后妈的女人。而且显然，自从上车，她们跟上车前的喧闹聒噪就简直判若两人了，不敢轻易吱声不说，还些许带点敬畏，看来成熟美女带给青春女孩的震撼效果不亚于对于男人。

乔慧敏来之前显然经过精心打扮，脸上化了淡妆，浓密的长发被一只晶亮的发卡别在头上，身上薰衣草的香味把整个车厢灌满了，她穿着一件领口和袖口都有镂空图案的长及膝部的黑色衬衫，有束腰丝带，上衣因为是长款几乎盖住了下身很短的同样颜色的裙裤，虽然一身素色装束，却更显她的妖娆女人韵味，脚上的鞋子最时尚，是一双暗黄色坡跟圆头的皮拖鞋，显得她的脚踝又性感又美妙。

直到到了湘君府停车场，大家下了车，王小鸥发现，董欣和何丽君还傻痴痴地在乔慧敏身后盯着人家的头发衣服鞋子窃窃私语呢。

王小鸥有点生气，走到跟在人家身后的俩女孩身边，嗨了一声，说："你俩干啥来了，是吃饭来了，还是看新鲜来啦？"

董欣眼睛终于从乔慧敏身上掉转回来，一副由衷的口气，趴在小鸥耳边对小鸥感慨道："小鸥，难怪呀，你爸爸受组织培养教育那么多年，还有你妈妈那么好的贤惠妻子，遇见这样的天生尤物革命意志都会薄弱了，我能理解呀。"

何丽君也添油加醋，说："真是的，本钱呀，本钱呀，女人漂亮真是本钱呀，以前谁说我都不信，今天不用你们说我也信了，你看你后妈，漂亮不说，还有气质，我真羡慕死了。"

王小鸥听了她们的话，当然无法得意于两个女孩热烈而真诚地赞美乔慧敏，反而觉得心里更生出懊丧。董欣看出王小鸥并不高涨的情绪，就劝她说："小鸥，你可不要小心眼，她再漂亮不也已经成了你家里的人吗？你爸爸不是高兴了吗，对吧？你还想那么多干吗呀，跟你有什么关系呀。"

"怎么没关系呀。"王小鸥闷闷地说。

董欣接着说："难道你还期待你爸妈破镜重圆吗？你看看你爸爸看她的那个痴呆样子，你就应该明白，你亲妈一点儿回来的可能性都没有了，接受现实吧，和睦相处，你也不会有什么亏吃。"

进了包厢，乔慧敏说先去洗手间，俩女孩也犹豫了一下，等她回来，王小鸥就起身叫上俩女孩也去洗手间，回来坐定，王革命就张罗三个女孩点菜。推让一番，王革命就自己开始点菜，他点了剁椒鱼头，王小鸥听到了，看着董欣和何丽君，故意装着没事的样子问："行吗，你们俩，怕不怕辣呀？实在怕辣就别点这个菜啦，弄点不辣的。"

董欣知道王小鸥故意的，是有点气刚才自己和何丽君竟然毫无原则地垂涎人家后妈的美貌，是有点丧失原则了，按说也是，人家后妈就是长成天仙，自己也应该站在王小鸥立场上说话，可是，站在王小鸥立场上说话，应该说什么呢。看王小鸥爸爸那幸福样，更不知道怎么说了，说人家过得好吧，好像以前过得不行似的。

这时候，看着点菜还犹豫不决的王革命，乔慧敏就从王革命手里接过菜谱，很利索地点了麻辣仔鸡，银鱼稀卤豆花，油焖茭白，萝卜干腊肉，咸蛋黄烧茄子等。菜很快上来，看到一桌子色香味俱全的美味，女孩顿时把刚才垂涎人家后妈美貌的姿态转换到饭桌上，完全没了别的心思，也忘了顾忌，全神贯注地大吃起来。

一阵风卷残云的暴食之后，何丽君才抬起头来，一看人家乔慧敏对她们几个的吃相毫不以为然，自己浅斟慢酌的同时，就是照顾大家，给大家往碗里夹菜，顿时有点惭愧，再看董欣，还在那里凝神专注地拿筷子跟剁椒鱼头盘子里的鱼肉渣使劲呢，更觉有点赧颜。

吃过饭，王革命又把三个女孩送回了学校，乔慧敏把一个塑料袋递给小鸥，笑了一下，也没说什么，小鸥就说了声谢谢。

等进了小鸥的宿舍，董欣和何丽君就不收敛了，俩女孩先是狂呼撑死了，然后胡乱躺坐在小鸥床上，开始毫无顾忌地狂热议论起这一晚上经历的一切。当然内容不外乎吃的实在不赖之外，就是小鸥后妈挺厉害云云。

这厉害的含义，在女孩眼里，就包括诸多内容了，包括小鸥爸爸的顺从听话之外，还有女人的气场，美貌还有气质，以及穿着打扮，等等。等看到小鸥从塑料袋拿出衣服，又争着试穿起来，小鸥也在暗自惊喜，竟然是一条自己一直期待的真丝裙子，衣服质地丝滑，很显高贵不俗。那俩女孩简直羡慕得不得了，董欣尖叫，什么场合才能穿呀，这么高级的衣服。何丽君更是喜欢，不停地摸来摸去的，那神情简直恨不得立刻自己也有个这样的后妈。

总之，这个晚上，她们给乔慧敏很高的评价，基本等于从心态上已经认同了这个女人的活法。

这其实给小鸥的触动很大。要不是亲眼看到俩同学的反应，她真不知道，在无什么关系的外人眼里，人家是怎么看自己一家人的。她相信了，别人是多么淡漠自己家里这点变故，父母离婚，有个后妈，或者有个后爸，在外人眼里，没什么关系，太平常了。董欣说得对，大人自己的事情，跟你有什么关系呀，想那么多干嘛呀。

小鸥知道董欣说什么都不奇怪，她的家庭关系就很复杂，她父母离婚以后，董欣跟母亲一起改嫁到了一个有儿子的男人家里，亲生父亲跟一个有女儿的女人结婚以后，又生了一个女儿，有趣的是，无论董欣继母的前夫，还是继父的前妻，竟然都还跟他们有来往，这样一来，时常需要在几个家庭间穿梭来往，董欣有时候都数不清有几个爹几个妈了，当然也乱不了，大人自己不乱就行了。

何丽君是农村女孩，对城市里这种有变故的家庭了解不多。所以，她不会像董欣那么了解人情世故，也不会像董欣那样劝慰王小鸥。但其实，这天晚上跟王小鸥等人的晚餐，叫她茫然的心里渐渐有了点眉目，那就是追求幸福可以是无所顾忌的，看来城市里司空见惯了，那个乔慧敏不就是破坏人家家庭的小三吗，怎么站在眼前的小三是这个样子的呀，很美丽呀，完全没有网上描绘的那么面目可憎嘛，也没看出这个小三有什么觉得自己做了见不得人的勾当的感觉，活的还趾高气扬的，再看那个王小鸥的爸爸，还是单位什么部门领导呢，多喜欢跟小三在一起呀。

想起吃饭之前，董欣还嚷嚷，跟着王小鸥去吃饭，为的是在她后妈面前显得自己人多势众，给自己撑腰的话，却结果是，一顿饭下来，俩女友全盘崩溃，反而被人家的气势震慑，小鸥就对董欣说："你不是给我撑腰去了吗？撑什么腰了，你自己说说吧。"

董欣见小鸥这样问，不好意思直接说乔慧敏的好话了，就做思忖状，故作深沉地说："我以往的经验，跟你们家情况不一样，我虽然爹呀妈呀的很多，但我站一条厉害的，我一直跟着的是亲妈，你这次见到的是后妈，那咱们能一样吗，而且我家那边的人，他们个个似乎心眼都不如我多，很好骗的，我个人的初步感觉，你们家的后妈显然比较狡猾有道，不太好对付。"

何丽君听了，就问小鸥："你有什么打算咋的？他们过得不是挺好的呀。"

董欣见小鸥不语，就替她说："你不懂，没体会，你想想，谁家孩子不愿意天天跟亲妈亲爸在一起呀，这不是没办法吗，就是表面上愿意了，心里也不舒服，潜意识里，恨不得他们散了呢，做梦还是跟亲爸亲妈在一起的呀。"

王小鸥自从那次晚餐以后，确实心平气和了很多。小鸥的妈妈跟老郑的关系也在平稳地发展，王革命已经偶尔回家来，在王三楞爷爷屋里待着看电视了。有一天晚上，小鸥给爷爷送饭去，看到爸爸在，上楼来跟妈妈说了，妈妈没说什么，也没什么反应，等意识到小鸥一边候着，忽然明白了，说了句，厨房还有菜。小鸥嗯了一声赶紧去厨房，又盛了一碗菜，妈妈什么都没说，转身进屋了，小鸥就端着菜下去。小鸥在楼梯上还想，爸爸不爱吃炖菜，犹豫呢，却也到了楼下，爸爸见到小鸥手里的土豆炖牛肉，没等接过碗来，就伸筷子夹了一块牛肉张大嘴巴吃了，还吃得很香。

王小鸥看着父亲大吃，顿时心里在感慨，也不知道那位乔慧敏在家做饭不，还是爸爸自己做饭呀，他们俩到底谁在伺候谁呀。想起董欣跟自己说的话，王小鸥心里就盘算，也许，哪天找个借口，去看看爸爸和乔慧敏的家到底啥样。看乔慧敏会炖菜不，看乔慧敏洗衣服不。

3

那次请王小鸥她们在湘君府吃饭以后，王革命对乔慧敏的表现就一直有点感动，因为王革命知道，其实，乔慧敏自己是不吃肉的，却毫不忌讳地点了那么多荤菜。所以，乔慧敏在王小鸥面前的表现，还真是不错，不仅到位，还算不失身份。所谓到位，就是后妈也是妈，应该照顾到孩子的感受，所谓不失身份，就是作为长辈，行为举止很是端庄。

王革命始终觉得，虽然两人是后结合在一起的，并且因为这样的结合曾被大家指责过，但人都有七情六欲，不是圣人，有些事情有可以被人说三道四的一面，但也有能够被人理解和同情的地方。王革命不觉得跟乔慧敏的结合丢人了，可耻了，道德败坏了，相反，他觉得乔慧敏善解人意体谅人，对自己很好，自己也觉得很幸福，这就足够了，我自己都觉得幸福了，而且都幸福得不行了，这还不够吗？

当然不够，还有婚姻失败的受害者怎么想的呢，孩子王小鸥怎么想的呢，还有最大的受害者小鸥妈妈怎么想的呢？当然了，王革命不是没想过她们的感受，特别是激情过后，冷静的时候也惭愧，可惜，魂被乔慧敏勾走了，激情一上涌，惭愧感在心里头就没那么沉重了。激情的狂潮把惭愧感冲刷了多次后，就不仅麻木了，没那么沉重了，还找到了托词找到了理由说服了自己。王革命不觉得小鸥妈妈离开自己就活不下去了，二十多年一路淡漠的生活下来，好像谁都没怎么仔细打量过对方，自己解脱人家也解脱。王革命一直觉得王小鸥算比较懂事的孩子，比较灵透，现在社会上啥新鲜事没有呀，离婚的多了，根本不是啥新鲜事，王小鸥身边的同学朋友单亲的不少，她应该见怪不怪了。说服了自己以后，王革命就基本可以满心欢喜地迎接新生活的到来了。

新生活真的很好。乔慧敏真的很好。

乔慧敏的家一尘不染，白床单白窗帘不说了，卫生间厨房的瓷砖是白色的不说了，竟然沙发罩也是白色的。乔慧敏回到家就换上一件牙白色的家居服，换上一双有卡通小狗的拖鞋，在屋里走来走去。王革命觉得一切都很新奇，眼睛就追随着乔慧敏的身影满屋绕。乔慧敏吃饭也很有趣，她是个素食主义者，说十年没吃肉了，绝不杀生。这叫王革命肃然起敬，真的没有因此说过一句埋怨的话，而且，乔慧敏自从跟王革命结婚，已经开始每周给他买3斤以上的牛肉，炖熟了，做成酱牛肉。特别需要指出的是，乔慧敏做的凉拌菜还有沙拉类菜肴，以及摆出花样造型的水果拼盘，确实都到了相当的水准，堪称家庭主妇里的凉拌高手。

很快，王革命也穿着一身白色的家居服，坐在沙发上，一边看电视，一边用牙签扎苹果块吃了。王革命一高兴，就再次提起那次请小鸥吃饭的情景，说那天多和谐呀，比预想的好呀。乔慧敏就呵呵笑起来。

王革命问笑什么。

乔慧敏狡黠地笑，说："你光看到表面的祥和了，你看出点眉目没有？"

王革命问看出什么眉目。

乔慧敏就说："你没看出，其实那天三个孩子眼睛里带着敌意吗？"

王革命想了想，知道乔慧敏的意思，眼睛眨了一下，看着乔慧敏，看她怎么说。

乔慧敏说："其实，那天你们家王小鸥是故意的，故意气咱们，带着那俩女孩一起吃饭，就想叫咱们下不了台。"

王革命说："王小鸥很善良的，不会有这样的坏心眼，你瞎猜的。"

乔慧敏说："得了，别替你的孩子辩解了，这很正常，抗拒后妈，天经地义，跟善良呀，坏心眼呀，无关，这种敌意是天生的，如果没心没肺的，有奶就是娘，那才麻烦了呢。"

王革命点头，说："你能理解她就行了，慢慢磨合吧，需要时间。"

乔慧敏却凑过来，对王革命说："你觉得，在这几个孩子眼里，怎么看我的？"

王革命不以为然："你呀，老装心眼大，其实跟任何女人一个样，在乎别人眼里的自己，你不是说只在乎我怎么看你，不在乎别人怎么看你吗？"

乔慧敏接着自己的话头，有点得意地说："我知道她们怎么看我的，觉得我是破坏你们家庭的小三，觉得我是一个坏女人，所以，我刻意演了一下，我要表现的大方得体，叫她们挑不出毛病来，我就想叫她们把不了解我不认识我之前对我的一切想法改换掉，本来我也不是坏人呀，为什么叫人家对我指指戳戳的，谁活着，不想有个尊严呀，对吧。"

听了乔慧敏的话，王革命顿时产生了跟乔慧敏同病相怜的感觉，他搂着乔慧敏，很诚恳地说："你说得有道理是有道理，可是，你也得承认，不是人人都能宽宏大量的，我也承认咱们选择大胆在一起没错，从理论上讲，大家都会说，选择幸福是任何人的自由和权利，但是，人们也会说，前提是不能伤害别人，人们肯定指责我的就是伤害我的孩子和前妻了，你倒好说，早就离婚了，孩子也不在身边，受到的影响不大，可是，毕竟我是为了你才离婚的，没有你的出现，我估计这辈子，离婚这个字眼不会跟我沾边的。”

乔慧敏听了王革命的话，就觉得委屈了，把搭在肩头的王革命的手臂拿下来，噘着嘴说：“你在怪我吗？你说这话啥意思，不怕我伤心吗？”

王革命拉住乔慧敏的手，说：“你知道我离不开你的，我这辈子就撂你这儿了，你知道我为了你什么都可以放弃的，我这么说的意思，就是既然我们相爱是坦诚的，面对以后的生活，也应该坦诚，不光请我孩子吃饭这一件事，还有其他的，比如，你也应该选择合适的时机，进我的家门，我说的是，我爸爸的家门，见见我爸爸，不能老这么躲着，我爸爸老革命，八十多岁了，一点儿不糊涂，通情达理的，不会跟你过不去，我是他儿子，难道他会给儿子幸福的道上设堵吗？不会的。”

乔慧敏听了王革命的话，没吱声，待了会儿，叹气。王革命说：“叹什么气？”

乔慧敏说：“你只考虑自己的感受了，你爸爸的感受了，你们家王小鸥的感受了，我的感受，你考虑到了吗？”

王革命看着乔慧敏，心里想了一下，却没想出什么来，心里头还是刚才那想法，她早离婚了，孩子归了男方，这场婚姻对她影响不大呀，她有什么感受呀，不知道。

乔慧敏见王革命说不出来什么，就很不高兴，索性直接说了：“你们家还有谁呀，除了王小鸥，你爸爸，还有一个人呢吧？”

王革命才恍然大悟。赶紧解释：“咱们不进我自己的家门，我说的是去我爸爸的家，我爸爸在一楼，她们在二楼，不在一起住的。”

“一个住一楼，一个在二楼，碰上是多容易的事呀，真要是碰上怎么办？多尴尬呀，我可不去。”

乔慧敏不去看王三楞，自然是王革命的心事，可是，乔慧敏说怕遇见王小鸥的妈妈尴尬，这个理由也算是个理由。王革命一想这个就叹气，他的心愿，就是早日把乔慧敏领到王三楞爸爸面前，叫爸爸看到这个女人的贤惠美丽，叫爸爸也满意，期盼着因为爸爸的原谅和宽容叫家里恢复从前的融洽气氛。

可是，怎么恢复呀，王小鸥妈妈在那待着呢，那是个活生生的大活人呀。王革命知道，自从自己走后，小鸥妈妈没有怠慢爸爸，依旧天天送饭，照顾得很好。王革命心里，对小鸥妈妈有了感激，按说，人家也找个理由，一走了之，不管不顾这个老公爹，谁也说不出来她的不是，爹是王革命的亲爹，当然应该是你自己照顾，还有，你不是有了新媳妇，有了新家吗，那就叫新媳妇来照顾你亲爹好了。可是，目前的状况是，乔慧敏连见王三楞都还不愿意呢。

王革命因为这个心事压着，就寻机会跟王小鸥探听前妻的情况。王革命问小鸥："妈妈最近怎么样呀？"

是在爷爷的屋子里问的。小鸥就故意岔着说话，小鸥说："看不见呀，这不，给爷爷炖菜了，白菜豆腐，爷爷最爱吃的，你尝一口吗，对了，你不爱吃炖菜。"

王革命不在意小鸥的态度，继续很有耐心地问下去吧，也有些心虚，好像自己巴不得小鸥妈妈赶紧找个人算了。心里这么想，还是憋不住说出来了："小鸥，你也劝劝你妈妈吧，有合适的人，就考虑考虑，你爸爸就这样了，你妈妈还年轻呢，身体也挺好，不能就这么下去了。"

"如果妈妈走了，爷爷谁管呀？"小鸥冷不丁一下子甩出这句话，"你是真的希望妈妈再嫁人吗？妈妈要是真的走了，你回来照顾爷爷吗，乔阿姨来照顾爷爷吗？"

王革命说不出来话了，满脸尴尬，看小鸥等着他答话，只好嘴上强撑着说："爷爷当然需要人照顾，你妈妈不管，我肯定会管的，你乔阿姨也会管的，这个事情你放心好了。"

小鸥半信半疑，觉得爸爸说话有点言不由衷，但是既然见爸爸这么说话，她还是愿意信任爸爸，所有，她的神情似乎开解了很多，稍稍思忖了一下，还是拉着爸爸到阳台，低声说了舅妈给妈妈介绍报社老郑的事情。

"哪里？报社的？报社干什么的？多大岁数，是记者还是什么人呀？"王革命吃惊不小，这个信息完全出乎他的意料。都说离婚的男人是宝，怎么前妻还有人要呀，四十大几也没啥文化，既没社会地位，也不漂亮，这可有些怪了。

王小鸥就说了："是个处长，53岁，有个女儿在外地上大学。是丧偶的。"

"你妈妈的态度呢？"王革命紧张地屏住呼吸，拉着王小鸥的胳膊，似乎很期待前妻千万别丢了机会。

"妈妈似乎还挺愿意的，可能是因为人家是个文化人吧。"说到这，王小鸥拿眼偷偷瞟了一下爸爸。王革命不介意小鸥话里的含义，直接说他跟人家比没文化也行，这是肯定的，人家是报社的，搞文化的，咱们是当兵出身，热爱文化的，是两类人，不能往一处放。这么一想，王革命情不自禁地笑了，带着赞扬的口吻说："我说你妈妈也行呀，命挺好呀，临老了还找了个文化做伴，这回行了，八成对她心思了，就看这个老郑是什么人吧，性格古怪不古怪，脾气歪愣不歪愣，文化人好是好，好多也不好处，自以为是清高得多，但愿你妈跟他俩人能成吧。"

王小鸥跟爸爸说妈妈的事情，动机是有的，自然是为了窥探爸爸的动静，观察一下爸爸听了妈妈的事情以后啥态度。等爸爸走后，她却感觉不那么舒服，开始还以为爸爸会嫉妒呢，可是，很显然，爸爸还有些小高兴，高兴啥，还不就是盼着妈妈跟郑叔叔的事情能成，他就甩掉了心里的包袱了，可是又一寻思，又感觉，好像，爸爸的态度也有些模棱两可，很复杂，似乎态度也没那么明朗，那到底他什么意思呢。小鸥最后想，爸爸可能还是担心爷爷这里，世界上还有比妈妈更会照顾爷爷王三楞的人吗？王小鸥确信，没有了，从前爸爸都不如妈妈，乔慧敏怎么可能会比妈妈或者爸爸更会照顾爷爷呢，再说，人家乔慧敏是奔着老鲜肉王革命来的，也不是奔着生活自理能力不强的爷爷来的呀。

说句很世故的话，自己妈妈来老王家的时候，爷爷是个大官，妈妈自然很尊敬爷爷，现在，爷爷在外人看来，就是一个倔老头子，什么权力地位都没有，乔慧敏又没有跟爷爷生活在一起多少年的感情，她怎么会有耐心好好照顾爷爷呢，爸爸也许期望她来管爷爷呢，这个浪漫爸爸也够天真的，真是中了桃花邪了，竟然不知道自己的美好念头纯属天方夜谭。再说到那个妈妈喜欢的郑叔叔，说在报社上班，工作非常紧张，还有政治责任，印报纸出来，白纸黑字不能出一点儿差错，说出一点儿错误，就要了命了，真够吓人的，干着这么重要的工作，肯定压力很大啊，人家都说，大知识分子都是生活上特能凑合的，心思也不在享受上，估计日常生活自己还需要人照顾呢，哪里顾得上照顾别人呀。这么一想，王小鸥心里又有些懊丧，觉得妈妈也许不用非要跟老郑过日子去吧，可是，也不对，妈妈会越来越老，王革命都自己寻欢作乐去了，凭什么妈妈留在干休所的家里还日复一日的照顾爷爷，也不公平呀，所以呀，就但愿老郑是个好人呀。

4

晚上小鸥在家吃饭的时候，王革命打过电话来，催问小鸥在网上报名参考公务员的事情。没离婚的时候，王革命一直坚持主张王小鸥报考公务员，认为女孩子有个稳定的工作是最靠谱的，所以，那时候，小鸥说过什么做平面模特啊，去什么公司招聘做文员甚至做销售呀，去北京上海去漂着呀，这个那个的，都属于胡乱想法，王革命不同意，一个劲强调叫王小鸥不要有这些想法，就在家好好复习准备公务员考试。小鸥妈妈对此没有明确的意见，小鸥问过她，希望自己以后干什么职业，妈妈态度模棱两可的，说不出来啥，问急了，就一会儿说当老师，一会儿说，干什么都行，有工作就行，说看小鸥自己的意愿，她没有什么特别的想法。小鸥其实也没打算从妈妈这儿问出来什么具体的话，妈妈一直是没什么大主意的。可是妈妈却知道着急，瞎着急，挤对别人着急那种。看到别人家孩子解决了工作，更着急。现在，爸爸离婚了，成了人家的人，却还想着叮嘱自己报考公务员的事情，小鸥放下电话，有些发呆，说不上爸爸的话进心里去了，有些茫然。自己以前也不是不想考公务员，只是不那么确定，不是那么执着，现在更是想，什么东西不是可以变幻的呢。

晚饭后，小鸥跟着妈妈去了姥姥家，因为表弟林旭半个月后就要去加拿大读书了。舅舅在一家已经改制了的投资公司担任副总，年薪可观，舅妈是艺校的老师，以前在市歌舞团唱民歌，再以前是部队文工团的。这个家跟王小鸥的家不一样，早已经不属于普通工薪阶层，算什么家庭呢，大概是网上说的城市中产阶级吧。

对于王小鸥来讲，所谓中产阶级的概念，还不仅仅是花钱非常随意，比如在超市买肉，专买特别包装的培根，最贵的里脊，比如爱吃外国来的不知道叫啥的水果，比如见到1000块钱一双的板鞋拿过来就试，这都仅仅属于消费理念的范畴，很多都市白领打工族，或者叫月光族就这个活法，小鸥这个岁数的孩子，见怪不怪。小鸥印象最深刻的，是林旭去年高考，只考了260分。这种属于一般家庭巨大噩耗级别的悲催消息，竟然在舅舅家不算话题。因为舅妈早已经算计好，并且已经在做准备，要给林旭办移民去加拿大，这个行为的前提是，或者无偿献给加拿大100万元人民币，或者投资给人家那块土地500万元人民币，五年内不许动这笔钱。小鸥听见舅妈轻松地跟妈妈说起这件事，说，没有问题的，这个世界上，凡是钱能办妥的事情，就都不是难事。说着这么有分量的话，舅妈的嘴里还不耽误慢悠悠地吐出一片片美国提子的皮出来。

所以，王小鸥眼里的中产阶级，就是全家不会拿孩子高考的事情孤注一掷，人家的生活之路才是真正意义上的条条大路通罗马。不要以为这么讲话，就说明王小鸥嫉妒舅舅家的舒适生活，羡慕表弟林旭的超级远大的光辉未来，没有，真没有。也许因为是自己的亲戚，在一起接触的多，小鸥不觉得这一切新奇，反而觉得一切都很正常。林旭不到5岁就开始打游戏上瘾，没少挨揍，舅妈年轻的时候，经常在家里练嗓儿，练得周围邻居都迷昏，那时候，舅舅还在证券公司上班，恰逢熊市，可怜的舅舅一天到晚拎着黑皮包，灰黑着脸，老是慌不择路的绝望表情。如今小鸥一看到舅舅，就想到一个书名，好像叫作《伟大是熬出来的》，舅舅熬到今天真是不易，凡是他的亲戚，都会认为他今天的收获理所应当。

因此，小鸥和妈妈都愿意听听他们关于自己就业去向的意见，妈妈是觉得他们见多识广。到了楼下按了门铃，进了家不见姥姥，小鸥问起，舅妈说去活动站打麻将去了。

舅舅的意见是继续深造考研究生，说小鸥既然是学外语的，更有优势，找个自己喜欢的专业，试试。

舅妈却说："这么漂亮的女孩，还要没完没了地上学，纯属耽误时间。"

林旭就嘲笑："有颜值，还有高学历，早晚高冷，那就完了。"

舅舅就纳闷呢："啥叫完了？"

舅妈就说："完了就是没男人要，男人不敢要。"

舅舅就反驳："得了，好男人多了，只要足够优秀，绝对能遇到好男人。"

结果说来说去，成了商议给小鸥找对象的一场谈话。大家群策群力的结果就是，舅妈这周内，必须给小鸥介绍两个她自己以前毕业的学生认识。都是特帅的小伙，舅妈强调。等说到这，舅妈忽然又想到了小鸥妈妈的事情，忽然话题一转，又到了报社老郑身上，马上问小鸥妈妈跟老郑处得怎么样了。小鸥一听，终于没自己事了，伸了个懒腰，转身出来，到表弟林旭屋里上电脑去了。

屋里剩下舅舅舅妈还有小鸥妈妈，小鸥妈妈叹口气说："本来我不担心小鸥以后没有出路，小鸥自己也懂事，早晚能找到合适的工作，我着急，是因为，家里没有个做主的人，你们也知道我又是个没主意的人，要是以前王革命在家，我才不操心小鸥工作的事情呢，有她爸爸在呢，现在不行了，人家甩手走了，什么都不管了，女儿成了我自己的，我能不着急吗。"

舅妈就问，"王革命一点儿都不管小鸥的事情了吗？他忘了自己还有一个亲闺女了吗？跟狐狸精天天抱着也得想点正经事呀。"

小鸥妈妈说："他就是老叫小鸥考公务员，走别的道，他也不支持。"

舅舅听了，接话说："考公务员肯定是条出路呀，关键是，你得考上，多难考呀，竞争不是一般的激烈，还得找人托关系，哪就一张试卷那么简单呀，王革命在医院上班，啥新鲜事没见过，他这么说，纯粹是推脱找借口，把压力都放孩子自己身上。"

舅妈就撇嘴："啥破爹呀，不负责任。"

舅舅问舅妈："你给大姐介绍的这个老郑怎么样，人品行不？"

舅妈听了，话语含糊起来，说："我也不清楚人家人品咋样呀，又不是一个单位的，也是人托人介绍的，跟我介绍老郑的那个人倒是说老郑是个老实人，以前的老婆也是个老实人，都是文化人呗，文化人不老实能咋地？你看他那没老婆照顾的狼狈相还能花咋地。"

舅妈转脸看小鸥妈妈，说："你接触他了，你觉得他人品咋样？"

正说着话，姥姥开门进来了。大伙一看墙上的钟表，已经快十点了。舅妈就埋怨说："你看，又过点了吧，跟你说几次了，不许超过九点，必须回来。"

姥姥看上去心情不错，头发虽然全白了，脸色却红扑扑的，还戴着一个有机玻璃的发卡，是个很精神的老太太。姥姥笑着解释，今天赢钱了，不好意思先走。

舅舅就打趣："今天赢了一袋米醋呀还是一袋老抽呀？"

大伙儿就笑。小鸥从林旭屋里出来，喊姥姥，大伙儿都围坐在沙发上，姥姥的眼里自然就只看到外孙女的美丽了，拿手抚摸着小鸥的头，一副爱不够的样子。大伙儿说了一会儿话，小鸥妈妈就站起来要告辞回去了。舅妈先叫姥姥去洗漱，转头来悄声问小鸥妈妈："你在家还伺候他们老爷子吗？"

　　小鸥妈妈点点头，没说话，舅妈就说了一句："你可真行。"她跟着她们俩下楼，到了外面，黑影里，小鸥听见舅妈对妈妈说："你这辈子算对得起王革命了，可惜人家不领情。对了，老郑经济情况也不错，你也看到了吧，自己也有房，你应该考虑考虑，你俩进一步的发展，又不是小青年，该怎么样怎么样吧，都老大不小的，还有几年好日子呀。"

　　听了舅妈的话，妈妈一路上沉默着，小鸥也不说话，也心事重重的。娘俩就这样，一路无语。到了自己家楼下，已经很晚了，整幢楼黑乎乎的，小鸥看了一眼爷爷的窗户，什么动静都没有，估计早已经睡下了。

　　这一晚，王小鸥失眠了。舅妈跟妈妈说的话，落进了她的心里。回想起一年多前，爸爸刚开始跟妈妈吵架，然后摊牌离婚，最后爸爸卷包走人，仿佛就是不久前发生的事情。爸爸走了，屋里空了，小鸥心里落寞了很久。起初也是，每个周末回家，盼着出现奇迹，就是爸爸回来了。后来，还寄希望爸爸因为想她，会专门回来看她，这样的情景都没有在期盼中出现以后，小鸥就在一瞬间长大了。长大的瞬间有对爸爸的怨恨吗，有的，不仅有，想起来还心里酸酸的，后来，看到自己周围有像自己同样境遇的同学，比如董欣，大大咧咧的，根本不在意的样子，终于有所释然了。释然的过程，就是成长的过程，小鸥已经学会说服自己，大人们的事情，是你无法改变的，你不一定要逆来顺受，也应该学会顺其自然吧。

　　现在，妈妈的生活是不是也要改变呀，那个郑叔叔，不怎么说话，老绷着脸，小鸥感觉他跟自己有距离。小鸥暗想，也正常，人家也不缺女儿，没准儿人家女儿更优秀呢，说在中国人民大学上学呢，还挺厉害的。可是妈妈解释说郑叔叔就那样，其实心眼挺好的，背着小鸥还夸小鸥懂事呢。小鸥不明白背着自己，郑叔叔能夸自己什么，就问妈妈。妈妈说："你不是爱做饭吗？我跟他说过几次。"小鸥笑说："做饭算什么优点呀？"妈妈说："郑叔叔说他自己的女儿只会煮方便面。"

　　如果妈妈跟郑叔叔结婚了，会不会搬到郑叔叔家里去住呀。小鸥辗转反侧，舅妈说了，郑叔叔家有房子，很宽敞的，也不远的。不知道郑叔叔啥意思，不用猜，肯定是叫妈妈搬过去吧，难道郑叔叔会愿意搬自己家来住吗？不太可能吧。那么自己愿意妈妈跟郑叔叔在哪里住呢？

　　想到这，小鸥躺不下去了，黑暗里，坐起来，抱着膝盖，发呆。然后，又躺下，蒙住头，什么都不想了。

第二天一早，小鸥想好，她打算给董欣说说这事，打电话约她出来吃午饭。董欣电话里说马上要跟何丽君去看房子呢，等忙乎完，就给她打电话。王小鸥知道，大学毕业以后，大家为了留在省城，或者考公务员，或者找工作，或者考研究生，需要停留很长时间，何丽君肯定不回农村老家了，只能租房子，不知道董欣怎么回事，她家就在本市，不可能不回家住吧。

中午，三个女孩又见面了，在谈固西街一个驴肉火烧小店，三个人坐在角落里，开始叽叽喳喳商量她们目前面临的亟待解决的几件事情。

王小鸥先问何丽君租房子的情况，何丽君就叹气说太贵了。小鸥问多少钱，何丽君说300元。问在什么地方，说是东郊一个小区里租户自己盖的三层楼房中的一间。董欣就说多少钱算不贵呀，可以啦，有窗户，有电视，还有空调。何丽君马上说空调的电钱不得自己掏呀。

"是那种城中村吧，自己加盖的房子，本来是两层的，越盖越高，每一间都出租出去？"

何丽君点头，说："房客好几个，都是我这样的人，大学毕业以后，没回老家，想在省会就业找工作的。"

董欣说："S市真不愁房子出租，每年都有你这样的人留下成为新居民，难怪盖多少房子，都有人买，等以后，你有钱了，也参与进抬高房价的队伍了。"

何丽君说："没办法呀，农村人，不能跟你俩比，有自己的家，多幸福呀。"

董欣带着嘲笑的口气，"我也就是有个窝待着，幸福程度不一定比你待在那小阁楼强多少。"

何丽君满脸的委屈说："一到晚上，才感觉强烈呢，万家灯火，到处是温馨的家，更感觉自己孤单的不行。"

王小鸥就劝慰何丽君："没事，以后，经常到我家来吧，我给你包饺子吃，叫你也温馨，行了吧。"

说到工作，董欣说："我的专业非常难找到工作，打算找到适合自己的工作之前，能干什么就先干什么，已经准备去超越健身中心当教练去，是同学介绍的。"王小鸥很替董欣高兴，举杯表示祝贺。何丽君却说："你还是应该去电视台电台之类的地方寻找机会，不然的话，你那播音专业就白搭了。"董欣叹气说:"一时半会儿的进不去。"何丽君就执拗地说:"你要坚持,想干什么,就去干什么,我就是,别的不考虑。"

王小鸥就问何丽君想干什么呀,何丽君说想考研究生,不然,留在省会也无法找到合适的工作,大学毕业生满大街,没有任何优势,找不到好工作的。

说到考研究生,董欣摇头,说坚决不考,也考不上,早厌倦了上学。问王小鸥的态度,小鸥看着她俩,想起爸爸叫考公务员,妈妈希望她当老师,舅舅叫考研究生,舅妈叫搞对象,脑子一片混乱,摇摇头,说自己还没想好呢,不知道要干什么。

直到三个女孩分手,王小鸥才想起,自己原来是打算跟她们念叨一下自己家里的事情的。现在看来,不说更合适,谁还顾得上呀,都没家没业的,人家俩自己的哪件事,不比自己家里这点事重要呀,这是多么非常的时期,谁有心思替自己家操心呀,自己家的事情,就自己操心吧。

5

王革命自从和乔慧敏在一起,饮食习惯的改变,生活状态的改变,人整个从神情到气质都有了改变。身边几个来往密切的朋友都发现了这一点,那就是,王革命至少瘦了有20斤不说,穿着打扮也年轻了,讲究了。中午在医院食堂,医院办公室的小葛,看王革命身边没有乔慧敏,就端着饭盆凑过来,问王革命:"小乔呢,怎么没在一起吃饭?"王革命说:"出差了。"说完,给小葛让开一点儿,对小葛说:"你可是有段时间不跟我凑一块儿吃饭了,好像还躲着我,你什么意思?"小葛笑,"没什么意思,给你俩两人世界留空间呗,正甜蜜着呢,我那么没有眼神呀。"王革命一边埋头吃饭,一边埋怨小葛,"这叫朋友呀,看我笑话咋地?"小葛赶紧说:"怎么成笑话了呀,大伙都特羡慕你,说你幸福了,幸福的都瘦了身了,说说,具体都干什么啦,瘦得这么快?"王革命知道小葛故意的,拿自己跟乔慧敏调侃呢,就斜了他一眼,说:"咋地,羡慕了呀。"小葛说:"这个小乔怎么不知道给自己老公吃点补药呀,还是药房的呢,这么下去,咱王革命的身体可是要垮的啊。"王革命说:"你以为瘦下来那么容易吗?"小葛说:"肯定不容易呀。"王革命却问小葛:"我瘦得挺明显呀？"小葛点头。王革命说："我跟以前一样呀，从没有少吃过一顿饭呀，中午该吃啥吃啥。"

小葛看王革命碗里有红烧肉还有炖白菜，就有点夸张地盯着王革命，很纳闷地问："以前你中午可不点红烧肉的，我记得清楚着呢，嫂子做这个最拿手，你号称不稀罕吃食堂的红烧肉，说难以下咽，今天怎么回事？"话一说完，小葛拍了一下脑袋，说："对不起，说走嘴了，忘了，原谅呀。"

王革命哼了一声，又加一块塞进嘴里，吃得很香。小葛看着他，眼睛眯着，说："你在家也素食了咋地，整的中午在这儿猛补？"

王革命对类似小葛这样的起腻，已经习惯了。同在一个单位，比较熟悉的几个，难免拿他跟乔慧敏的结合开玩笑，这也很正常，平淡的生活，自己这件事多少刺激了大伙儿麻木的神经，时间一长，大伙儿就该淡漠了。

晚上回到家，因为乔慧敏不在家，王革命就没有穿那一套白色的起居服，就大裤衩背心地穿着，屋里厨房来回溜达。来回溜达是因为，冰箱里没什么剩饭了，厨房也没有什么菜了，这叫饥肠辘辘的王革命有点六神无主，因为以往类似饿肚子这样的体验真的不多。他抓起茶几上乔慧敏留下的几块小饼干吃了个精光，又再次打开冰箱，这次发现有一罐青岛啤酒，看了看没有过期还可以喝。喝完以后，还是饿，王革命看了看墙上的表，已经七点了，他有心出去吃碗面条。穿上衣服，下楼，沿着街边找到一家小饭馆，要了一份肉炒饼，狼吞虎咽下去了。吃完，才觉得有点噎得慌，索性又要了一瓶啤酒，一盘小菜，喝上了。

走出小饭馆，王革命却不想回家。乔慧敏的家在建设北大街附近，距离人民广场不远，王革命就信步走到了那里，找了个台阶坐下。广场很热闹，乘凉的人不少。王革命身边的一对小情侣正在卿卿我我，王革命感觉有点不自在，就站起来，绕着广场转。转着转着，王革命从广场走出来，到了青园街上，沿着青园街，王革命一直往南走，过了裕华路，王革命还走，就到了槐中路了，王革命继续沿着槐中路朝东走，看着街边熟悉的一切，王革命没觉出来累，脚下反而越走越快。但是，距离自己从前的家还有一里路的时候，王革命忽然停住了，在黑暗中不知道想起来了什么，开始转身慢慢往回走。

回家的路上，王革命给小鸥打电话，问她家里的情况。小鸥先说爷爷挺好的，又说都挺好的，然后很快带着担心的口吻反过来追问他："爸爸，你没事吧，你在哪里呀，没在家吗，吃饭没有，是不是在外头喝酒喝多了呀。"

女儿的话，叫王革命心里一热。此时心里升腾上来的，对女儿的愧疚感受，叫王革命眼里有点潮湿，要知道，从离开家，王革命是杜绝自己陷入这种缠绵亲情的感受的，他不想心里头有沉甸甸的东西压着，身体舒展了，换来心灵的承重，那可不是他王革命的初衷。尽管如此，想到小鸥已经毕业，以后的出路在哪里，去干什么，如今一点眉目都没有，王革命不由得还是心情沉重起来。王革命知道很多别人家的孩子，在大学毕业之前，父母就已经给找到了归宿，对以后的工作做了安排，而自己，在小鸥毕业的前夕，正和乔慧敏打得火热，完全疏忽了自己作为家长应该尽到的责任，其实已经耽误了很多宝贵时间，错过了一些难得的机会。想到这，王革命忽然间，头一次体会到了自己的自私。原来自己真的是自私的。王革命想起以前小鸥妈妈吵架说过自己这话，但他从不这么认为，还认为小鸥妈妈的结论莫名其妙，不听她的话，这算自私嘛，按照自己的意愿，这算自私嘛，不过就是脾气性格倔强而已。就是不顾老爹王三楞的存在，说离婚就离婚，王革命也不承认是自己自私的表现。所以，他曾经一直觉得她把结论挂到自私上是荒谬的。

乔慧敏不在家，王革命心闲了，就想了一大堆以前的事情。要是乔慧敏在身边，他真顾不上想。没有乔慧敏在身边的这个晚上，王革命竟然感觉很寂寞，看电视也走神，这真是奇怪，以前王革命跟小鸥妈妈过日子的时候，从没有觉得自己是个依赖别人的人，也常有时候自己一个人在家待着，也无聊过，但无聊是无聊，跟寂寞的感觉不一样，无聊就是无所事事，闲得慌，而寂寞呢，却是周围很寂静，心里孤单，无依无靠似的。王革命就琢磨，是不是自己太爱乔慧敏了呀，所以她不在身边就没着没落的，自己怎么越老越没有出息了呢，为什么呀。王革命就想到爸爸王三楞，自己母亲去世很多年了，爸爸这么多年，就因为有自己一家人，老人才没有特别孤单。因为想到爸爸，王革命就转而想起小鸥说的，小鸥妈妈跟报社一个男的来往的事情，心好像又飘上来。

王革命真的担心，如果小鸥妈妈再次结婚，离开这个家，爸爸王三楞谁来照顾？还有，假如那个男的结婚以后住到这个家来，爸爸的感受会是怎么样？还有，这个男的，人品怎么样，会尊重爸爸吗？这么一乱想，王革命就把寂寞的滋味变成心乱的滋味了。

想来想去，王革命再次想到乔慧敏还跟爸爸未曾谋面呢，这可不是事，说不好以后自己是不是还要承担回去照顾父亲的责任，怎么说，自己是独子，不该指望前妻承担赡养老父亲的责任，这理儿王革命明白，非要人家小鸥妈妈承担这一切，确实说不过去。可是，如果乔慧敏不愿意跟自己一起承担这一切，咋办？王革命心里一点儿底都没有。

第二天，王革命回到槐中路的家，这次，他敲门进了二楼自己的家。小鸥妈妈非常意外，见到王革命还以为是自己眼花了。她把着门，问王革命："你有事？"

"我找你，想跟你谈谈。"

进了门，王革命犹豫了一下，因为他的拖鞋不见了，小鸥妈妈察觉到了王革命的尴尬，进了屋里，递过话说："你的东西我都给拿到爷爷屋里去了，你自己从鞋柜里拿一双吧，那儿有拖鞋。"

王革命听着小鸥妈妈说话，没好意思看她的脸，就低头换鞋，拖鞋是崭新的，王革命穿在脚上，走在曾经熟悉的屋里，却感觉怪怪的。坐在客厅沙发上以后，王革命扭着脸等着小鸥妈妈从屋里出来，索性就开门见山，说："你跟一个男的在交往？到什么程度了？"

小鸥妈妈换了件衣服，从屋里走出来，没立刻回答，看着王革命，没有在王革命脸上看出什么特别之后，她轻轻叹了口气，才说："小鸥告诉你的吧？"

王革命没直接回答，一脸询问的表情，等着小鸥妈妈继续说。

小鸥妈妈就一边倒水，一边说了："是个报社的处长，姓郑，人不错，老实人，不是离异的，是丧偶。"

王革命听着，双手支在膝盖上，上身晃着，好像在琢磨什么。

小鸥妈妈说完，看王革命也不说话，就又接着说："小鸥她舅妈的意思，看着行就结婚吧，说就我这条件，能找这么个人实在算很幸运的了，说她们单位好多离婚的女人，什么条件都比我强，都还挺年轻的呢，又漂亮又有钱，还都找不到合适的呢。"

王革命听了，点头说："是这情况，我们单位也是。"刚一说完感觉不对，心里担心前妻很敏感提到医院，赶紧假装没事，接着说下去。"这个男的，表面上听着，条件还行，报社的处长，肯定有学历有文化呀，还有位置，报社挣钱也不少，外人面前一说，身份也不错。"说到这儿，忽然话锋转了，"对了，身体方面如何，他有没有什么病呀？"

小鸥妈妈有点发愣，迟疑地回答说："好像没有吧，看不出来呀，他自己又没说，我也不可能张口问呀，那不礼貌呀。"

王革命就很肯定的表情说，"不用他自己说，你不是看到他本人了吗，看着脸色什么都健康不？"

小鸥妈妈稍有紧张，思忖着说："脸有点黑，不胖。"

王革命就追问说："脸很黑呀，是哪种黑呀，是不是肝不好呀，瘦吗，瘦到什么程度，喝水多不，眼睛肿不肿，不会有糖尿病吧，心脏怎么样，这个岁数的男的，身体一点儿毛病没有的不多，至少有三高吧，在报社工作，还是个领导，应酬肯定不少，血压呀血糖呀都不一定正常。"

显然王革命的话，叫小鸥妈妈的心情受了影响，她站起来，走到窗户前，默不作声了。王革命忽然心里有了安慰小鸥妈妈的想法，王革命一下站起来，对小鸥妈妈说："要不这样，你带他去我们医院，不用你带也行，叫他直接给我打个电话，我找人给他检查检查身体，你看怎么样？"

小鸥妈妈转过身，说："你觉得合适吗，突然叫人家去检查身体，好像咱们怀疑人家有病似的，多不尊重人呀。"

王革命辩解说："这是好事呀，一般人到不了我们这种大医院检查身体的，你也知道的呀。"

"两码事，刚认识没多久怎么跟人家说呀，以后吧，等以后熟了，天天检查都行。"

王革命听小鸥妈妈这么说，就卡壳了半晌，然后才说："还有以后呀，看来你也有了打算呗，怎么样，有心思就跟这个男的结婚呀。"

小鸥妈妈一听，口气顿时就不满起来，"怎么着，就你可以结婚，别人不可以吗，大家都是自由身，当然自己愿意结婚就结婚。"

王革命赶紧就顺着小鸥妈妈的口气，"我没说不叫你结婚，我也没这个权力呀，我就是关心你，看看这个人可靠不，是不是正经人。"

小鸥妈妈口气很冲，"当然是正经人，这你尽管放心。"

"怎么打算的呀，是你去他家，还是他到这个家呀？"王革命终于把心里的话掏出来了。

小鸥妈妈此时有点反感王革命问这问那了，她反问王革命："你跟我绕来绕去，最根本的目的，就谈这个？"

见王革命不说话，小鸥妈妈讥讽地口气说："你是不是有点操心多了呀，没有必要吧，放心吧，我结婚不结婚，也不会打扰你们家的幸福生活的，你就安心过你的日子得了。"

王革命见小鸥妈妈没有回答自己的问题，好像还有点误会自己了，赶紧解释说："我可真没有什么恶意，这个家分了，确实是我的责任，我承认，但是事情已经到了这个地步，只能往下一步步往好的方向走，我也愿意你找个好人，老了也有个伴，有个病呀灾呀身边有人照顾，挺好的。"

"除了你说的这些好听的话，你来这里，恐怕不仅仅是为了说这些好听的话才专门跑一趟吧，你还有什么目的吧，也直接说说。"

王革命就有点讪讪的，但心里也清楚，小鸥妈妈如此口气说话，自然还有怨恨他的心理因素在，所以，自己也不能计较什么。可是，王革命无法说出，假如小鸥妈妈嫁人走掉，自己和乔慧敏还暂时不能过来接替她照顾老人，但假如报社老郑过来，能跟爸爸友好相处吗，王革命此时真的没有勇气说出这些话。而且，他自己也说不清楚，到底是希望小鸥妈妈如何。

6

王小鸥进院来，就看到自己家楼下停着爸爸的车。以为王革命来看爷爷了，就直接去了爷爷家，结果只有爷爷自己在看电视。王小鸥心里就有点纳闷，爸爸上哪儿了，难道在自己家里？为什么回来了呀，有什么事情发生了吗？王小鸥从爷爷屋里出来，恰巧王革命从二楼下来，小鸥站在爷爷屋门口，叫了声爸爸。

王革命嗯了一声，问小鸥："爷爷干嘛呢？"说着话，俩人进了爷爷的屋里。跟爷爷待了一会儿，王革命忽然对小鸥说："走，我带你串个门去。"

小鸥问："去谁家呀。"

王革命说："你猜猜。"

上了车，王革命告诉小鸥说："你乔阿姨出差了，正好，你去我家看看吧。"

王小鸥没说话，心里说不出来的感觉，这是自己的亲爸爸，去他的家，还说是串个门，还要趁着乔阿姨不在的时候去，怎么显得鬼鬼祟祟的，好像很不仗义呢。嗨，没办法，谁叫这个家是人家乔阿姨的家呢，听爸爸的口气，好像他也是这个家的客人似的，估计在这个家，他也做不了什么主。

等进了乔慧敏家，王小鸥惊异地发现，这个家的整洁和优雅超出了她的全部想象，王小鸥也情不自禁地夸赞说，真漂亮的家，跟乔阿姨的气质挺吻合的。

王革命听了小鸥的夸赞，有点得意，问她："你喜欢吗？"

小鸥点头。

王革命就说："等你有工作了，有男朋友了，成家了，爸爸给你出钱，也买一套这样的房子，再叫你乔阿姨帮你设计屋子。"

一说到小鸥的工作，王革命就又触及了自己的心事，问小鸥看书没有，考公务员把握多大。

王小鸥说看书呢，至于考上公务员的把握，她摇摇头，表示没办法说，因为不知道。王革命就把今天去小鸥妈妈那里说的话大致跟王小鸥学说了一遍，最后，问小鸥："你是愿意你妈妈搬到郑叔叔那里，还是愿意郑叔叔来咱们家住？"

王小鸥无奈地叹气，说："我也没有权力选择呀，说到愿意不愿意的，就看妈妈的意思呗，她愿意怎么样就怎么样好了。"

王革命说："到时候，你妈妈肯定会征求你的意见的。"

王小鸥摇摇头，说："我怪想不通的，要是妈妈走了，爷爷怎么办呀，要是郑叔叔来了，家里多个人，我也不舒服，挺别扭的，我说不清楚，反正挺麻烦的。"

看着王小鸥苦恼的样子，王革命怜惜地拍拍她的头，说："咱们俩商量个办法出来，看看这事情怎么办好，然后，你再去劝劝你妈妈怎么样？"

王小鸥说："怎么劝，劝什么，难道不叫妈妈跟郑叔叔好吗？"

王革命说："不是这个意思，就是劝，看你妈妈怎么办，才能既照顾你跟这个家，还能跟郑叔叔在一起过日子。"

"我其实不用你们照顾了，我同学，农村的，没回老家留下了，人家自己在外头租房子住，也什么事都没有，我自己什么都会，干脆这样吧，叫妈妈去郑叔叔那里吧，我照顾爷爷，行吗？"

王小鸥这样的回答，真叫王革命吓一跳，也完全是他没有想到的，"你来照顾，你怎么照顾呀，你还要复习功课呢，哪有时间呀。"

"有时间，就是做饭自己吃，再给爷爷做一份，容易，我知道爷爷爱吃什么，没问题的。"小鸥爽快地说。

轮到王革命无语了。他知道，王小鸥如此轻松地回答，不是简单的没有过脑袋的信口开河，而是，这个孩子，在有心替父母解决问题，承担责任。这是不是太不公平了，父母都去找自己的幸福去了，王三楞老人就成了负担，结果这个负担，却要由一个孩子承担，什么样的父母能心安理得呀。但是，王革命却不知道说什么好，坚决拒绝吧，前妻真的去了老郑那里怎么办，不拒绝吧，简直说出去叫人笑话。

王革命皱着眉头，想了又想，还是对小鸥说："你想得太简单了，这不是一天半天一年两年的事情，你以后还要结婚，有自己的家，再说，你当前的当务之急是找工作就业，不能为了你爷爷的事情耽误了你自己。"

小鸥说："我知道，反正你跟妈妈目前的精力都有限，我也正好闲着，就先照顾着爷爷，也许等我以后该忙了，有工作了，你们就有时间有空闲了，就能照顾爷爷了，你不是说过吗，没有解决不了的问题，没有过不去的火焰山。"

这话说得有一定道理。王革命听了点头，这办法确实能缓解一下目前的家庭危机，王革命虽然没有完全认同小鸥的话，但已经感觉心情轻松了不少。

王革命却没想到，晚上，回到家的王小鸥，就跟妈妈谈了自己可以照顾爷爷的想法，还安慰妈妈说："妈妈你跟郑叔叔好好过去吧，放心家里的一切，有我呢，我什么饭都会做，洗衣服更没问题，还有爷爷平常吃什么药，定期去社区医疗服务站检查身体，我都能做好，你就放心吧。"

小鸥妈妈听到女儿这么说，又联想起白天王革命跟自己说的话，心里明白，王革命爷俩有了某种沟通了。听到小鸥说由她来照顾爷爷，既感动这个孩子的懂事，同时，也真是生气王革命只顾享受自己舒适的生活，竟然一次次推卸他自己应该承担的责任，实在不应该。

小鸥妈妈就对小鸥说："按说你照顾爷爷，没什么不妥，你是他们老王家的孩子，应该的，可是从这根脉上，更应该承担照顾老人任务的应该是你爸爸，我也知道，他现在有借口呢，什么自己的新家庭还要适应一段时间之类的，那是他自己的事情，跟我们无关。我说这个话，不是我要甩掉照顾你爷爷这个包袱，别说是跟咱们一起生活几十年的爷爷，就是一个没有任何血缘关系的老人，像你爷爷这样的老干部，比如咱们院里的刘爷爷赵奶奶，都是老革命，都该受到尊重和照顾呢，任何人都会这么想的。从情义上讲，我们不管以后怎么样，都该照顾爷爷，可是，说到理上，我跟你爸爸已经离婚了，他一甩手就走了，我之所以还如同以往那样照顾爷爷，跟他毫无关系，他别觉得我照顾爷爷是给他面子，对他还有什么想法，还有什么依恋，没有，跟他任何瓜葛都没有，我跟你爷爷没有血缘关系，按说，离婚了，就是外人了，我还照顾你爷爷，我不愿意说我自己人品怎么样，我想说的是，这是做人的起码原则吧，其实我什么不明白，我有一万个理由不管这个家了，我是这场失败婚姻的受害者，我也可以为了自己的幸福，什么都不管了，可是，我做不到的，像你爸爸那样不负责任的事，我绝对干不出来的。"

王革命听到小鸥愿意承担照顾爷爷的承诺以后，心里有了底牌一样，踏实了不少。等到乔慧敏一回来，王革命就赶紧找了个机会，跟她把小鸥妈妈要结婚走人，小鸥可能要自己照顾爷爷的话说了出来。王革命的心思自然非常明朗，说这个话，就是暗示给乔慧敏呢，拿出点什么行动来吧，别叫孩子撑着这一切。

可是乔慧敏突然冒出来的一句话，登时就把王革命噎住了。

乔慧敏说："王革命，你忽略了一件大事，我要提醒你了，你离婚出来的时候，你觉得理亏，你好像承诺了，就是把槐中路的房子，给小鸥妈妈了吧。"

王革命瞪着眼睛，半晌说不出来话，他想了想，勉强回应乔慧敏，"当时是那么说过，但是也没有过户呀，我也没有资格过户呀，房子也不是我的，户主是我爸爸，你不知道吧，等于槐中路的房子全是我爸爸说了算，我说了也白说。"

"对呀，为什么你离婚了，小鸥妈妈还待在那里不走呀，你还感激她照顾你爸爸，我看说不定人家也有什么想法吧。"

"她当然要住在那里，她走了上哪里住去呀？"王革命忽然有点激动，"我知道你的意思，是说，小鸥妈妈动机不纯，是为了占有我们家的房子，照顾我爸爸不是她的本意，你真不该这么说她，即使这个房子是我爸爸的，她也理所应当有居住权，就是你问我爸爸的意思，也一样。"

乔慧敏见王革命不高兴了，就说："你也用不着为了你前妻跟我吵架，没意思。"

王革命忍着气说："我不是故意跟你吵架，我的意思是我没有做到的，人家替我做到了，够忍受委屈的了，还有我的女儿小鸥，够懂事吧，主动要承担照顾她爷爷，为什么呀，不就是为了父母都有自己的生活，平平安安的，咱们既然没有理，就不要强词夺理，知道自己理亏在哪里。"

"我理亏在哪儿？你说呀，不就是没去看你爸爸吗，我说过几次了，我还没有调整好情绪，再说，我跟的是你，不是你那一大家子人，要是事先知道有这一大堆磨磨叽叽的麻烦事等着我，我才不跟你过呢。"

这是自从王革命跟乔慧敏结婚，第一次，因为家事闹不愉快。

小鸥妈妈虽然跟小鸥说开了关于谁照顾爷爷的话，但其实以后怎么办，她也没有具体主意，她没有办法左右王革命的想法，他说他目前没有可能照顾爷爷，那也就是真有他自己的苦衷吧。至于说乔慧敏提到的，小鸥妈妈不离开爷爷，是想占有这套房子的说法，小鸥妈妈要是知道了，会不以为然。为什么，小鸥爷爷肯定会把房子留给王小鸥的，天经地义呀。如此说来，幸亏当时没有过户到王革命名下，不然的话，惨了，这个乔慧敏是不是也拥有什么权利了呀。显然小鸥妈妈是跟小鸥捆绑在一起享受利益的，要说单独享用，不太可能吧，所以，乔慧敏的说法，不太靠谱。但如果，报社老郑搬来一起住，小鸥不反对，那就谁也没有办法。现在，摆在小鸥妈妈面前的，是非常现实的问题了，很严峻。

如果，小鸥妈妈搬走，去投奔老郑，行了，彻底不是老王家的人了，槐中路的家再想回来，只能等将来王三楞百年以后，回来投奔王小鸥。而如果把老郑接到槐中路来住，叫老王家添一口人，即使老爷爷不满，一天两天过去了，一年两年过去了，只要小鸥没有意见，慢慢地，老郑也就成了这个家的入赘女婿了，关键是，小鸥妈妈这辈子就不用离开槐中路了。

说来说去，老郑什么意见呢。

小鸥妈妈自从跟老郑交往，给他去家里做过饭，炖肉，包饺子，收拾家，洗衣服，换床单，擦地，活干的不少。表面上的活计干完以后，俩人交往已经开始往纵深发展了。有了亲密关系以后，小鸥妈妈开始给老郑擦鞋洗袜子。再后来，工作繁忙的老郑开始在小鸥妈妈面前衣衫不整地趴电脑前不分昼夜地辛苦工作，小鸥妈妈就在一边跟着熬夜，给他倒水，热了给他扇扇子，冷了给老郑加披上件毛衣，自己没意思了，就自己去擦地，老郑写完东西，饿了，一大碗面就端过来了，还有拌好的小咸菜，老郑真享受，渐渐习惯了，写完东西，就要面，没有小咸菜就吃不惯，还要小咸菜。

他们是去年秋天经人介绍认识的，到了第二年春天，老郑终于提出结婚，小鸥妈妈偷偷在心底呼出一口长气，这一口长气出来以后，顿时浑身轻松，所有酸痛的骨骼都舒展了一般。

可惜的是，从冬天开始一直到开春，这期间，王三楞爷爷一直在闹哮喘，没有爸爸妈妈在身边，小鸥累得够呛。还有不好的消息，小鸥参加了河北省的公务员考试，考试结果不理想，名字并没有出现在面试的名单上。

7

妈妈跟郑叔叔结婚以后，搬到了郑叔叔家，就在裕华东路煤机街的长荣小区，距离小鸥的家并不远。妈妈更忙了，又要管郑叔叔，又要总来照看小鸥跟爷爷，有时候，下班后先过来看看，爷俩生活上有什么事情需要帮忙，或者直接就拎着猪肉过来，给爷俩炖一锅肉再回去。反正比王革命爸爸来得勤。王三楞爷爷知道小鸥妈妈再嫁的事情以后，老爷子真开通，看到一起生活了几十年的儿媳妇再次嫁人了，反而如释重负，跟小鸥打听了好几次郑叔叔是干什么的，一听是报社的处长，眼睛都亮了，叫小鸥跟她妈妈说，带小郑同志来家里玩。

终于，王革命爸爸的力气没白费，王小鸥一天下午接到爸爸的电话，说晚上，乔慧敏阿姨要跟爸爸一起来看爷爷啦。爸爸打过电话之后，小鸥就想到，过来除了看看爷爷，也不能不吃饭就走呀。赶紧下楼，到菜市场买了面条，面酱，黄瓜西红柿辣椒回来。回到家，小鸥给王革命爸爸发了短信：晚上我给你们做炸酱面，还有鸡蛋西红柿卤，黄瓜丝，辣椒丝已经切好，买了两种面条，有手工面和刀削面。

晚上，爸爸真来了，不对，乔慧敏阿姨真来了。王小鸥在一楼爷爷家里做好了饭，早早地把桌子摆好，一大碗炸酱，一大盘鸡蛋西红柿卤，一盘黄瓜丝，一盘辣椒丝。锅在火上烧着水，就等王革命、乔慧敏阿姨一进门，就下面了。

王三楞知道王革命今天晚上带着媳妇一起过来，从下午小鸥忙乎，就知道了。老人没说什么，看着小鸥忙乎的时候，忽然自己颤巍巍地走到阳台，猫腰从角落的小缸里摸出几个白洋淀咸鸭蛋来，叫小鸥煮熟。小鸥笑了，她知道自己的革命爸爸最爱吃这个。

乔慧敏阿姨跟在王革命身后，进门，王革命在前头，手里拎着好多东西，喊着爸爸。乔慧敏进了屋看到了王三楞，也轻声叫了一声爸。小鸥听见了，转身进了厨房，开始下面。

乔慧敏吃饭的时候，有点局促，王革命就给她盛酱，说："小鸥做的酱，好吃，不咸。"然后又给爸爸夹点黄瓜丝，小鸥也不知道说什么好，只知道把咸鸭蛋放爸爸碗边，又放一块在乔慧敏阿姨的碗边，乔慧敏赶紧说谢谢小鸥，我自己来。王三楞爷爷也没说什么，吃饭的时候，似乎也没有明确态度。但是，王革命进门就看到煮熟的咸鸭蛋摆桌上，马上就知道爸爸的态度了，他高兴地对乔慧敏说："看看，这大鸭蛋，每年白洋淀的人都给爸爸送来几箱子，是爸爸自己亲手腌的，特好吃。"

等吃过饭又待了一会儿，看王三楞累了，王革命就告辞出来，跟乔慧敏上了车。上了车，两个人互相看了一眼，都轻松地舒了一口气。王革命笑着说："我说我爸爸开通吧，啥事也没有，你说你怕他什么。"

乔慧敏却自顾自地说："王小鸥真是懂事呀，给咱们煮的是刀削面，过了凉水的，知道你爱吃，给爷爷煮的是手工面，是热面，没过水的，她真心细呀，这个孩子，真不错，黄瓜辣椒都切得挺细，真是可惜呀。"

王革命接话，"你夸了半天，最后咋还可惜呀？"

乔慧敏故意朝王革命撒娇，抱着他的胳膊嘟着嘴嗲嗲地说："当然可惜呀，可惜不是我亲生的。"

但自此，乔慧敏跟着王革命每周回来看望王三楞爸爸，她跟王小鸥也越来越熟络，对王三楞的怯意也不像起初那么明显了。后来，开始在三楞爸爸那里下厨，给老爷子买了一台九阳豆浆机，弄了一堆五谷杂粮，并且大胆地跟王三楞爸爸提议，每天可以多吃点清爽新鲜的绿叶蔬菜，少吃盐，吃一个鸡蛋，喝杂粮糊糊，不要吃太多的馒头，不要老吃那些热了几次的剩炖菜了，没有营养，还难免闹肚子。

王小鸥把家里的变化，告诉了妈妈，说爷爷也很高兴，最近不哮喘了，乔慧敏阿姨还主动教自己做水果拼盘等等，总之一切很好，叫妈妈尽量放心。电话里，小鸥猜不出来妈妈的表情，但心里头想，自己过好，爷爷不得病，爸爸那里一切平安，妈妈跟着郑叔叔过日子，不是也省得妈妈多操心。果然，妈妈听了小鸥的话，没说别的，就问小鸥自己，妈妈说话的口气很平和，问小鸥自己都忙什么，除了做家务，复习功课，有什么未来的打算呀。

小鸥就告诉妈妈，自己决定了，不打算考公务员了，因为自己没有信心，觉得考上很难，但已经有了新的打算。妈妈赶紧问什么打算。

小鸥就告诉妈妈说："想跟同学一起，去开发区优木广场那里的人才市场找工作。"

妈妈就有点着急，说："那儿有什么正经工作呀，都是私营的。"

小鸥说："私营的也有做得不错的，我目前主要是积累经验，以后，想干什么，我还没有想好，先进入社会，找机会自己锻炼锻炼吧。"

小鸥妈妈呆呆地放下电话，郑叔叔在一旁一直听小鸥妈妈跟小鸥电话里说话，看小鸥妈妈失望的样子，就安慰她说："我看王小鸥这第一步走得对，年轻人，刚进入社会，什么都不懂，就应该叫她们多闯闯，多见识见识，知道知道外面社会是怎么回事，光有远大而光辉的愿望是不现实的，现在的年轻人，干什么都嫌乎累嫌乎没意思，一张嘴就是嫌乎钱少，只想坐享其成，不知道好逸恶劳是可耻的，不知道自己一无所长，什么都不是的年轻人，实在是太多了。"

"小鸥勤快规矩是没问题，我是担心，一个女孩子，在社会上瞎乱闯荡，遇见坏人怎么办。"小鸥妈妈担心地说。

老郑说："让你这么一说，女孩子连大学都不要去上，就天天锁在家里好了，什么心态呀，你看我们家郑亮，自己在北京上学这几年，成长多快，自立能力也越来越强，说这个假期准备跟同学去新疆旅游呢，我就特支持，女孩，见多识广，没问题的。"

小鸥妈妈听老郑提到他自己的女儿，就想起老郑曾经说她只会煮方便面的话，就说："你不是说你女儿自理能力不强吗？"

老郑说："说到具体做家务，是不如小鸥，跟郑亮比，小鸥有点小家碧玉的感觉，郑亮更大气些，郑亮是那种心特别野的女孩，不像小鸥这么听话，乖巧，这么喜欢居家，还照顾老人，我承认，郑亮这孩子自己心思太大，胆子也大，想的太远，上学期间自己就去过丽江、西藏，还想毕业以后去一个什么旅游网应聘做旅游体验师，说就是人家给她钱叫她环球旅游，听着玄乎，不知道真有这样的职业没有。"

小鸥妈妈听着老郑得意地赞美自家孩子的话，心里却是一阵失落和难过，想起小鸥上大学的时候，也曾经辉煌过，还当过师大青春风采大赛的冠军呢，现如今，找一个像样的工作都很难，还在家里伺候老人，也没考上公务员，就开始沉默然后就是叹气。又想起小鸥舅妈说打算给小鸥介绍的那个公务员男朋友，看了小鸥照片喜形于色，马上追问，可是一听小鸥目前没有工作，就顿时含糊了，舅妈反复问，人家才说，自己呢算人群里条件不错的，找女友条件不高，只想找有固定工作的女孩，比如说是公务员或者有事业编制的，说没有工作将来负担太重，以后连孩子都养不起，就是养活得起，生活也会很没质量。现在看老郑光是沾沾自喜自己女儿的不同寻常，对小鸥的前程却只是说光鲜亮丽话，不打算帮什么实际忙，就有些生气。

跟老郑捣鼓了几次后，老郑也坐不住了说最近报社是招聘呢，但是毕业的学校好像是有门槛的，自己上班后去问问。结果晚上回来，说人家只要211工程院校毕业的学生。小鸥妈妈哪里懂什么211。老郑解释说，就是全国100所重点院校吧，好像河北只有河北工业大学和华北电力大学算211院校，没有河北师范大学，还说，还有专业要求，必须是中文新闻历史法律这类专业的毕业生，小鸥上的外语系，这个专业的没有资格。

小鸥妈妈就傻了。心里郁闷的她跟小鸥说了，意思是郑叔叔也不是不想帮忙，报社有特殊要求，没办法。小鸥才知道妈妈在忙乎啥，赶紧对妈妈说本来自己也不想去报社，快别张罗了，不要给郑叔叔添麻烦。

心里也有些烦的小鸥走出家门，给董欣打电话，想问问明天去优木人才中心的事情，结果，董欣一直没有接听电话，小鸥猜测，估计这个时间去洗澡了，手机不在身边吧。就又给何丽君打电话。何丽君一月份考研失败了，受到打击的她情绪受了影响，因为本来她自己的把握很大，也付出了很多努力。从那以后，何丽君的脾气变得很急躁，但是她却似乎没有放弃考研的打算，还在学习。何丽君接了电话，问小鸥什么事。小鸥就说了，明天一起去人才市场看看吧，看看有机会没有。

何丽君那边打了一个哈欠，懒懒地对小鸥说："人才市场呀，去年不是去过呀，冷冷清清的，没有什么好单位，就是有好单位，也不是为了招人，是假装坐那里，骗人的，不会真的招人。"

小鸥听了，反驳说："不可能全是这样的单位呀，都是这样，还要人才市场干嘛，不都成幌子了吗？"

何丽君坚持说："我说的话，你总不信，非要碰壁才信，去年毕业的时候，我跟你说过了吧，公务员你是考不上的，怎么样，白考了吧，我就不去，省得生气。"

王小鸥解释说："我是成绩不行。"

何丽君马上说："成绩行咋样，进了面试，你也得下来。"

王小鸥抢白说："也有很多人，没有关系的，也进了机关了，真的。"

何丽君不高兴地说："我不跟你辩论了，你就是倔，说不通。"

王小鸥就说："不过，我也不打算继续考了，其实我的理想不是想进机关上班，考公务员是我爸爸的意思，我真的兴趣不大。"

何丽君索性不管王小鸥的感受，说："你也不考研究生，也不考公务员，你想干什么呀，你不想上班，你可以呀，在家啃老呀？不过，你还有一个路可走，你长得漂亮，嫁人，找个人养吧。"

"我就想上班，就想先找个地方锻炼锻炼，然后看我自己想干点啥。"王小鸥不在乎何丽君的讥讽。

"好家伙，要自己创业当老板呀，厉害呀，说说，你打算干什么呀？"何丽君显然更不信了。

"我也没想好呢。"王小鸥退了一步，何丽君话里的完全不信也叫她的内心有些打小鼓。毕竟一点儿边都不沾，自己也说不出所以然，人家何丽君不信也很正常。

董欣电话打过来，王小鸥跟董欣说好，第二天早晨八点半，董欣到王小鸥家门口等她，两人一起去开发区优木人才市场碰碰机会。

王小鸥问叫上何丽君不。董欣说："她不情愿去你也别非要耽误人家时间了，上次我叫她干什么去啦，人家说我耽误她学习时间了，气得我够呛。"王小鸥就没有给何丽君打电话。结果第二天一大早，小鸥还在吃饭，何丽君就发短信过来，说也要去。小鸥就问："你不学习了？"何丽君说："万一有好工作呢，都成了你们俩的啦，我不是错过了呀。"

8

敢情车站这么多人全是上32路车的，三个女孩好不容易挤上车，车上全是背包拎袋的年轻人，有成群结对的，还有单个的，看来去招聘现场的学生真不少。赶到优木广场，时间刚过九点，还以为来得很早了，却见眼前一片喧闹景象。广场上空有好几个巨大的充气气球飘荡着，广场中央有一排排写着年度大学生供需见面会的横幅，很多招聘单位还自己做了醒目的广告标牌，到处人头攒动，拥挤不堪。

看到王小鸥三个女孩过来，立刻就有年轻人拿着花花绿绿的宣传单随手递给她们，她们顺眼扫了一下，都是不感兴趣的公司，她们全摇头，一边往前挤，一边仰头张望着到处悬挂招聘单位名字的横幅。事先女孩们已经精心制作了自己整套的个人资料，有履历表推荐信还有各种证书的复印件，等看到眼前令人目不暇接的单位名称，真是各种行业五花八门，有的属于她们完全陌生的领域，听都没有听说过；有的则似懂非懂；还有的，是被同学们广泛议论过的，比如拥有知识产权的电信机构，还有拥有垄断性质的能源产业的下属销售公司，还有一些与媒体产业挂钩的文化公司，以及新兴绿色农业畜牧业产业基地等，王小鸥都非常感兴趣，可是这样的单位是很热门的，围的学生好几层，问这问那的，好不容易挤进去，轮到她了，她郑重地把自己的简历资料交给了这些招聘单位的人员，看到对方似乎毫不在意地把自己精心准备的应聘资料往身后的乱糟糟的纸堆一摞，小鸥心里就不显踏实了，因为她看到对方留存的资料都堆成了山，顿感自己把握不大。回头看董欣在跟市内一家著名的婚庆公司招聘人员交谈，对方显然对董欣很感兴趣，一个谢顶的中年男人还态度认真地双手递给董欣自己的名片，特意叮嘱董欣，欢迎到他们公司去现场亲自考察，不像刚才小鸥投履历表的那几个单位，人家爱答不理的。小鸥看董欣手里那个男人留下的名片，竟然他自己就是婚庆公司的总经理，原来总经理自己亲自来招聘主持人来了，真够真诚。再看何丽君，茫然四顾，手里的资料袋还厚厚的，显然还没有寻到自己满意的单位。

转眼到了中午，有卖盒饭的人推着车叫卖。董欣说早晨起来早了，没吃饱饿了，就要掏钱买，她们掏钱的瞬间，又一帮年轻人上来围住了卖盒饭的女人，等三个女孩凑上前，盖浇饭已经快没了，光剩下卤子很少面条已经泡软了的打卤面。很难吃。三个女孩坐在广场林荫深处，吃不下，却还饿。董欣就说："附近有小饭馆吧，咱们去弄点好吃一点儿的吧，我请客。"

何丽君马上站起来，环视周围，说："去年我记得好像有一个，在哪儿呀，记不清了。"

王小鸥拽了一下何丽君，示意她坐下，对她们俩说："这周围很偏僻，都已经快是农村了，哪来的小饭馆，算了吧，将就点得了。"

何丽君说："真难吃，还不如小鸥做的饭呢。"

董欣也接着说："真是，你包的饺子，做的炸酱面，都比这好吃多少倍，我们俩要说好吃，就是好吃。"

王小鸥笑，"好吃这儿也吃不到，得到我们家呀。"

董欣扭脸看着空旷散乱的广场，没几个人，忽然说："小鸥咱们折腾半天什么收获都没有，白来了，我看呀，来这个地方的人，卖饭的收获最大，你敢不，你也来这儿卖饭吧，好家伙，人又西施，饭又可口，招聘的应聘的，一哄而上保准一下子卖光。"

何丽君听了，不等王小鸥说话，就叫嚷开了："董欣你说什么呢，不嫌乎丢人呀，你们看看什么人上这种地方卖盒饭，不是村里的，就是下岗的，亏你说得出来，我们是什么人呀，我们怎么能干这个？你们俩要卖盒饭先跟我说一声，我离你们远点，我嫌乎现眼。"

董欣不理会何丽君，只是看着王小鸥，询问的口气问她："小鸥，你呢，要是真叫你来这种地方卖盒饭，你敢不敢？"

小鸥低头看着手里软绵绵卤子没滋没味的面条，若有所思，说："我在想呀，没那么难吧，你俩看看手里的饭，可见做成这个样子的饭的人，多么不想干这活呀，纯粹是对付呢，先不说我敢不敢来卖饭，首先我做饭也不可能做成这样子吧。"

"没有回答我呀，敢不敢来呀，你要敢来，我就支持你，跟你一起来，我可不在乎面子，面子有什么用呀，值钱不？"董欣撺掇着，不知道是真是假。

小鸥似乎真动心了，忽然站起来，问董欣："还有几天呀，招聘会？"

董欣回答说："可能还有两天吧。"

小鸥脑袋里转了几下，看着手里的饭盒，说："要不就试试，包饺子卖，还是也做盖浇饭打卤面？"

何丽君听了，赶紧插嘴："没那么简单吧，说卖就卖，这儿有管理人员吧，说不定还收管理费呢。"

王小鸥回答："那不怕，该给钱就给钱就完了。"

董欣也说："不叫进场卖，在广场外围卖也行。"

何丽君又说："包饺子，那得包多少呀，累死了"。

王小鸥说："能包多少是多少吧，不要太多了吧，咱们也是在试验呢。"

董欣说："说干就干？先去湾里庙批发餐盒筷子塑料袋吧，赶紧的。"

王小鸥说："先去问问广场管理人员，需要什么手续不？"

董欣说："你问呀，肯定就麻烦了，什么食品安全检验证书有没有，从业人员有肝病吗之类的，弄清楚了，招聘会也结束了。"

何丽君看着周围几个卖饭的人，说："我估计他们几个，什么手续都没有吧。"

董欣灵机一动，迅速走过去，问了一个卖饭的老太太几句，老太太说了些什么，等回来，董欣对王小鸥说："她说好像有人管，但没有看见谁管，也弄不清楚。"

她们就站起身来，又观察了一通周围卖饭的人，的确没有见有人上来干涉卖饭，只有过来买饭的人。

王小鸥来了劲，下午没回家，跟董欣直接去了湾里庙批发市场，买了一批餐盒和筷子塑料袋回来，晚上就去市场买面粉肉调料跟蔬菜。何丽君摇头，说没时间，不参加此次行动，并且嗤之以鼻表示不屑。晚上，俩女孩就在小鸥家热火朝天干上了。

到了十二点，面也和好了，馅也调好了，俩女孩也累坏了。看董欣一个劲喊腰疼，王小鸥建议，明天早晨早点起床包饺子煮饺子。等董欣睡下，王小鸥偷偷起身，进了客厅，自己一个人开始包饺子，一直干到了凌晨。王小鸥也就休息了三个小时，等董欣起床，俩女孩继续大干，一个一边擀皮包饺子，一个一边煮饺子凉饺子，怕饺子太热粘了。到了上午十一点钟，王小鸥和董欣已经装满了30盒饺子，每盒有15个饺子，还有荤素不同，分猪肉大葱和韭菜鸡蛋两种。

好香呀。王小鸥拿起一个饺子闻闻，非常满意。董欣高兴地说："怎么样，自己的辛苦劳动成果，不舍得卖了吧。"

王小鸥给饺子定价，荤的10元一盒，素的9元一盒。全部卖光将回款285元，董欣买肉买菜买餐盒等记了账，都算上成本是90元左右，两个人将获得纯利润将近200元。

太激动了。激动得忘了算进去交通费用了。等她们想起怎么把30盒饺子搬到优木广场去，才想起这事。王小鸥的意思是叫出租车，董欣却拿起电话，说给一个朋友打电话，叫他过来帮帮忙。小鸥问什么朋友？董欣说是个常去超越健身中心的大哥，人不错，是个老板。

小鸥说："老板有空呀。"

董欣一边打电话一边回答小鸥："没事，叫他有空他就有空。"

真是没想到，董欣叫来的人，竟然是市里有名的连锁饭店辣道老板李小飞。王小鸥自己特爱吃川菜，所以，对辣道的一切久慕大名呀，小鸥也听说过李总白手起家的创业历程，非常钦佩，这回亲眼看到了，竟然还是亲自给自己和董欣当司机送饺子。

李小飞问王小鸥盒子里装的是什么，王小鸥赶紧打开，叫李小飞看看自己的饺子。小飞嗅嗅味道，点头，笑着问："多少钱一盒？"

董欣迟疑着说："定价10元，9元两种，你看贵不贵呀？"

李小飞一听，哈哈笑了，特痛快地说，"我看这么办好了，我全部包了，给你们这个价，然后你们俩去优木广场卖15元一盒，多赚的钱你们俩请我吃饭咋样？"

董欣有点蒙。王小鸥明白李小飞的话，就赶紧请教他，"李总，是不是我的定价太低了呀？"

李小飞笑，说："肯定低了，你家自己过日子，给自己家算账这么算行，这是做生意呀，你要考虑购买者的承受能力，还要考虑市价，一般火车站里面的餐厅，一份饺子就三两，价格是15—20元，肯定超过成本的，包饺子的人工成本你们没算吧，谁包的，你俩自己吧，你们忽略了自己包饺子付出的劳动成本了，如果请人包饺子，你们得给人家钱呀，对吧，这也是成本呀。"

小鸥恍然。忽然脑子一转，对李总还有董欣说："后天改成做炸酱面，劳动成本低不少，不用整夜干活，就煮几锅面凉凉，炸一盆酱，切一盆黄瓜丝，多省事呀，也一样赚钱。"

李小飞看着王小鸥赞许地说："你真聪明，悟性也挺高的，这才几分钟啊，你就从包饺子改行做炸酱面了，同时也迅速从一个质朴的人变成了一个奸商了呀。"

董欣也说："还是李总会劝，从劳动成本的角度劝说，很权威很有说服力，王小鸥这种轴人一下子就转弯了，你要从吃出品位吃出美味吃出关爱吃出健康的角度，她肯定跟你掰扯。"

三个人哈哈大笑。

就这样，王小鸥和董欣招聘会的第二天卖掉了30盒水饺，收入450元，第三天，卖掉50碗炸酱面，收入300元，去掉成本，两天招聘会俩孩子卖饭纯收入600元。

真叫高兴呀。晚上，回到小鸥的家，董欣仰面躺在床上，手里高举几张人民币哇哇狂笑。小鸥自然更高兴，坐沙发上喝着水，对董欣说："你不是已经赚过钱，在超越健身中心发过工资了呀，干嘛还这么激动？"

董欣说："这不是一码事，这钱赚得太舒服，累也是心甘情愿的，再说，才两天，就一个人赚300元，不少了，在超越，底薪一个月才1500元，我看，以后，咱们就想办法专门干这个得了。"

小鸥笑，"这是因为有招聘会呀，S市一年开几次呀。"

董欣一听，才想起来是因为有招聘会这个机会，点点头，说："也是呀，不可能天天有招聘会对吧，再说，咱们这是临时行为，也没有营业执照之类的，说来也不合法吧。"

其实，这次临战，对王小鸥来说，赚钱多少不是最重要的，最重要的是，她惊喜地发现，她对做这个事情非常感兴趣，辛苦完全可以忽略掉，而且隐隐地她感觉自己似乎有很多想法，好像这个领域也正需要自己这样的人，朦朦胧胧的，王小鸥对自己以后可能会做何选择有了初步的预想。当然，这件事之后，不可能马上就会有足够的准备做自己的事情的，俩女孩此时还是希望应聘上自己喜欢去的公司上班，他们等着消息，期盼着。越来越焦急地等着送上个人简历的招聘单位的电话打过来。

9

董欣最先接到了盛典婚庆公司的电话，是人家马大龙经理亲自打过来的，说话态度还特好，说那天在优木人才市场，一眼就看中人群里很有星范儿的董欣了，说特别希望董欣小姐加盟他们盛典公司，还说他们等着她的到来。马上，王小鸥也接到了一家叫作日出东方文化传媒公司的电话，是这家公司的人力资源部打来的，态度很职业，没有人家婚庆公司热情，只是简单地说，叫她过去面试。俩女孩互相沟通，又高兴又忐忑，相约中午在范西路一家叫避风塘的茶楼见面，商量一下明天去面试的事情。王小鸥问董欣："就咱们俩呀，还叫上何丽君吗？"

董欣不以为然，"她也没有交个人资料，面试又没她的事，叫她干嘛呀。"

王小鸥说："没她事没事，叫她给咱们出出主意。"

董欣就反驳说："得了，她有什么好主意啊，上次叫她跟咱们一起卖饺子去，你看她说的那话，什么丢脸之类的，再说，别耽误人家考研究生呀。"

王小鸥笑了，但还是坚持，对董欣说："我给何丽君打电话问问，不愿来是人家的事，不说是咱们的事，对吧？"

结果何丽君一接电话，就问那几天王小鸥卖饺子赚了多少钱？还说："你俩偷偷自己赚钱不叫着我，还不请我吃饭，合适吗？"

王小鸥放下电话，朝董欣摊摊手。董欣不屑，"谁叫她好面子不去呢，现在看咱们赚钱了又眼红，怎么着，她来不来呀？"

王小鸥点头，"不是说了，叫咱们请客，她说过来。"

等何丽君的空档，王小鸥羡慕地对董欣说："你说是他们经理给你打的电话，态度够诚恳的，看来他们那天就看好你啦，诚心诚意的，你就去吧，他说没说，叫你具体干什么？"董欣说："肯定是做婚礼主持人吧，呵呵。"王小鸥就笑："喜欢做吗？"董欣回答："没想那么多呢，也不知道喜欢不喜欢，试试吧，反正学这个的，不能在电视台电台做，就先在人家婚礼上练练也凑合。"

正说着，王小鸥扭脸看到何丽君在楼梯处探头探脑的，赶紧招呼她过来。何丽君似乎有点紧张，缩着肩膀，等坐到她们面前的沙发上，不忙着跟俩人说话，却张望四周的人们。王小鸥等何丽君待定，问她："你看谁呢，有熟人呀，不是来找我们的呀。"

何丽君这才坐定说："好家伙，你俩真是赚钱了，到这种地方来啦，上了档次了，以前不总是驴肉火烧吗，如今改成咖喱牛肉饭了，行呀，不行，我得豪华一回，吃完饭，我还要喝下午茶，咖啡和小点心都要吃。"
董欣哼了一声："为什么呀，我们怎么啦？"何丽君说："你们发财分钱，没我份，听说一人挣好几百，三百，是吧，一人三百，我要是去了，就一人两百对吧。"董欣说："我可不欠你的钱，谁叫你不去呢，还嫌乎我们俩给你丢脸。"王小鸥笑，说："下次叫上你，一起，不就得了。"

何丽君撇嘴，"有好点儿的活儿行，卖饺子就算了，我不去，对了说说，你们都去什么地方，应聘什么地方，给多少钱呀，我听听，什么单位？"

王小鸥说："我是文化公司，董欣是婚庆公司。"

董欣说："还没确定呢，也许人家见了我们还不要呢，没面试呢。"

何丽君听了，身子往后一仰，泄气的样子，说："我还以为什么好地方，500强呢，国家一级企业呢，或者什么好的事业单位呢，都什么破地方呀，都是个人的小破公司，没有任何前途和发展的，耽误咱们时间呢。"

王小鸥说："目前这个办法也算个不是办法的办法，你看，我们也考不上研究生，也考不上公务员，不能总在家闲待着吧，找个地方，锻炼锻炼，也算是个进入社会的尝试，不然总在家待着，跟社会就脱节了。"

何丽君说："我可没有跟社会脱节，别看我不出去干什么，天天蹲在小黑屋光看书，也不是啥都不知道，就我那个房东，就叫我开了眼了，特会赚钱，我跟你们说，人家一边还在外头开着网吧不算啥，还有更狠的招儿呢，人家在我们租房那儿找了间空屋子，专门放着电脑，我们几个租房的谁需要上电脑，按小时交钱，咋样，人家会赚钱吧。"

董欣哈哈笑，"还说不脱节呢，啥年代了，你却太低级了，不知道吧，现在城中村的租房都是有WIFI的，你们房东还靠电脑赚俩钱，啥档次呀，山顶洞人呀，与世隔绝了吧。"王小鸥忽然插嘴说："也不知道我要去的这家公司什么样，那天报名的时候，就说是家新公司，是挂靠在文化厅下属的一个单位吧，我一听文化厅，估计跟文化离的不远，档次也可以吧。"

何丽君一听，又来了兴趣，问："上级主管部门是文化厅吗，那天咱们没仔细看呀，我就没注意这家公司，具体干什么的？"

王小鸥说："明天我去公司面试，就知道了，那天问那招聘的了，他也没说清楚，好像也说了几句，我也没记住。"

何丽君说："叫文化传媒公司呀，肯定干的是跟文化沾边的事吧，挺好的呀，可惜，你是学外语的，去那里有什么用呀，他说了叫你具体干什么没有？"

王小鸥说："人家对专业也没有什么特殊要求，我报的是行政助理。"

"董欣，你呢？"何丽君问。

董欣说："我那个简单，就是婚庆公司，一听就知道干什么的。"

"哎呀，更没劲，我最烦婚庆公司的主持人啦，庸俗的不行，没劲没劲。"何丽君撇嘴。

董欣不愿意听了，说："有劲没劲那是个事，能暂时养活咱自己，等咱自己翅膀硬了，咱可以飞，对吧，我不在乎人家怎么说，爱说什么说什么，我不在乎面子。"

王小鸥点头，说："我赞成，就是这样，咱们刚进入社会，什么都不懂，一无所知，上更高的台阶需要积攒力量，万事开头难嘛。"

"得了，well began，half down，(好的开始是成功的一半)，开头很重要，一定要特别慎重，没听说过这句时髦话吗。二十多岁跟对人，三十多岁做对事，一定不能乱走弯路，耽误工夫，我就不轻举妄动，我宁愿天天在小黑屋学习，没事上上网，我也不愿意轻易明珠投暗。"

董欣反驳说："什么呀，人家说的是，二十多岁定好位，三十多岁有地位，你不出去尝试，你怎么知道自己的定位呀？"

王小鸥打断她俩的争论，说："说的都没错，关键是我们每个人选择的未来道路会是不一样的呀，何丽君想考研究生，挺好的，能考上的话，就是上了一个台阶，就是人生的一次进步呀，董欣你要是以后能做一个特成功的婚庆主持人，特有名气，我们还因为你自豪呢。"

"不过我想跟你去你要应聘的那家公司看看去行不？"何丽君忽然说。

"你什么意思，不想考研究生了？也想上班呀？"

"不是，我就是去看看，看他们干什么，研究生还是要考的。"何丽君解释。

"我可告诉你，何丽君，你不是瞧不起婚庆主持人吗，等你结婚的时候，千万别请我。"董欣故意恶狠狠地说。

王小鸥笑，说："等我们结婚的时候，天呀，很快了似的。"

何丽君也笑，说："等我结婚的时候，谁知道啥时候呀，你有没有改行呀，猴年马月的事情。"

董欣却不以为然，"瞧瞧你们，说个结婚跟咋地了似的，有那么严重吗，说结就结了，可以闪婚嘛，当然也可以裸婚嘛。"

"对对，可以可以，啥事不可以，只要自己愿意，闪婚，还可以闪离呢，对吧。"

王小鸥阻止何丽君，说："你今天怎么回事呀，净出口说难听的，闪婚可以，闪离好听呀。"

董欣不以为然，对王小鸥说："小鸥，你可真是的，本身就是个破裂家庭的孩子，还在乎什么闪婚或者闪离的，这算啥事，完全没事，对于我们这样家庭出来的孩子，这点承受力还是有的。"

三个人今天的聚会，明显都话不投机。吃过饭，王小鸥要了冰激凌，说给大家灭灭火，都怎么啦，火气这么大。

董欣吃着冰激凌就开始叹气，说："谁不烦恼呀。"说着话，只顾自地摇头。

王小鸥就劝她，"叹什么气，也许这个工作很适合你，你也许会越来越喜欢，如果不喜欢了，就出来。"然后看着何丽君，说："你要是愿意跟我一起去那公司看看，就一起看看去，万一你也喜欢，咱们就跟人家公司说说好话。"

何丽君低着头，没回音，过了会儿，蔫声说："我也就那么一说，我那天就没报名，也没交简历什么的，够呛吧，我就是吧，也觉得自己悬乎，万一明年还考不上，又一年白搭了，还没赚到钱，总朝家里要，也难受。"

王小鸥说："考研究生没错，为了生存应该现实点，你可以一边复习，一边上班，找个清闲的工作钱多少不重要，不耽误学习那种，还能养活自己的。"

董欣听了，一旁故意恶作剧，"那哪行呀，别明珠投暗了，耽误了人家宝贵时间呀。"

王小鸥伸手打了董欣胳膊一下，说行了。

何丽君咧嘴苦笑了一下。

董欣第二天早晨八点三十分准时到了盛典婚庆公司，非常好找，门脸就位于裕华东路南富强大街的一个临街商品房。董欣走进去，却发现这门脸里头很窄，好像是做印刷包装之类的业务，正纳闷，看到屋里两个人都朝自己看，一个小女孩，也就十七八岁，还有一个老头，已经完全谢顶了，估计有60多岁吧。老头停住手里的活计，问董欣："你来应聘的吧？"

这一问，叫董欣不知道什么缘故有点迟疑，她怀疑地打量着这屋里的一切，她觉得自己走错了地方，可是这老头却知道自己是来应聘的，怎么回事呀。

老头伸手往里指，对董欣说："往里面走，里面是婚庆公司的人。"

董欣顺着老头的手指一看，才发现这门脸里头有个门，似乎后面还有通道，董欣就走过去，推开门，果然别有洞天，竟然是一个小院，还有几间类似库房的平房，一溜排着。董欣都蒙了，什么地方呀这是？

可能是听见声音了，这时候，一个挂着空调外机的房间门开了，探身出来一中年男人，正是那天在招聘会上见到的马大龙经理。

马大龙一看董欣，瞬间有点愣，好像意想不到似的，然后突然想起来，马上就特热情，大声说："哎呀，董小姐，赶快赶快，欢迎欢迎，进来进来，哎呀，太好了，我这小庙真请来了贵菩萨，幸运呀。"

董欣完全没想到，所谓盛典婚庆公司竟然是这般办公环境，进了马经理的房间，还好，虽然很简陋，但却很干净，桌上的文件盒子很整齐，办公桌上还摆着一些文件资料，看来马经理在忙乎这些，他的文件柜子后面露出挂着衣服的衣架，似乎里面是摆着床或者沙发，能休息睡觉的地方，墙上的镜框里镶着工商执照。董欣忍不住还是扫了那上面一眼，看清楚那上面的法人的确写的是马大龙的名字，才坐下来。

马大龙显然知道此时董欣是怎么想的，所以他不敢直眼看董欣，他干咳了一下，稳稳神。这是个大约45岁左右的中年男人，戴着眼镜，有点虚胖，虽然屋里开着空调，面对董欣，他的后脖子却一直在渗汗。沉默了一会儿，马大龙拿定了主意。

他对董欣说："不好意思，你都看见了，目前公司还不算有规模，就暂时先凑合着，将来等业务开展起来，公司做大，咱们一定换个好环境，咱们目前还算创业阶段，所以，非常不好意思，叫你到这样的公司来，真是有点难堪。我是实话实说，不忽悠你，虽然我这庙小，但是咱们也算正经公司，有营业执照的，不骗人的，你放心。"

董欣担心地问："咱们公司开多久了，有过业务吗？"

马大龙回答："开展过，咱们有经验的，没问题。"

董欣问："开展过呀，公司创办多久了？"

马大龙有点含糊，说："正式开没多久，不过以前没有公司的时候，我就是做这个的。对了，自我介绍一下，我原来是木材公司工会的，大小是个干部，是工会主席，厂里以前婚丧嫁娶全是我来操持，有经验，大家都喜欢叫我马主席。"

马大龙说着就自己呵呵笑起来。

"那你现在呢？"

听了董欣的问话，马大龙一下眼神黯淡了，低声说："公司早就破产了，我们都下岗了，所以，就干起这个来，别的技术咱也不会，干了一辈子工会工作，就喜欢干这个。"

听了马大龙的话，董欣不知道为什么，有点同情这个男人的遭遇。她也没说什么，站起来，走到墙边，仰头看墙上的工商执照，看了会儿，又回头看马大龙，问他："公司现在几个人？"

马大龙尴尬地笑，诺诺地说："有三四个吧。"

董欣指着前面门脸，问："那是一起的吗？"

马大龙讪笑了一下，点头，说："他们都是我亲戚，这里头没业务的时候，前面还有点活能维持日常的支出。"

董欣不知道说什么好，此时见到的一切，完全超出了她事先的全部想象，好几次，她脑海里闪过赶紧离开的念头，可是不知道为什么，她竟然没有。说是来面试，简直是自己来考察。

董欣又坐到马大龙对面的椅子上，此时，马大龙什么都不说了，只顾给董欣倒水，不等董欣喝，又接着倒，水都溢出来了，又慌忙拿抹布乱擦。董欣不动声色看着他忙乎，也沉默了。

屋里气氛有点尴尬，董欣知道对面的男人在等着自己说话，叹了口气，对马大龙说："公司这样，我真没想到，我说的是实话，我就问问你，你连业务都不能保证有，能保证月月给我发工资呀，你给得起吗？"

马大龙站起来，脸通红，说："我不会欠你工资，保证，有钱我肯定给你。"

"说的啥话呀，难道没钱就不给我吗？"

"不是这意思，我的意思是，即使这个月欠你的，下个月，或者大下个月，只要有钱保证补发。"

董欣听了马大龙的话，站起来，呼出一口气，故作轻松地调侃道："我还什么都没干呢，就欠我钱啦？"

马大龙看着董欣，似乎也放松下来，真诚地看着董欣说："我们一起创业吧，我今天什么都没瞒着你，但是我有信心干好，真的就缺你这个人，如果你能留下来，不嫌弃这里，我就太激动了，真的，咱们一定能成功的，你相信我吧，就等于也相信你自己一次吧。"

董欣从马大龙那里出来，站在富强大街街口，看着眼前走过的那些匆忙或者庸碌的陌生行人，也想着自己的处境。不知道什么缘故，心里起伏不定有波澜一样的感觉，她自己也很奇怪，怎么回事呀，就马经理这个破公司，多叫自己失望和意外呀，还波澜起伏什么呀，赶紧走掉吧，但怎么回事呀，怎么心里还有了不一般的感觉呢。

10

王小鸥跟何丽君说好了，上午九点钟在东方大厦大厅见面。王小鸥早晨六点就起了床，先去了早市，买了一些菜，顺便带了早餐回来，跟爷爷一起吃了。爷爷不知道小鸥上午要去面试，小鸥没有说，跟王革命爸爸以及妈妈都没有说。王小鸥心里没有底，不知道这家公司什么样，还有最关键的，人家今天面试自己，结果如何，决定权在人家呀。再说，好事不怕晚，成功了再告诉他们，效果多好，省得有事没事叫大人跟自己瞎着急。

上午九点，小鸥如约到了东方大厦门口，但不见何丽君的影子，等了一刻钟了，小鸥打过电话去，说在半路上。小鸥就有点着急，不过很快，不远处看见何丽君了，面试的时间是九点半，小鸥的心才落了地。

日出东方文化传媒公司在1005房间，小鸥她俩赶紧上了电梯。电梯里，两个人都有点紧张。何丽君打量王小鸥，问她都准备好没有？小鸥说自己也不知道准备什么。

何丽君看着电梯里干净明亮的镜子说："这个办公环境很高档的，看来这个公司应该算有实力。"然后看王小鸥就穿了一件蓝色的工装裙，又低头看看自己，是一件束腰的杂花长衫，一条黑色的七分裤，就有点不自信，对王小鸥说："咱们打扮寒酸不？"

王小鸥早晨出来的时候，也试穿了好几件衣服，终于还是觉得这件工装裙大方得体，虽然衣服不新了，但衣服很衬身材，露出小鸥修长的腿，显得很挺拔，人也显得非常精神。

出了电梯，沿着楼道，走到1005室门口，抬眼就看到巨大玻璃门里面的墙上，是海蓝色做底图的一幅墙体装饰，上面有浮雕效果制作的公司名称，LOGO，还有一艘要远航的军舰的浮饰。整体感觉是面对波澜壮阔的大海，仿佛你心中立刻有澎湃的豪情，并且已经壮怀激烈的感觉。

刚刚好，上午九点半，王小鸥和何丽君来到了日出东方文化传媒公司门前。蓝的背景墙下的前台没有人，何丽君去推门，不开，王小鸥用手指着墙，上面有玻璃门的密码识别器，两个人往里面张望。

正此时，身后传来很大的女人说话声，一个刷着非常浓烈醒目的睫毛油，一身黑衣装束的时髦女人朝这边走过来，这个女人看样子有三十多岁，一边走一边打电话，王小鸥和何丽君赶紧给这个女人让开门前刷卡的地方，那个女人站在门前，一边继续打电话，一边在包里掏，神情很冷漠，也不看小鸥她们。这时候，里面突然有个模样清纯的女孩出现了，跑过来给她们开门，看到那个睫毛油女人，女孩讨好地打着招呼，等被称为赵姐的女人自顾自进去了，这个女孩就看出王小鸥她俩跟前面那个女人不是一码事，她换了口气，挡住了她们，问："你们是干什么的？"

看到女孩谄媚的笑脸忽然冷了，还变得很快，王小鸥和何丽君也瞬间意识到自己来应聘的身份。王小鸥说："我们是来面试的，昨天接到了电话，叫今天上午来。"

女孩听了，没说话，往俩女孩脸上打量了数秒，王小鸥那一瞬间就很纳闷，不知道这女孩寻思什么呢，来面试的，该上哪儿去就带我们去吧，怎么啦？

女孩果然没有立刻叫她们进来，对她们说："你们先等会儿，我去问问。"说完，就是要关门的意思，王小鸥愣了一下，还是拉着何丽君往后退了一步，女孩把门关上了。

这被拒之门外的感觉叫俩女孩很难堪，好像提防她们似的。等了会儿，看女孩还不出来，何丽君小声对小鸥说："啥意思，怕咱俩是小偷呀，还挺防备咱们，什么态度呀，应该客气点吧，万一咱们是客户呢，带着一大包钱来，她肯定就傻了，势利眼。"王小鸥安慰何丽君，"没事，本来咱俩既不是主人也不是客人，非要人家对咱们客气干嘛。"何丽君看那个女孩不见了，低声对小鸥说："这个女孩八成就是行政助理吧，你不是来应聘干这个的吗？"

小鸥扫了一眼空着的前台，对何丽君说："我也不知道行政助理干什么，前台也行，你看，这不是没人呀。"

这时候，女孩又出现了，很麻利地打开门，这次看她俩，眼神都飘着，含混地说了句，跟我来。王小鸥俩人赶紧进来，跟着女孩进了公司。

进了门才发现，里头是一个很宽敞的大厅，都隔成了格子间，大厅两旁是封闭的独立房间，大厅左边房间门上方写着总经理，财务室之类，女孩领着她们朝右边房间走去，小鸥看到这边门上方写着副总经理，会议室等。

女孩带她们进了会议室，这次说话态度有了点儿温和的语气，说叫她们在这里等着，还有别的招聘人员过来，一起面试，说管面试的谢总还没过来，等会儿吧。

俩女孩坐在会议室，这时候，王小鸥才开始仔细打量眼前的一切，隔着会议室的磨砂玻璃，看到格子间里面都有人，大概大厅有十几号人吧，都坐着电脑前忙着，有的在打电话。小鸥站在身后的大窗前，俯身看了一下外面的街景，回转身来看大厅里的一切，眼睛里充满了新奇。

何丽君也小心翼翼凑到玻璃前，窥视会议室外面，转身对小鸥说："看他们都挺忙的，不知干什么呢。"然后，坐到椅子上，用手摸着光滑的大桌面，又扭身摸漂亮造型的椅子背，抬眼看墙上的书法横幅，很羡慕的样子，对小鸥说："我看这里真不错，多有文化品位呀，来这里上班真行，叫我来，我都愿意啦。"

这时候，前台的女孩又领着一个年龄好像有四十岁上下戴着眼镜的男子过来了，跟那男子说："你们几个应聘的都在这屋等着吧。"说完，女孩转身走了，进屋子的男子背着一个大电脑包，走进会议室，看到小鸥跟何丽君，满脸笑容地跟她们一个个点头打招呼，坐在了门边靠近磨砂玻璃的位置。

又过了会儿，又领进来一个女人，看着有三十出头了，没穿职业装很随意的一副居家妇女打扮。进门看到王小鸥她俩，很客气地跟她们打招呼，自我介绍说叫李敏霞。王小鸥跟何丽君也说了自己的名字，那个背电脑包的男人也跟着自我介绍说叫安立波，还似乎特意补充说自己是山东人。见三个女人都没再接话，安立波就问她们："你们都是S市本地的人吗？"三个人似乎都不知道谁先回答好，互相看着，王小鸥就点头，说："是。"何丽君却犹豫了，含糊地说："就算是吧。"李敏霞回答："我老家在黑龙江，东北的。"过了一会儿，又进来了几个应聘的人。已经过了十点了，王小鸥终于听到会议室外面大厅有几个人朝这里走过来，说话的是两个男人的声音，还看到刚才在门口遇见的那个被称为赵姐的睫毛油女人，就跟在那两个男人身后。

赵姐向大家介绍了两个男人的身份，那个四十多岁很瘦小的男人，就是谢明辉谢总，是公司的总经理，赵姐介绍谢总的时候，特意强调说谢总到公司来担任这个职位之前，是文化厅的某处处长。虽然赵姐的口气里都是恭维，谢总却没有什么特别的表情，仍然满脸很凝重深沉的神态，身体也纹丝未动。那个看上去年近六旬的是姚坤姚总，是公司的副总。赵姐介绍他的时候，他还客气地起身向大家点头。而赵姐自己，自我介绍说名字叫赵鑫，原来是日出东方公司的公关部主任兼总经理助理。

接着面试开始，赵鑫主持，她一边翻看手头资料一边跟几个来面试的人认识。叫了王小鸥，李敏霞，安立波等几个接到面试通知的人的名字，然后看了一眼何丽君，何丽君赶紧站起来说："我那天应聘资料不够了，不好意思，我是跟王小鸥一起来的。"

几个人都不明究竟，赵鑫就问："你不是来参加面试的？"

王小鸥赶紧解释一句："她是我同学，那天资料不够了，也想来咱们公司，今天我来面试，就跟着我一起来了。"

赵鑫看了谢总一眼，谢总没什么表示，姚总问何丽君："你是哪个学校毕业的？"

何丽君回答："师大的，外语系，跟王小鸥一个系。"

谢总看王小鸥："你是师大的？外语系？"

王小鸥老实地点头，回答说是。

谢总扭脸问李敏霞跟安立波："你们呢，学什么的，哪儿毕业的？"

不等他们回答，赵鑫赶紧接过话来，说："这两人跟她们不一个性质，李敏霞是原来我一个公司的，做业务不错，我介绍来的。"又看着安立波介绍说："老安，安立波是咱们从网上招聘的策划创意总监，做文化策划活动很多年了，很有经验，做过很多成功案例，是这方面的行家，咱们费了很大劲才挖来的。"

谢总似乎对老安来了兴趣，就问老安原来做过什么成功的策划。老安回答："原来在山东的时候，在山东电视台工作过，策划过水浒文化节，还在曲阜搞过纪念孔子弘扬传统文化的高峰论坛。"谢总就问："来S市多久了？"老安回答："一年多了，是跟着青岛啤酒集团的人过来的，专门在S市做大型的啤酒节来了。"

王小鸥就想到今年夏天夜市满大街的青岛啤酒大排档，好奇地问："满大街的啤酒节都是你们专门的策划呀？"

老安回答："当然都是经过策划包装的推销活动，效果很好，很轰动的，市政府都表扬我们了，说我们的啤酒节对S市城市夜经济起了不小的推动作用。"

谢总似乎并不知晓啤酒节，但听王小鸥都知道大排档啤酒节很盛行，就很认可和赞许的表情，对老安点头说："看来，你不愧是媒体工作过的人，我们未来的业务也会特别倾向于文化活动，做一些能产生社会效益的经济活动，是我们做这个公司的宗旨。经济效益仅仅是一方面，我们还是要注重社会效益，才能对社会产生长期的影响。"

老安似乎因为得到了谢总认可，很兴奋，就打开了话匣子，说此次前来公司就职，带来了几个大策划文案，其中一个还是跟台湾那边媒体对接的，还说正在做PPT，说等做好，再集中展示。谢总听了，很高兴，眉头都舒展了，对赵鑫说："咱们招人，宁缺毋滥，就需要老安这样的人，这就是人才，我们的效益从哪里来，向人才要效益，向项目要效益，项目哪里来，人才带过来，我说过几次，这样的人才就是能够给我们带来效益的人才。"

谢总的一席话，说的王小鸥何丽君都有点讪讪然，自我感觉职场新人啥从业经验都没有，肯定是不如人家老安这么厉害，不仅有才华，还能自己带来项目，所以，都有些不好意思，就都低下了头。

赵鑫忽然看着何丽君问谢总："这个何同学怎么办，她没有经过咱们的初试，就来了，怎么办？"

谢总扫了一眼何丽君，对赵鑫说："你看着安排吧，实在不行，问愿意做业务不。"接着也不看来面试的几个人，就起身，说还要去开会，就朝会议室外头走。

赵鑫等几个人都站起来，等谢总走了，姚总咳嗽了一声，大家才镇静下来，等着听姚总说话。结果姚总却什么也没说，赵鑫等了会儿，看着姚总，说："姚总，要不，你给面试？"

姚总回答："还是你面吧，我没这方面经验。"

"别呀，您是副总。"

姚总就板起脸来，说："好吧。"他打量着眼前的几个人，对王小鸥问道："你能干什么呀，说说。"

小鸥一下语塞，不知道说什么好。

姚总又问李敏霞："你能干什么呀？"

赵鑫马上接过话去，"李敏霞做业务的，你放心吧。"

姚总一听，似乎眼前的安立波和李敏霞都已经分别被打了保票了，就剩下王小鸥何丽君以及其他几个女孩子了，就对她们说："你们就听赵鑫的安排吧，对了，王小鸥，我看过你的个人资料，你是来做行政助理的？"

小鸥点头，站起来，没说话。赵鑫不理会王小鸥，问何丽君："你想留下的话，打算应聘什么职位呀？"

何丽君一下也窘住了，她之前真的没想过，如果人家这么问她，她怎么回答。

姚总问赵鑫："咱们准备招聘几个行政助理，不是有了一个叶敏了吗，还要招几个呀？"

赵鑫回答："谢总说要给他找一个八级外语的做助理，王小鸥当时投简历的时候，说是八级外语，是吧，王小鸥？"

何丽君插话："我也是外语八级。"

赵鑫看了一眼何丽君，没说什么，气氛有点僵。

一直站着的王小鸥说话了："如果就需要一个会外语的助理，就叫何丽君干吧，我可以做别的。"

"做别的，做别的你能干什么？你刚刚毕业进入社会，你觉得你能干什么?"赵鑫忽然对谦让的王小鸥口气不满。她对何丽君说:"你直接来面试,按说没有资格,我们对你的情况还不是很清楚,这样吧,你也留下来,看看跟着李敏霞做做业务,能不能适应,你看怎么样?以后,看哪些方面有特长,再做职位的调整。"

面试结束以后,已经到了中午十二点,王小鸥何丽君下楼,虽然没说话,两个人心里都很复杂,到了楼下,王小鸥建议去街对面的胡同吃面条。

等刚坐在小面馆凳子上,何丽君就埋怨王小鸥,说她还不如不故意谦让呢,结果是适得其反。不等王小鸥说话,又对她说:"那个村姑敢情还是赵总的朋友,没看出来呀!那个姓安的挺会说,我看他们对他很信任,对了,说自己带来的项目已经做了PPT了,真的假的呀?"

王小鸥不直接回答何丽君的话,却笑着说:"怎么样,今天一起来,有收获吧,下周准备上班吧,咱俩做个伴,多好呀,对了,赶快给董欣打电话,告诉她,我们通过面试的好消息,还有,赶紧问问,不知道她那边怎么样了呀。"但其实,今天来到公司进行的面试,王小鸥自己的感觉,说不上多好也说不上多坏,但这是走上职场的起点,无论选择无论判断,主动权都不在自己手中,自己能做到的,只有今后好好用心,努力工作,适应职场环境,得到公司的认可。

11

下午,董欣来小鸥家,三个女孩见了面,王小鸥看董欣没有特别的兴奋挂在脸上,不知道她面试的结果怎么样。何丽君却非要董欣猜,今天上午她跟小鸥去了公司,发生了什么奇迹。

董欣看着何丽君满脸的喜悦就猜到了,说:"肯定你也留下了呗,看你美的,不是不参加工作,怕明珠投暗吗?怎么不一门心思考研究生了,不怕耽误了呀。"

"我也不是特别想留下,没办法,他们经理看上我了,非要我留下。"何丽君说完,朝王小鸥挤挤眼。

王小鸥问董欣:"你怎么样,说说。"

没想到董欣却把身体平躺在沙发上,还叹了口气,说:"别提了,一个小公司,刚创业,还啥也不是呢。"

何丽君一听，就说："婚庆公司一般都起点很低，人员组成也很混杂，我的意思呀，干脆算了，再找下一家。"

王小鸥也说："你要是不愿意去就算了，何必强求自己。"

董欣接着讲述了今天上午看到的盛典公司里的一切，说完，还补充说："幸亏有面试，不然我还以为是一个多大的公司呢，还盛典，闹半天就两个人，还算我一个，真敢起名。"说完，问王小鸥："你们公司怎么样，挺大的吧，说说，面试你们什么啦，这么顺利？"

王小鸥叫董欣一问，也有点蒙，就问何丽君："真的，今天面试咱们什么啦，我怎么没记住面试咱们什么了呀。就记得问我哪个学校毕业的啦，别的好像没问。"

"问你是八级外语不。"何丽君补充说。

"对，是，别的，怎么没印象呀。"

"人家谢总就没把咱们放眼里，光是注意那个山东来的创意总监了，咱们刚毕业，有八级外语证书，起点就算可以了，还问什么呀，又没有任何工作经历，有什么好说的，估计人家也知道，咱们说不出来什么，对了，公司看着人已经不少了，满屋子，快有二十多个了。"

董欣说："公司招了那么多人，够有底气的呀。"

何丽君看王小鸥不说话，好像在想什么的样子，就问她："你想什么呢，怎么啦。"

王小鸥若有所思的表情说："我真没想到他们面试这么潦草，按说那么正规的公司，面试应该很难吧，没想到，没问几句就行了，我还在网上搜了很多有关文化传媒方面的资料呢，也没有问我。"

董欣说："也许就是象征性的面试吧，早打算要你了，对了，你们公司干什么呀，做什么业务呀。"

"谁知道，我还不了解公司情况呢。"王小鸥回答。

"还怎么了解呀，人家不是说得很清楚了呀，谢总需要一个有八级外语证书的助理，忘了呀，人家看来就是定好了的，没当场考问你，难道你还想叫那个赵鑫跟你对话几句外语，试试你的水平吗？"

提到赵鑫，王小鸥何丽君都一下来了精神，何丽君说："那女的一看就没什么文化，还在那儿装呢，老女人，不知道何方神圣。"

董欣问："谁呀，说谁呢。"

王小鸥说我们总经理助理，今天面试我们的女的，说着，还拿手在眼睛上比画着，意思是化妆成那样，很夸张。

何丽君说："好家伙，不嫌乎费事，睫毛油都快流下来了。"

董欣问："咋啦，遇见女魔头了呀，长得怎么样。"

王小鸥笑了，"还可以，冷冷的那种，人还算漂亮吧。"

何丽君却不以为然，说："啥标准呀，太瘦了吧，一副排骨架子，好看什么呀，再说，就算美人也完了，老了，我看她至少40岁以上了。"

董欣却不觉得岁数大些的女人就完全没有魅力，她说："得了，很多女人都这个岁数，也不显得多么老，比如董卿、周迅、赵薇，都40岁以上，还挺有魅力的呢。"

何丽君反驳，"那看跟谁比，跟范冰冰比就完了吧。"

怎么就完了呢。董欣最不喜欢范冰冰，一听这话自然就急了。

董欣接着说："别说董卿范冰冰了，咱们说她们太远，说说近的，比如小鸥她后妈，那天你不是见到了呀，也四十岁了，不是挺有魅力的呀，对吧，小鸥？"

小鸥一听，怎么绕来绕去绕到自己身上了，忽然想到应该把应聘到公司上班的事情告诉父母了。就问董欣："你到婚庆公司上班的事情，跟你父母说了没有？"

董欣耸耸肩，"说和不说没有什么不同，他们不在意，我在健身中心上班，他们都没问过在健身中心我具体干什么，具体在什么地方，我不挑剔他们，说明父母对你放心，是个好事，他们认为你应该独立了，对吧。"

何丽君说："我更是，说了他们也听不明白。"

王小鸥嗯了一声，想了想，说："我得说，我爸妈挂念着我上班这事，虽然他们嘴上不说，其实心里特着急，我告诉他们我有工作了，他们不替我高兴呀，应该告诉他们。"

说着话，何丽君说自己肚子饿了，问小鸥家里有什么好吃的。董欣也才意识到小鸥的父母都不回来了，这是个只有小鸥自己一个人的家了。

董欣就问小鸥："你适应了吗，就自己一个人过日子？"

"还有楼下的爷爷呢，对了，该做饭了，你俩跟我一起做饭吧，早晨我去早市已经买了菜了。"

说到做饭，何丽君立刻哼唧起来，说最厌烦做饭，为了今天上午的应聘，特意做了指甲，不能干活。

董欣问小鸥做什么饭，小鸥说："吃面条行不？做个茄子卤。"

董欣就说："行，我来洗茄子，我学会削皮了。"

何丽君却说："还有更好吃的吗，我想吃肉。"

王小鸥做了茄丁面，给爷爷先端下去了。董欣跟何丽君一边吃一边说王小鸥，何丽君说："真够辛苦的，一个人撑着家还养着老爷爷，她爹妈可清闲了，自己幸福去了。"

董欣却说："也别埋怨父母，父母有自己的苦衷。"

"什么苦衷啊，各自过自己的小日子去了，丢下老人跟孩子，多自私呀。"

董欣说："父母一辈子也不容易，谁不愿意一家人好好地在一起呀，没那个福气呀，只好各自在幸福的路上奔了。"

"那小鸥以后咋办，也想自己奔自己的幸福去，这个家咋办，爷爷咋办？"

"都各自追求幸福，自己利益肯定有冲突的时候，就需要牺牲点什么，都心放大一点儿，宽容一点儿呗。"

"说得简单，到时候没有你说得这容易，肯定的。"

小鸥上来了，董欣问老爷爷的身体如何，小鸥点头，说挺好的，刚端下去的一大碗面都能吃光了。说着话，小鸥脸上很宽慰的样子，说每次周末爸爸回来，都夸爷爷好像胖了。

"你妈妈怎么样，常回来吗？"

小鸥点头，"经常回来，这肉还是妈妈从招待所食堂买的，说是单位食堂，肯定是放心肉。"

说到放心肉，三个女孩就有关食品安全的事，什么地沟油呀之类的议论了一大通。何丽君忽然说："对了，咱们在那儿上班，中午在哪儿吃饭呀？"

董欣接上话，"自己想办法吧，难道你们单位还有食堂吗？"

小鸥说："我知道东方大厦自己有餐厅，对外营业的那种。"

"贵不贵？"

"就一般吧，跟别的商场楼顶那种餐厅，有很多小吃的差不多，品种很多的。"

董欣就羡慕起来，说："还是正规地方的公司好，吃饭不成问题，我看我那里呀，什么都难说。"

何丽君问王小鸥："咱们工资给多少呀？我不知道，你应该知道吧，今天没好意思问他们。"

王小鸥说："那天在优木广场，问过，他们的意思是看具体干什么，如果就是行政岗位，试用期是1200元，说过了试用期，给上三险，估计会比1200元多一些吧。"

何丽君说："你说的那是行政助理的工资，不知道我的按照什么算？"

董欣听了，就问："你还跟小鸥不一样呀，他们安排你干什么呀？"

何丽君噘起嘴，说："说先叫我跟那个叫李敏霞的做业务，对了，那个李敏霞怎么回事，不是也刚来的吗，就领导我呀，样子特土气，好像个家庭妇女，就是因为跟赵鑫熟呀？"

"怎么私营企业还讲关系呀，不怕影响效率呀？"董欣说。

小鸥说："也许人家确实了解，李敏霞就是有能力的人。"

"还说呢，我忽然想起来，我那天去婚庆公司，先看到一个老头跟一个小女孩，在公司前面的门脸里，马大龙，我们经理，说也是他的亲戚。"

"这不都一样，亲戚也要吃饭，大公司小破公司都一样。"何丽君说。

晚上，小鸥给爸爸王革命打了电话，告诉他自己找到工作了，说已经通过面试了，就在东方大厦上班，是一家文化厅下属单位挂靠的文化传媒公司。王革命一听是文化厅下属的，就问："那算是什么性质呀？文化厅可是正经单位。"

小鸥知道爸爸内心有情结，因为一直期待自己考上公务员，或者是事业单位有正式编制的那种，觉得那才可靠，才能养老。小鸥就说："跟公务员无关，跟事业单位也无关，就是一家普通的文化公司。"

王革命听了似乎有点泄气，但觉得还是要鼓励孩子，就说："就是打工先试试吧，你觉得好就先干着吧。"

听到爸爸保守谨慎的说话口气，小鸥叹了口气，知道爸爸有老思想，就是对公司上班不那么信任，老觉得，个人不是单位，说话办事不牢靠，说不算数就不算数了，缺乏约束。另外，还有一点儿内疚，就是自己没本事给孩子找到一个好工作，是欠着孩子。

又给妈妈打电话，妈妈接了电话，说话很小声，问她怎么啦，说等会儿打过来。过了好一会儿，才打过来，气喘吁吁的，原来妈妈下楼来给小鸥打电话，说是郑叔叔在电脑前写稿，不能大声说话打扰。

小鸥一听，心里别扭了一下，但还是缓过神，跟妈妈说了找到工作的事。妈妈似乎如释重负的感觉。小鸥起初还担心妈妈会跟爸爸一样，念叨想叫自己去考教师的事情呢，妈妈没说这话。

没说这话的结果，小鸥忽然感觉有点怅然，感觉妈妈没以前那么亲切了，听说自己有工作，妈妈也没有怎么特兴奋，没说几句，妈妈竟然说明天郑叔叔出差，怕忘了一会儿给他找袜子的琐事，真是的，也许是郑叔叔的事情把妈妈的心占据了太多的缘故吧。

给父母打过电话的感觉，不那么好。小鸥今天不知道什么缘故，觉得家里很冷清，自己很孤单。自从父亲母亲先后离开这个家，小鸥光想着自己的责任，想着爷爷，也想着父母建立新家庭的不容易，从没想过自己面临的这一切，现在，有了工作了，忽然间，王小鸥却感觉心里很沉重，也许一直有心事压着，自己没有感觉到，现在，因为有了新的事情涌上心头，小鸥忽然就觉得有些无助。

其实小鸥并不是在埋怨父母，小鸥明白，即使父母不离异，自己的未来也要靠自己努力，也不能指望父母什么的。也许是女孩到了青春期的缘故吧，也许是小鸥在渴望爱情吧。

王小鸥忽然脑海里浮现出白天去公司面试时，当自己经过大厅的时候，有两个男孩子从格子间探出头来，盯着自己看的时候，那种异样的目光，那种追随的，叫自己很难堪的目光。

小鸥不是害怕。在大学的时候，作为学生会干部的她，经常抛头露面的，可是，那时候自己什么都没想过，同学之间多单纯呀，即使参加那次青春风采大赛，小鸥也没有犯过怵，之后，也接到过求爱信，小鸥也一笑置之。无论在大众场合，还是小众场合，小鸥是经历过多次这样目光的漂亮女孩，可是，此时想起来，却为什么感觉不一样了呢，她觉得，她有点怕这种目光，这目光叫她有点无措紧张。小鸥也不因此觉得自己有什么地方不对，自己并不讨厌跟异性接触，也许那个人还没有出现吧，有眼缘的那个人还没有来吧，等他出现的时候，自己也不会羞涩的吧。

也许真的是孤单，也许是渴望倾诉，即将走上工作岗位的单纯的王小鸥开始向往美好的爱情了。

12

王小鸥上班第一天，从电梯上下来才八点二十五分，来得太早了。结果，因为没有公司的进门卡进不去屋，只好待在楼道里。正有点不知道干什么好呢，忽然听见公司里面有动静，感觉好像里面有人。小鸥伸头巴望玻璃门里，却一下看到姚总穿着一个吊带的白背心一条大裤衩端着脸盆从盥洗间出来。姚总也看见了门外的小鸥，顿时有点局促，赶紧扭脸进了自己屋。过了会儿，衣服穿利索的姚总过来，把门给打开了。小鸥才知道，原来姚总家在县里，晚上就住在公司。

进了公司，封闭一夜的大厅一股子芜杂的怪味，小鸥皱了一下眉头，不由自主捂了一下鼻子，赶紧过去打开了窗户。姚总看到了小鸥的表情，又退回了自己屋子。小鸥进了盥洗间，看到姚总已经打开了热水的开关，但是没有关严水龙头，热水在滴答着，桌上很乱，有方便面袋子，水果皮之类在地上丢着，屋里的垃圾桶已经有腐烂味道。小鸥看着这些，忍不住就开始打扫起卫生来。

姚总过来，看小鸥在收拾自己吃饭留下的垃圾，没说什么，就出去了。等小鸥把屋子收拾完了，已经快九点了，公司的人们开始陆续到了。

上次给小鸥开门的那个女孩，名字叫叶敏，也是行政助理，她一边收拾前台的报纸，一边问小鸥："昨天面试你的时候，叫你具体干什么啊？"

小鸥回答："是行政助理。"

"我知道，具体干什么，赵姐跟你说过没有？"

小鸥摇头。

叶敏就一边分拣报纸，一边好像是说给王小鸥听呢，"这个公司真逗，还没什么业务呢，招那么多助理干什么呀。"

小鸥听见了，没吱声。赵鑫进来了，看到王小鸥，用手指朝她比画了一下，意思是叫她过来。

赵鑫没看到何丽君，问小鸥："那个女孩呢，怎么还不到，第一天上班，还是试用期，就这么个工作态度，想干不想干呀，我要跟你们介绍公司的情况呢，之后，我还要出去办事。"

小鸥也在暗自着急呢，何丽君怎么还不到呀，她知道九点上班呀。

赵鑫看看手表，有点着急了，就跟王小鸥说："先给你安排座位吧。"就领着王小鸥找到叶敏，叫叶敏跟王小鸥同用一张门口的桌子。那地方很窄，几乎进不去人，结果叶敏很不情愿地把自己的椅子往外拽了拽，挪了挪桌子，小鸥才进去。这时候，小鸥看到何丽君就站在门外，赶紧过去，给她开门。赵鑫看见了，劈头就训斥："看看几点了，自己给自己一点儿约束好不好？"转脸对叶敏，用手指着身后的何丽君说："像这样的，出勤上给她记录一下，还在试用期呢，超过三次迟到，通知她，不用来了。"

王小鸥小声问何丽君怎么回事，何丽君委屈地回答说："在家待久了，不适应上班了，没早起的习惯了。"

女孩们进了赵鑫的屋子，听她介绍公司的情况。

据赵鑫介绍，这家公司仅仅开办不到半年，至于公司的业务，在赵鑫到来之前，还没有正式开始。而那个住在公司的姚总只是融资方的代表，这个赵鑫也不是文化厅的人，而是谢总一个大学同学专门从北京介绍来的，是为了即将由公司开办的一个收藏品博览会项目来的，赵鑫是这一行的专家，超级有经验，以前在北京做过，很成功。

小鸥才知道，这家公司确实是文化厅下属的一个单位，为了改制，自己部分投资，还有姚总代表的一个私营企业参与融资投入资金作为股份，成立的一家有限责任公司。

等离开赵鑫屋子，何丽君故意拉着王小鸥到楼道的洗手间去，半道上，她对王小鸥说："原来这是个新公司呀，什么业务也没做过呢，看着挺气派的，招了这么多人，说准备要做博览会项目，叫我跟着李敏霞做业务，我问做什么业务，她说具体的业务就是招商。"

王小鸥摇摇头，她还不如何丽君对自己以后的具体业务清楚呢，赵鑫说她具体的业务由总经理安排，那么到底自己这个行政助理，具体都干什么呢。

"你说大厅的人们都忙什么呢？"何丽君觉得好奇，说看每个人眼前都一台电脑，每个人似乎都全神贯注的，更好奇。

小鸥说："赵姐说他们都是搞博览会项目策划，写文案的，要做的这个项目策划方案还没有最后出来呢。等项目策划出来通过，你们做业务的就该忙乎了。"

"你呢？你忙乎什么呀？"何丽君看着王小鸥，"也不算写策划文案的，也不算做业务的，你算干什么的呀。"

王小鸥语塞，"赵姐就叫我跟着叶敏一起，没说别的。"

"那叶敏都干啥呀？"

"我也没弄清楚，就看她收发报纸，接电话，接待来客了。"

"那不就是前台该干的事呀？"

"对了，应该还有早晨给老总们办公室搞卫生吧。"

"那有一个叶敏还不够呀，对了，不是说招聘你是因为你有八级外语证书吗？搞卫生不用八级外语吧，难道博览会上还准备跟外国人打交道？真是国际级别的呀，级别够高的呀。"

"那也许吧，不然人家干吗这么说呀，对了，给你安排坐哪里呀。"

"说叫我找李敏霞，叫她管我。"

何丽君回到公司，在大厅看到李敏霞的背影，就走过去，跟她说了赵鑫叫她给安排位置。李敏霞没多说什么，转身指着一张空闲的桌子，桌子前有一把椅子。何丽君一看，是个拐角位置，很别扭，就有点不高兴。走过去，看周围，别的人似乎都很忙，没人理会她，也没人搭讪她。何丽君只好把自己的包放下，坐下了。

这天上午，王小鸥跟何丽君一样，基本是在电脑前浏览网页了，王小鸥那边，因为还没有见到总经理的影子，赵鑫也没有给她安排什么具体的工作，王小鸥不知道干什么。暗中看到对面的叶敏一直在看书，好像在复习功课。她张望大厅，似乎大家都有自己的事情做，但是，却不知道他们在干什么。何丽君也是，除了浏览网页，也很无聊，整个上午就听见李敏霞一直在打电话，给一些她自己以前的客户，听见她跟人家介绍说公司马上要开一个华北最大的收藏品博览会，还说了一些要参加这个会的名人以及专家的名字，似乎说了这些名字以后，对面那些接电话的人就重视了，马上就多问了几句这个博览会的事情。

接近中午的时候，何丽君有些饿，看周围人都没有动弹的意思，就走过来，问王小鸥中午吃啥，带饭没有。叶敏抬起头，对王小鸥说："我忘记告诉你们了，咱们公司管一顿中午饭的。"

何丽君就特高兴，连忙问："真的，太好了，我早晨还没吃呢，饭在哪里，几点过来，吃什么呀？"

没想到叶敏说："抱歉，今天中午可能没有订你们的饭，因为总经理没来，总经理没来，没人签字，我不敢做主，没定你们俩的饭。"

这话叫俩女孩很不舒服。王小鸥没说话，何丽君却说："送饭的不是还没来呀，还来得及，能补上我俩的饭不，等总经理回来，补上签字不就行了吗。""那不行，如果总经理怪罪下来，我可承受不起。"叶敏面无表情地说。何丽君还要说什么，王小鸥站起来，拉了她一下，制止了她，说："咱们出去吃吧，别说了。"

俩人到街对面的小吃街吃了炒饼。吃饭的时候，都很沉默，叶敏的生硬态度，显然影响了两个女孩的心情。

何丽君气愤地说："这个叶敏，心眼真叫坏，纯粹是故意欺负咱们，从上班第一天，我就感觉到了，对咱们好像特仇视，咱们招她惹她了呀，干嘛这么难为咱们呀，不就是俩盒饭吗，又不是吃她家的。"

王小鸥说："我也特纳闷，好像我是来抢她饭碗似的。"

"也许人家真这么想的，你看，她算是助理，你也是助理，岗位竞争吧。"

"我来应聘这个岗位，也是公司的需要，跟她无关呀，她着什么急呀。"

"上午你干什么啦？"王小鸥问何丽君。

何丽君回答："什么都没干，没得干呀，说等策划方案出来，我们开始拉业务。你呢，我看你也没什么正经事吧。"

王小鸥说："赵姐说我的工作由总经理安排，可是总经理没来，我不知道干什么。"

两个人吃完饭，又回到东方大厦。电梯到了10层，出电梯，刚好看到一个小伙子，穿着一件白T恤，推着一个送饭的小车，从自己公司方向出来。王小鸥马上想到这个人也许是给自己公司送饭的，就上前问："你是给1005送饭的吗？"

小伙子显然已经很累，身体半趴在小推车的把手上，脸上汗津津的，但仍然看出他眉眼的俊秀，听了小鸥的问话，他嗯了一声，小鸥有心跟他说明天中午开始多加份饭的事情，忽然想起，不仅自己和何丽君，还有那天一起来的老安和李敏霞几个人呢，不知道他们的情况怎么样，今天中午有没有吃上饭，要不要一起加上他们明天的份饭？话到嘴边，又咽下了，因为叶敏说过了，都必须有总经理的签字才可以。有点犹豫的瞬间，那个小伙子似乎看出来点什么，问小鸥："你是1005新来的吗？"

小鸥回答是，然后，还是觉得说出来不妥。

小伙子真是很聪明，似乎明白小鸥的志忑是为了什么，他对小鸥说："今天中午你们没有盒饭是吧，没事，明天，我多送来两份就行了。"

何丽君赶紧说："别，他们说的，得总经理签字了，才行呢，你别瞎送。"

"签不签字也得吃饭呀对吧，无非是他签字，就公司给钱，他不签字，就你们自己出钱，不是什么大问题吧？一套盒饭，三菜一汤，有肉有菜偶尔还有大虾，15元，能承受吧。"

小伙子诙谐轻松的口气，叫两个女孩也一下子轻松了，她们俩都笑了，王小鸥点头，说："行，送吧，总经理不签字，我签字。"

小伙子也笑，一边进电梯，一边回头对小鸥说："一言为定啦，明天大虾算我送的啦。"

这个有趣的小插曲，叫两个女孩因为午饭产生的小郁闷，顿时消散一空，都高兴起来。

进了公司，看到很多人已经吃完，王小鸥看到盥洗间地上的垃圾桶已经满了。何丽君回到座位，注意到李敏霞和老安都在吃盒饭，心里就有点不舒服，怎么人家俩都有盒饭，就自己和小鸥没有呢，肯定是那个叫叶敏的故意搞鬼。

这时候，姚总从自己屋里出来，看到小鸥回来了，就过去对小鸥说："以后注意一下，中午大家吃完饭，就赶紧把垃圾处理掉。"

小鸥一听，明白姚总的意思是叫自己把地上的饭盒打扫一下。小鸥没说什么，就过去收拾去了。

下午，终于盼来了谢总，因为赵鑫跟小鸥说了，她的事情由总经理安排，所以，王小鸥以为，谢总回来，就会马上安排自己的工作。等了半晌，也不见谢总找自己，王小鸥着急了，就想自己主动些，问问人家总经理。就敲门，进了谢总的办公室。

谢总正在打电话，看小鸥进来，有点愣，王小鸥赶紧说：“我是王小鸥，新应聘来的。”

谢总一边点头一边说：“知道知道，什么事？”

王小鸥一听，一下子不知道说什么好了，谢总就站起来，对她说："工作安排的事儿是吧，直接找赵鑫，叫她给你安排就行了，我正忙，就这样，好吧？”

小鸥本来想说，赵姐说我的工作由你直接安排的话，见谢总说了这样的话，就说不出来了。犹豫了一下，见谢总已经开始拨电话号了，只好转身出来。

王小鸥回到座位上，有些茫然，不知道如何是好。想了想，还是觉得应该再去问问赵鑫。就起身朝赵鑫屋里走去。见到赵鑫，小鸥说了刚才去总经理屋里，谢总叫她给自己安排工作的事情。赵鑫问：“他怎么说的呀，就说叫你找我呀？”

小鸥点头说是。

赵鑫自言自语："是，叫我们给他招个会外语的总经理助理，目前也没跟外国打交道的业务，你也用不上啊，这样吧，干脆，你想做业务不，你要是愿意，就跟何丽君一样，做业务算了？”又思忖，改口说："还是不行，先干一段行政助理再说吧，有什么事干什么事，过一段时间再说，你看呢？”

小鸥点头，转身出来。

叶敏看到了，就问小鸥：“怎么啦，总经理说什么啦，赵姐说什么啦？”

小鸥低声说：“没说什么，就叫我有什么事先干着，以后再说。”

叶敏就说："有什么事呀，你还非要有什么事呀，这么待着就待着吧，怎么啦？”

“我以为有什么具体的事让我干呢。”

“行政助理就是打杂，你不知道呀？”

结果从上班第一天开始，王小鸥的工作，就是烧开水，搞卫生，倒垃圾之类。看到叶敏有很多时间埋头在前台下面复习功课，王小鸥更觉得自己待着无聊。下班路上，问何丽君都干什么。

何丽君回答，跟李敏霞学着打电话，她给我一大堆电话号码，都是以前搞博览会的人头资料。还说，那几个搞文案策划的挺忙，什么都要设计，场地会场周围悬挂条幅，还有入场手册之类。

王小鸥就有点失落，说："看看，人家都挺忙的，我却没有什么事可做。"

但第二天，小鸥就忙起来，刚一上班，谢总和赵鑫要去会展中心，叫她跟着一起去。小鸥赶紧准备妥当，跟着他们下楼。路上，小鸥听见谢总跟赵鑫说，会展中心的韩总是他的大学同学，赵鑫立刻对会展中心给他们的租金价格有了把握，说，那可太好了，不会宰咱们啦。还听见谢总得意地说，肯定给咱们绝对优惠的价格，放心好了。小鸥听了，明白他们这是跟会展中心谈租金的价格，看到两位领导都胸有成竹的样子，也很高兴。

小鸥跟着他们见了那个韩总，虽然没有老同学相见的热络，那个韩总明显精明的商人架势，很快就说，虽然会展中心场地紧张，很多单位找我们，我们已经应接不暇，但是老同学来，一定要照顾，而且放心，价格上一定叫你满意。接着，就叫手下拿来协议书，上面是格式化的协议，很多条款，很厚。谢总大致看了一下，给了赵鑫，赵鑫看了一下，递给了王小鸥。

王小鸥就听见韩总说："也不用看了，就那么点事，我已经跟他们说了，每平方米地面租金100元，不多吧？我们给别的单位都是200元一平方米呢，便宜一半，我们算上必须支出的人头费用，这100元，我们没有剩下的，就看你们的啦，怎么样，招商已经开始了吗？"

谢总还要请韩总吃饭，对方推辞了，说还有别的事，他们就离开了会展中心。

很快公司的人们就知道了谢总跟赵鑫去会展中心谈了很优惠的租金价格，因为策划文案的几个人知道，他们定的展位价格是每平方米300元，这么简单的账谁都会算呀。

那个协议书，就在小鸥手里，回到公司，谢总和赵鑫却都没顾上朝她要。谢总主要的精力就是邀请开幕式嘉宾的事情，而赵鑫更忙，一些北京故宫博物院的专家需要她回北京亲自邀请。

13

王小鸥发现那个协议书有问题的时候，何丽君他们已经开始全国范围的大撒网，并且已经开始陆续有一批预订展位的钱款汇过来，做策划文案的几个人开始设计博览会大型画册，并且已经在征集收藏者的图片资料，赵鑫也已经跟北京的鉴赏专家谈妥，届时将光顾博览会做现场鉴宝活动，总之，一切看似轰轰烈烈，热闹非凡。

王小鸥那天又跟着赵鑫去了一次会展中心，见了韩总。因为这次是说钱的事，谢总不好意思去。韩总的意思是先交付一定数量的定金，这是所有单位租用会展中心的规矩。不然的话，即使跟你们签了协议，一旦你们不履行，空置了会展中心，我们岂不是把金秋十月办展览的黄金时间耽误了。还说按照规矩，最少应该交纳85%的费用，因为跟谢总是同学，就象征性地交点钱算了。

韩总跟赵鑫说话的空当，王小鸥跟着一个人去了财务结算中心，听着他们算账。最后也没听明白，反正就给了她一个数，叫她们公司先拿一张20万的支票来。小鸥很吃惊，出来的时候，谢总不是说，整个博览会下来，一共就给会展中心10万呀，还说先象征性地给一点儿呢，这个20万不知道是怎么算出来的。但站在那里也不知道问谁合适。走到楼道，看到一个似乎是会展中心的人，就大胆地走过去，怯生生地问人家："你好，您是会展中心的人吗？我想问您一个事情，咱们会展中心楼上楼下一共能搭多少个展位呀？"

那个人回答："那看搭多大的展位啦。"

小鸥问："展位不是固定的呀。"

那人回答："那怎么能是固定的呢，分你们展览什么，需要多大的展位，你是干什么的，你们要展览什么？"

小鸥说："我们要做收藏品博览会。"

那个人听了，点头说："展品价位高，占的地方不一定大，不像书展，越大越有架势，我估计楼上楼下都开辟了的话，大概会有800—1000个展位吧，不好说呀，大概吧，还是那句话，展位你们自己设计搭建，可大可小，根据你们的意思。"

小鸥听这话就听出点蹊跷来，问那个人："展位还我们自己设计呀，不是你们已经搭建好了的呀？"

那个人笑，说："搭建我们可以给搭建，但看你们怎么要求啦，用什么材料啦，我们会展中心自己有板材，但假如你们公司博览会规格高，也可以自己提供材料，不管用谁的材料，都是你们出钱，搭建费一般是每平方米100元。"

"我们出了租占地面的钱，怎么，还有搭建展位的钱？还另外需要出吗？我们已经跟你们谈妥了租金了呀？"

王小鸥有点急了，因为已经一个多月了，公司上下所有人，特别是谢总自己，都以为，所有给付会展中心的钱款就只有那所谓地面租金每平方米100元，却原来，并不包含地面以上展位的搭建钱每平方米还有100元。谢总竟然已经美滋滋算开了美好的乘法，什么给付会展中心1000个展位就是10万元，我们只要招商1000家，坐地就盈利20万。

她慌忙回到韩总办公室，却没好意思直接问韩总，只是找机会对赵鑫说，咱们好像算错账了，然后把除了占地费还有搭建费的事情说了。赵鑫听了，脸上却没有太大表情变换，但是也直接问了那个韩总，除了地面租金，是否还有其他需要支付费用的地方。

这次韩总很不嫌乎麻烦，话说得面面俱到，说还有搭建费，安检费，卫生费等等，甚至还说场地上的气球条幅也必须租用他们会展中心的，等等。

王小鸥听傻了。赵鑫却并无意外的神情，当场也没多说什么，两个人就出来了。

走出会展中心，赵鑫扭脸对小鸥说："明白了吗，我们被骗了。"

小鸥说："被这个人吗，他还是谢总的同学呢。"

赵鑫气咻咻地说："同学才骗呢，以为咱们是公家，有的是钱咋着，一个月前不跟咱们说清楚，我就纳闷，哪儿来的那么多会展，还假装场地挺紧张，优惠咱们了。真能装，现在看咱们骑虎难下了，就实话实说了，真够阴险的。"

"那咋办呀，赶紧回去告诉谢总吧。"

"小鸥，你真是个孩子，太幼稚，才不能直接跟谢总说呢，说了算什么呀，显得人家老总什么都不懂，是傻子呀。"

"那怎么办呀，就这么简单被他骗了，博览会还没开始呢，看看有什么急救的办法没有？"

"为了谢总的面子，没有也得有，办法就一个，继续办下去，多招商，只有这一个办法了，没办法，投入多了，成本高了，利润低了而已。"

小鸥惶然地听着，心里有点憋堵。赵鑫接着对小鸥说："千万记着，别告诉别人，谢总知道了，咱们更麻烦。"

赵鑫的态度，叫王小鸥觉得很奇怪。怎么回事呀，难道公司损失了利益她不以为然吗，还有叫谢总知道，不是很重要吗，她心里怎么打算的呢。还有会展中心的韩总的做事方式，也叫王小鸥难受，还是谢总的同学呢，为什么欺骗谢总呀，为什么不一开始，就把报价说清楚，叫谢总心里有数，现在弄得公司已经上了道了，退不下来了，会展中心为了赚公司开博览会的钱就昧着良心用这样的骗人伎俩？

回家的路上，小鸥心事重重。何丽君却兴致很高，因为今天她很有收获，一个安徽籍的收藏家同意预定一个20平方米的展位，还说明天就打款过来。

何丽君上车就说："今天我赚钱了，你知道吗？"见小鸥闷闷不乐，就劝小鸥，"我今天弄明白一件事，想告诉你呢，干脆，你也来拉客户算了，原来有提成呀，你知道吗，最少20%呢，原来有好处呀，你知道吗，自己拉来的新客户是30%，属于赵鑫李敏霞的客户也给提成20%，我才知道为什么那个李敏霞那么起劲地给赵鑫干活了，你猜怎么回事，原来赵鑫已经跟谢总口头约定了，所有她原来的客户，假如跟着上咱们这个博览会，都给她30%的提成呢，原来李敏霞手头那些电话号码，也都是赵鑫提供的，据说赵鑫做这个很多年了，手头客户好几千人。"

王小鸥听了，问："那些客户都是专门上各种博览会的呀？"

何丽君点头，说："我也才明白，原来这是一个固定的人群，手里有玩意儿，全国各地，哪儿有博览会上哪里，赵鑫就是全国各地搞这个的，就专门赚这个钱的。"

王小鸥听了，似有所悟，问何丽君："你说赵姐跟谢总有约定，什么约定，什么30%提成？"

何丽君说："是李敏霞给赵鑫打电话的时候，我偷听到的。李敏霞的意思，是问赵鑫呢，问她跟公司说没说好提成的事，就是拉来客户业务提成的事情，赵鑫似乎说了跟谢总有口头协议，我还听见李敏霞说，口头协议不行，必须有文字性质的东西，还强调说要有公司老总签字盖章才生效。"

"你的意思是说，赵姐还有李敏霞，就是来赚拉客户提成钱的，是不是？"

"当然，人家带来的客户，你公司以前什么都没有做过，人家觉得理所应当的。"

"难怪，最希望把这个博览会开成的是赵姐她们，她们希望无论如何，无论公司利润如何，都要把这个博览会做下去。"

"当然，说了半天，你还没明白呀，他们不是公司的人，算是做这个项目的合作者，公司做这个事情，结局如何对她们不重要，重要的是，人家拉来客户了，就得给人家提成钱。"

王小鸥似乎明白了。但是赵鑫给了她一个冠冕堂皇的理由，说是为了谢总的面子，似乎这是个合情合理的理由，用来掩盖这个事情的一些真相。实质是，会展中心欺骗了谢总，赵鑫也在欺骗谢总。

怎么办呀，小鸥一筹莫展。自己刚到这个公司，跟老总们一点儿都不熟悉，人家也不信任自己呢，自己上前说什么，是不是有点莫名其妙呀，眼看着公司上下都兴致盎然的，特别是已经拉来客户的，自己算计着赚了多少钱了，谢总也意气风发的，自己如果把这个事情说了就等于上前泼凉水呀。

第二天上班，谢总叫姚总赵鑫几个高层去他屋里开会，会议中间，赵鑫开门出来，叫王小鸥进来，说是谢总有事情问她。

王小鸥一惊，看赵鑫神情平静地看着自己，似乎并没有什么特别的暗示。就站起来，默默走进谢总的办公室。谢总正在跟老安兴致盎然地讨论着什么，见小鸥进来，停住话头，问小鸥："怎么我听赵鑫说，会展中心朝咱们要20万的前期费用呀？"

小鸥听了，心想，他知道了，难道赵鑫告诉他了？就回答说："是的，他们说先给20万。"

"这个老韩，怎么回事，我给他打电话问问，说好了的呀。"谢总似乎注意力并没有集中在20万这个数字上，好像仅仅是在付款的先期后期上。他以前自己算过的账，他都忘了咋地？

这时候王小鸥听见谢总在跟会展中心的韩总打电话，说："怎么回事呀，老兄，这个面子你不给我呀？还先期后期的？"听见那边似乎说了什么，谢总说："什么文化厅出钱？我自己出钱，怎么不缺钱？什么大钱小钱？我肯定不会差你钱的，你放心，行，就这样，先给10万，一进场再给10万，就这样。"

说这些话的时候，谢总豪情满怀的，看上去心情极佳，王小鸥糊涂了，似乎韩总没有欺骗谢总呀，自己昨天想的是不是偏了？似乎不能把被欺骗这样的念头堆积在自己如此自信这么胸有成竹的老总身上。忽然，小鸥好像有点开窍，或许，是自己多心了吧，人家老总压根就没在意什么搭建费安检费卫生费，人家根本没有把这些小费用放眼里吧。

这时候，小鸥听见谢总对赵鑫说："这个老韩，什么事必须我得说一句才行，明天给会展中心送过去10万元的支票，老韩这个人真够麻烦的。"

小鸥退出谢总的办公室，去到财务那里拿了支票领取薄出来，再回到谢总办公室签字，走到门口的时候，听见谢总似乎在跟赵鑫说她的工资的事，正听见赵鑫说："我这个人最大的优点就是不啰嗦，我的意思还是那样，有什么说什么，5000的工资，你们给我打3000到账上，叫我少交点税，但每月给我固定报销1000元的手机费还有1000元的汽油费，行不行？还有，保险的事，就免了，不都包含在3000元里了吗，不用费那个事了，我自己交着呢。"

小鸥推门进去，把支票领取薄放谢总面前。感觉屋里的气氛很是温暖和谐，老安在一边开着玩笑，说："我没车，有车我也这个办法发工资得了。"听见赵鑫说："得了老安，你们不会算账吗，知道保险怎么算不，按照工资的总数，你剔除1000，就按照剩下的基数算保险，你吃亏知道吗？"听见姚总说："赵鑫，不用上保险可是你亲口说的，我们都听见了。"看见小鸥一边站着，顺口还说："看看人家赵鑫觉悟多高，带来赚钱的项目不说，还故意少发2000元，看上去是你自己省事了，实际上如果给你上保险，还要按照最高的基数算呢，你还情愿不上保险，素质太高了，要是我们招聘的员工的素质都这么高的话，我们公司就太伟大了，说来说去呀，还是谢总有魅力呀。"

大伙就哈哈哈笑。

这时候，谢总一边签字一边说："做大事的人，不计较小事，我看赵鑫可以，是个做大事的女人，做大事的人就应该算大账不算小账，才能成大事，就凭着这一点，我们的合作肯定成功。"

接着，就听见屋里的人一片热烈的附和声，听见姚总说："我简单算了算进出账，最少最少，我们这次活动轻松赚到100万。"听见老安说："已经在山东那边发展了十几个新客户，他们都非常感兴趣，都已经发函同意过来参加博览会，就这十几个人，就能至少带来20万的进账。"总之，屋里一片乐陶陶。

从谢总屋里出来的时候，王小鸥好不容易才叫纷乱的心平静下来，可是过了一会儿，她还是有些想不明白，我在算小账吗？不是呀，那个搭建费，卫生费，还有安检费什么的，算起来，比那个地面的租用费高很多，有点数学常识的人都会算账，这不是小账呀，这些人都怎么回事呀，做事情怎么好像在布迷魂阵一般呢。

14

然后，公司发生的事情，叫王小鸥真觉得，还是自己太小家子气了，日出东方果真是不差钱的大手笔。因为，昨天何丽君兴奋地告诉王小鸥说要去福州出差而且要坐飞机，乐死何丽君了。等知道李敏霞带着何丽君还有一个员工，三个人坐着飞机干什么去了，却是去福州一个收藏品博览会现场发传单去了。发传单还用坐飞机去？说是因为飞机快，不然来不及赶上那个博览会。

小鸥真疑惑，问回来了还沉浸在兴奋里的何丽君："去这一趟真有收获？"

"当然啦，不然人家就散场了，当然，对于我自己来说，我怎么着都合算，第一次坐飞机，真高兴不花钱，乐死我了。"

"把咱们博览会的宣传单散发了？"

"嗯，挨个展位放了一些，怎么着也会有几个人来吧？"

"这成本算谁的？"

"当然算公司的，我又没有要求去，当然，真有客户来，也是找李敏霞，所有宣传单上印着她的电话，真来了，就按照她的客户算，不过我也留了个心眼，我发的300多份传单上我又私自留了自己的电话，反正大家都明白，找谁，谁赚钱谁提成。"

这几天，谢总天天在公司，却不是因为博览会召开在即，而是在跟老安热议老安那个关于现场直播海峡两岸围棋擂台对抗赛的项目。据老安介绍，这个项目是他最经典的创意，最压轴的保留项目，精心酝酿多年，现在拿出来，献给公司。说他自己也是业余围棋五段，一直关注钟爱华人围棋事业，这个项目，已经打算跟举办世界围棋锦标赛的应氏集团老总应明皓联系，准备和应氏联手合作呢。

老安跟谢总介绍自己已经通过台湾的朋友联络台湾一家电视台，对方现场可以选在阿里山，大陆一方找一家电视台，原计划跟山东电视台合作，现在既然项目挪到河北了，也考虑考虑跟河北电视台合作的可能，这边原计划现场选在泰山，如果河北一方觉得不妥，也可以找河北境内愿意合作的名胜之地，河北的名胜故地也很多呀，西柏坡自己已经去过了，当然，现场直播要求的技术设施标准很高，要双方信号对接，媒体强强合作，双方选手轮番上台打擂，还要有老聂，马晓春，俞斌、江铸久、芮乃伟、罗洗河、常昊，张璇这样大师级别的棋手现场解说，所以，比赛一定会轰动，一定很好看。

老安的这个创意策划叫谢总热血沸腾，连声夸赞老安不愧是媒体出身的人，眼光独到，两岸棋手团聚，事件关乎两岸文化沟通，有桥梁纽带作用，真乃政治觉悟处处体现。下午还特意把几个搞博览会文案策划的叫进来，谢总亲自给大家把这个项目宣讲了一番，还特意介绍了创意人老安是围棋业余五段，甚至还顺手举了举老安的段位证书，意思是人家是真正的内行。

策划的几个人里很快就有人说，河北不在可办理大陆赴台通行证的省份里吧。接着又有人说好像允许了，但这种类似商业活动的行为，属于特别通行证范畴吧，还有河北电视台没有能力办这种事的。还有人说台湾也不允许大陆地方电视台的节目登陆台湾呢。

没有得到大家的热烈认同，谢总显然有些不满，特别是有点生气大家竟然怀疑的态度，他当即表示了他自己由衷赞许的态度，厉声说："大家大惊小怪是正常的，任何天才的出现，在平庸人眼里都是笑谈，这太正常了，困难肯定是有的，但是没有困难要我们干什么，我们就是为了战胜困难而生的，河北电视台不能做，我们可以找旅游卫视嘛，我相信，台湾不会拒绝旅游两个字，这两个字跟省份无关，属于世界性质的语言，无国界，对吧？"

小鸥一边听了，忍不住提醒说："您说旅游卫视？那就是海南台，也是省级电视台。"

看到谢总的脸忽然白了，小鸥噤口，知道自己多嘴了。可是，谢总真是够外行的，这位老安口口声声一再提及的自己是业余五段，其实没什么了不起，小鸥知道，因为同学中就有自小喜欢下围棋的，想成为业余五段，只要参加区县级体育部门组织的升段比赛，并在一定的组别中获得一定胜率就可以得到，业余五段的段位证书，由地方棋院和相同级别的体育管理部门授予就行，真的没有谢总想的那么吓人。

晚上公司加班，姚总看到小鸥在门口坐着，就端着水杯凑过来，问小鸥："怎么样，来公司一段时间了，跟大家都熟悉了吧？"

晚上会餐的时候，姚总喝了不少酒。

小鸥笑笑。忽然想起那天姚总跟谢总说的，这个博览会项目可以轻松赚到100万的话，又想起会展中心跟公司的协议书，想起赵鑫说的，不要跟谢总说的话，因为觉得姚总毕竟也是总，是融资方的总，是代表人家投资公司自己利益的，忽然就想跟姚总说点什么。小鸥有点忧虑地对姚总说："您觉得这个博览会项目可靠吗，肯定赚钱吗？"

姚总听了，眨巴眨巴眼睛，看着王小鸥，说："你的意思是？"

王小鸥站起来，给姚总的水杯加满水，忐忑地说："我觉得预算好像有些纰漏，我担心没算好成本，最后忙乎半年反而亏了。"

"呵呵，肯定呀。"姚总很轻松的态度。

小鸥吓了一跳，什么意思，喝多了说真话啦咋地？她还以为自己听错了呢。就听姚总继续说："我早算过了，最少亏本20万，什么地面租用费，搭建费，卫生费，安检费，不定还有什么费呢，等着瞧吧，干一件事，哪有那么乐观呀，发财，那么轻松容易就发财呀？可笑，瞧着吧，折腾半年，帮会展中心赚钱啦。"

小鸥一下就蒙了，如果仅仅是为了在女孩面前表明自己高明，说点风凉话，还无所谓，要知道那天，在谢总那里，她亲耳听见姚总说的，这个博览会项目轻松能赚到100万，谢总听了，那表情顿时心花怒放的，怎么回事？那个场面说的话，全是糊弄谢总吗？为什么呀？就是为了叫谢总高兴吗？如果出于无知还可以谅解，可他是完全掌握一切情况的呀！这个人怎么回事呀？还代表融资方的利益呢，假如这个项目亏了，他代表的公司不是一样利益受到损失吗？这个人怎么这么不负责任呀，为了讨好谢总不惜牺牲自己融资方的利益，难道融资方也是看错了人吗？

小鸥因为迷惑这个姚总的行为，开始有意识观察他一天到晚都干什么。这才看到，这个姚总，几乎一天到晚什么都不干，也不会干，打字都不会，电脑都弄不明白，如果叫他起草个啥，他就会叫叶敏过去帮他写，或者，就自己拿个铅笔在稿纸上划拉，那个字别提写的多难看了，显然这个人的文化不高。除了关窗户，喝水，屋里屋外溜达，对了，开会的时候，一定恭维谢总的话不可少，有时候，命令一下小鸥搞卫生之类，仅此而已。

可是，就仅仅如此，已经把谢总糊弄了，谢总还把他当贴心人呢，小鸥看到几次，下班的时候，姚总谢总一起走出公司，一边走一边还推心置腹地说着什么，仿佛至爱亲朋，样子很是融洽。

为什么呀。小鸥暗想，这个姚总为什么呀？明明知道博览会的预算有纰漏，却还假惺惺地夸赞谢总多英明，什么眼看100万就手到擒来，如此欺骗，难道仅仅就是为了叫谢总对他有好印象？给他发高工资？是，就是他赚了半年的高工资了，一旦公司因为这个博览会亏本了，公司弄不好就无以为继了，他也得向自己的公司交代呀，难道那一天的到来，对这个姚总来说无所谓，就自己卷铺盖回家完了呀。

小鸥真觉得这个人的人品很差，他所做的一切，不仅欺骗谢总，也等于渎职于自己的公司，就等于也在欺骗自己公司的老总，这么坏的人，怎么会被他自己的老总委以重任派到这个公司来呢？

回家的路上，何丽君看到小鸥没有兴致，还以为她累了，就对小鸥说："我跟你说了几次了，不如来拉客户吧，好歹有个提成，赚点钱得了，看你想这想那的，多余操心，那都不是你该操心的事，项目赚钱不赚钱，那是老板们的事，就是以后，博览会亏本了，也是亏这个公司的，大不了公司完蛋，咱们走人，没什么了不起的。"

小鸥长叹一口气，没说什么。寂寥的大街上空荡荡的，已经秋天了，夜风很凉，小鸥感觉那凉凉的秋意似乎已经渗进了心里。自从来到这家公司，先是同事叶敏的刻意为难，然后是赵鑫姚总的虚情假意，还有那个来路可疑的老安，只顾埋头赚钱的李敏霞，身边人，身边事，对了，还有那整天嘴上慷慨激昂心中胜券在握其实完全是在被几个骗子忽悠蒙蔽的公司老总谢明辉，他们都在利用他，是的，都在利用他，有的为了赚小钱，有的为了赚大钱，都在不约而同齐心合力在欺骗他，看上去，大家在忙乎这个项目，给他捧场，其实在昧着良心在他面前挖大坑，等着谢总跳下去，把自己埋了呢。

人心真是险恶。小鸥头次参加工作，就已经感受到了这些。这就是社会大染缸，你进入社会，你会看到和明白这一切，你肯定不想跳进去，可是，要想维护自己的清白，你该怎么办呢。小鸥前所未有的，因为职场遭遇的一切，感受到内心的苦闷和彷徨。

正想着，忽然听到何丽君带着窃笑的口气对小鸥说："你知道吗，我可发现李敏霞的秘密啦，虽然她是赵鑫的人，但也不是完全听赵鑫的，我听见她打电话给客户，有的客户问到赵鑫来着，她就不叫那些客户找赵鑫，明明赵鑫在公司呢，她却说不在，好家伙，也是为了把客户抓在自己手里，你没想到吧，这个女人，起初咱们看着她挺实在，挺土气，还以为是农村出来的保姆，不是，绝对老江湖老油条，你知道吗，她从东北出来很多年了，自己一个人在外面奋斗挣钱，老公孩子在东北老家呢，还好像她家老公有病，说是老要寄钱寄药的，她就一直在各类公司混来混去，肯定属于生存能力特强那种人，人精着呢。"

小鸥感慨地说："人家老家有老公孩子，等着寄钱回去，她自己一个人在外头，肯定赚钱是最要紧的，养家呢，不然自己孤单单的在外头，图什么呀。"

"我感觉李敏霞这类人，就是打一枪换一个地方，赚一份钱换一个地方，她说是好几年了，一直跟着赵鑫做博览会项目呢。"

"其实也挺动荡的，说是去过很多地方，估计也赚了不少钱。"

"为什么老在外头干这个，不能回老家干点别的？"

"也许这个最赚钱，别的干不了，或者不如干这个赚钱。"

两个女孩在公交车上议论着公司里的人和事，不觉之中小鸥该下车了。因为说到了李敏霞的话题，小鸥又觉得，心里头怪沉重的。是呀，说到老板们，小鸥着急沮丧，现在说到李敏霞，一人在外的女人承担着家庭负担，她又觉得人生苍茫，人家也怪可怜，实在叫人同情。生存的挣扎，无奈的选择，这就是人生，需要承担付出，需要领悟甚至接受，哪怕你是不情愿的，难道某一天，小鸥自己也会出于无奈，也会违背自己良心，去做一些自己不愿意做的事情吗？

公司的博览会项目一直在招商，但效果并没有如大家期待的那么好，预定出去的展位只有预期的一半不到。眼看召开在即，显而易见，如果仍然没有如期的客户数额，这个项目肯定就亏了。

谢总真是奇怪，项目面临这么不妙的前景，却不见他采取什么紧急的措施，好像一门心思很专注地在安排哪位领导出席，哪位领导剪彩，哪位领导讲话。

真是合了赵鑫的心思，她已经到北京约请了几个据说是故宫博物院的鉴宝专家，说到时候肯定光临现场，这几个专家据说还很难请，公司出了大价钱才肯光顾。因此，除了会展中心，钱流出去的口子，还有北京专家这一块，全是赵鑫把持着。鉴赏费就不说了，据说，还要给这个博览会的上级管理部门上供，说是管理费，得拿10万块，不然，人家不叫几个老头来。成了吃大户了，小鸥听见什么协会的秘书长的手机费4500元的发票也拿来公司报销了。可是据说更大头的不是专家，而是出席开幕式的各级领导们，不管剪彩还是讲话，反正一人一个大红包，谢总亲自一个个检查妥当，又是省领导，又是协会领导，又是文化厅领导，谢总早给他们准备好了。

小鸥简直觉得谢总昏了头了，是不是呀？一方面明明白白地被骗，另一方面好像开门做慈善呢，钱是有数的呀，这么大手大脚，算过账没有呀？做过生意没有呀？光有出去的钱，没有进来的钱，这是在忙乎什么呀？这又不是政府机关，张罗个事情，钱没数，可劲造，只要领导高兴认可，这是生意呀，最后你怎么收场呀？

可是也不对呀，人家是堂堂的公司老总，据说此前还是文化厅的什么处长，素质应该很高呀，既然有了这个位置，上级领导也是看中了他什么过人之处啊，那到底都是怎么回事呀？

王小鸥又着急又生气，却无计可施。终于，在展位资金没有完全到位的情况下，在到位资金跟前期支出相差悬殊的情况下，博览会还是如期开幕了。

15

开幕式从上午九点半一直开到了十点半。虽然领导们讲话时间不长，但讲话的领导一个挨一个，好像每一个都要说几句，还慢条斯理的，而且谢总自己的讲话就超过了30分钟，稿子念的抑扬顿挫不说，内容还很空泛，看来以前还真是写文件的。

小鸥在大幕后头，眼看着台下聚集的听众越来越少，而且明显脸上兴趣索然了，很着急。终于，谢总洋洋洒洒的长篇大论完毕，跟小鸥在一起的员工们也都松了一口气。由于开幕式拖沓，很多前来围观的人厌烦了已经走了，陆陆续续进来的人也很多是街上闲杂人员，大爷大妈们。一共两个展厅，只有一展厅基本展位已满，但后面的二展厅因为没有预订出去，只好在招商的最后阶段，叫李敏霞招来了一群卖各种地方土特产还有新疆羊毛围巾的。半天下来，反而是这个展厅有生意，很多人遛了一圈，顺便买了条围巾戴着。这叫一展厅的商户很不满，立刻就有人找来质问为什么胡乱招商，叫这些小商贩扰乱秩序，还说，要知道这么低层次的博览会肯定不来，嚷着被骗了，要求退钱，接着就有更多商户围拢，喊着叫小商贩出去，不然他们就走。

赵鑫出面跟那些商户说好话，说已经跟北京专家说好了，明天上午就来鉴宝，肯定来，保证大家的宝贝都给看看，这些商户才安定下来。看来这些带着宝贝来的人，目的很明确，卖出去不是他们在意的，也许他们压根不信在S市这个地方有人买，他们来的目的是希望北京来的专家给鉴定一下，最好写几个有分量的结论性文字，那才值钱，才有意义。于是，几个狡猾的家伙开始围着赵鑫转，希望通过她贿赂专家给自己的瓶子字画留下墨宝，验明正身，故宫博物院专家的鉴定说明可不得了，这个不知真假的东西以后就有了身价。

临近中午的时候，小鸥给送盒饭的那个公司打电话，告诉他们具体数目。正是给东方大厦送盒饭的那个小伙子接的电话，问小鸥这边的人喜欢吃什么。小鸥问有什么。小伙子告诉她通常就是米饭和炒菜还有汤，还有饺子，有肉馅素馅两种。

听到饺子两个字，小鸥忽然有点蒙，一下子想起自己跟董欣在优木广场的人才市场卖饺子的经历。忽然她连说话的口气都亲切了，小鸥问小伙子："饺子好吃吗？"

那边小伙子回答："我说好吃，我家饺子比谁家的都好吃，可惜你没吃过。"

小鸥就哼了一声，"你说你家的饺子好吃，就好吃呀？"语气里透着不服气和不以为然。

"我今天中午可以送你一些尝尝，你可以要米饭炒菜，但我免费送你饺子吃。"

小鸥忽然想起自己第一天到公司来的时候，因为叶敏没有给自己和何丽君订盒饭，出去吃饭回来的时候，在电梯口遇见这个小伙子，他就说过第二天送大虾之类的话，结果也没送。就故意讥讽他，"你说送就送呀，不怕老板开除你，上次你还吹嘘送我们大虾来着，第二天连个虾皮都没见到，这次你又瞎说送饺子，送吧，可别因为送客户饺子叫老板开除了呀，你也别怪我，我可没叫你送，但如果你要是已经不想干了，就送吧，我反正乐意白吃饺子。"

"上次呀，那是因为你们订餐的小叶又把盒饭的价格降了，说增加了几份，我一生气，就把大虾的事忘了，呵呵，没问题，这回保证，把大虾放饺子馅里，等着吧，说，素馅还是肉馅？"

中午十二点，送餐的小伙子开着面包车来了，小鸥到外面门口等他，他把车稳稳停在小鸥面前，看见小鸥就笑，说："饺子来了，既有肉馅素馅，还有三鲜馅，赶紧吃，凉了味道就差了，对了，特别给你带着一小袋醋呢，没给你拿大蒜，估计没有女孩敢在众人面前吃大蒜吧。"

小鸥一听，抿嘴笑了，说："是不敢。"

打开车门，小鸥见他把所有盒饭在箱子里面摆放的整整齐齐，上面有两个另外拴着小绳子的盒子，估计就是饺子了，赶紧自己拿出钱包。

小伙子过来制止，说："送你的就是送你的，不要钱。"

小鸥这时候就有点不好意思了，说："说着玩呢，哪能白吃呀，逗着玩归逗着玩。"

小伙子也不执拗，就说："也好，给个成本钱吧，都加起来，一共5元。"

"瞎说呢吧，别以为我不做饭，不会包饺子，包饺子我是能手，什么价钱我不知道呀，光肉也不止5元呀。"

小伙呵呵笑，说："我家饺子的肉特殊，不算成本。"

"为什么呀？"

"我家自己养的猪。"

"你家还养猪呀？你是农民呀。"

"差不多吧，我家还种菜呢。"

王小鸥也不知道小伙子说的话是真是假，像真话又像在开玩笑，但她也不以为意，两个人把盒饭箱子卸下车抬进去，小伙子要走，临出门看了小鸥一眼，小鸥笑了一下，走过去对他说："那饺子我可就吃了呀，谢谢你啦，我叫王小鸥，你叫什么呀？"

小伙子回答："我的名字很响亮，如同一个明星，你一听就记住了，我叫韩耕，但是，是耕地的耕，呵呵。"

小鸥笑，说："嗯，韩耕呀，记住了，韩耕，再见。"

何丽君看到小鸥给每个人饭盒里分饺子，觉得怪，就问："咋回事，盒饭不够分呀，咋还有饺子呀？"

小鸥说："是韩耕送的，大伙儿都尝一尝。"

"谁叫韩耕？"

"就是给公司送饭的那个男生。"

"他叫什么，韩耕？唱歌的吧。"

"呵呵，据说就是农民，他自己说的。"王小鸥也笑。

"别逗了，韩庚啥模样，他啥模样？"

"人家是耕地的耕呀。"

这时候，大家都在尝饺子，都嚷着真好吃，还有问，还有饺子吗，我不吃米饭了，改成饺子行不？

"可惜，咱们都点的是米饭，没有点饺子，这是人家白送咱们品尝的。"

何丽君一边吃，一边也说："小鸥，你尝了没有，真跟你拌的馅有一拼，咋回事，不是你自己家的饺子吧，带来馋我们。"

"真的好吃呀，我也尝尝。"

小鸥夹起一个饺子，放嘴里，一咬，青椒羊肉的，嘿，饺子里的油流出来，青椒味道出来了，哈，满口香，馅很大，咬一口，还剩一多半馅呢，小鸥吃掉一个饺子，嘿，别说，真好吃，羊肉的鲜香，青椒的爽口，掺一起，真是味道好极了。

何丽君说："怎么农民也会包这么好吃的饺子呀？"

王小鸥看着何丽君，"啥意思呀你，农民不吃饺子呀。"

"我不是这意思，我的意思是，一般来说，农村人包饺子，不舍得放作料和油，所以，一般农村家里的饺子没这么好吃。"

王小鸥却说："饺子好吃不好吃不光是在作料和油上，主要是在拌馅上，你吃出来没有，感觉馅里有一点点花椒的清香，我估计肉馅用花椒水打过，是内行干的。"

"我可不懂什么花椒水打馅，你喜欢干这个，可以没事跟韩耕探讨，行，也许他跟你有一好，但也说不好，不知道这饺子到底是谁弄的，估计也不可能是这小子包的，他就是一个送外卖的。"

公司几个吃了饺子的人听她俩在议论包饺子，一个插嘴说："这饺子馅拌的，绝对达到一个专业级别了，相当够水平，怎么说，拌馅的也干了好多年这活计了。"

另一个说："谁说是那个送外卖的拌的馅？瞎说呢吧，哪有干这活儿的男孩子呀，包饺子也不是那么简单，关键的一个环节还有和面呢，其实更难。"

何丽君也说："再说，真能拌肉馅了，也不可能送外卖了，怎么说，也成面点大厨了，成师傅了，送外卖都是没什么技能没什么手艺的人才干的事。"

听大伙这么说，小鸥赶紧辩解说："我也没肯定说是那男生拌的馅呀，也许是他们饭店的师傅吧。"

有人说话了："小鸥，叫那小子明天改成送饺子怎么样？跟今天的馅一样的，咋样，不吃米饭炒菜了行不？"

小鸥说："那有什么问题呀，我一会儿就给他们打电话预定就行了。"

吃过饭，小鸥就给韩耕打电话，告诉他大家都说饺子好吃，问明天把米饭改成送饺子行不行？

韩耕听了，有点诡诈的笑声传来，说："我一猜你一会儿就会给我打这个电话。"

小鸥说："为什么呀？"

韩耕说："好吃呀，好吃不贵，不吃是傻瓜。"

"对了，大家叫我问你的，就是到底是谁拌的馅呀？"

"我呀，怎么啦？"

"不可能呀，你是送外卖的呀。"

"我既是面点师又是大厨，还送外卖呀。"

"你怎么这么不实在，问你正经话呢，你瞎说。"

"我怎么是瞎说，又不是什么科技难题，需要费点时间攻关，一看就会的事，干嘛大惊小怪的，改天你可以亲自来参观我们的厨房，你就知道咋回事了。"

"你们什么饭店，有名吗，在哪里呀？"

"在开发区，欧陆园小区知道吗，一层的韩家家常菜馆，来过吗？"

"韩家，真是你家呀，家族经营呀，还是一村人都来了呀，里里外外的人是不是都姓韩？这个饭馆我没听说过，也没去过。"

"找个时间来吧，我负责接待你。"

"得了，你接待，大家吃饭的时候，你应该不在吧。"

"我可以不去送外卖，专门迎接你的视察呀。"

"你真是敢说大话的人，我还是不去吧，给你留点面子，不戳穿你算了。"

何丽君看小鸥在一边儿跟韩耕电话聊得欢，就过来，用手指示意小鸥打住。小鸥转脸问："怎么啦？"

何丽君说："聊的还挺上劲，跟一个送外卖的，竟然挺擅长花言巧语，真没想到，一个送外卖的，你也感兴趣。"

小鸥见何丽君这么说，就有些不爱听，说："你老是张口闭口送外卖的，送外卖的怎么啦，低人一等呀。"

何丽君说："至少证明他本身没什么技能，没什么文化，或者家里没什么背景吧，你想想，他干这么低级的活儿。"

小鸥反驳，"你怎么知道，人家没有技能没有文化？"

"那还用思量呀，起点也太低了吧，你和我，是女孩，不可能送外卖了，当然，绝对不会上饭店当女服务员端盘子吧，一个道理呀，干这个不需要文化，不需要学历，没要求，是个人就能干，这是人人都明白的基本道理呀，怎么啦，你糊涂了，小鸥我告诫你，离他远点，别叫他缠上，那可更麻烦，这种低层次的人什么事都做得出来，别到时候，你悔不当初。"

何丽君前几句话，小鸥不以为然，这后几句，倒是叫她心里紧了一下。毕竟，这社会，什么人都有，自己刚进入社会，不能人人信任，凡事加个小心是对的。这么一想，就对韩耕会拌馅这事，好奇心小了。

第二天上午，赵鑫直到中午临近才接来了北京的专家。谢总先在会展中心的会议室跟几位专家见了面，然后诚恳地说，专家们多数都是老人，做了三个小时的车很劳顿，先吃饭休息一下，鉴宝活动下午三点开始。于是，中午谢总姚总赵鑫等一席人就带着专家出去吃饭，算是给专家们接风洗尘。

中午韩耕如约送来了饺子，但王小鸥因为听了何丽君的劝说，没昨天那么满脸兴奋了，很矜持地给韩耕付了钱，话也不多，对韩耕关于做饭的调侃也似乎没什么兴趣了。

韩耕临走还是问了小鸥一句："你不是说要亲自视察我家厨房吗，去不？"

何丽君听见了，在一边咳嗽一声，拽王小鸥的衣服，王小鸥明白何丽君的意思，没好意思跟韩耕解释什么，吞吞吐吐地含糊了一句什么，转身到展位那边去了。韩耕抬眼寻不到小鸥的背影，似乎有点失望，也没跟何丽君打招呼，转身出了大厅走了。

何丽君望着韩耕的背影，哼了一声，心想，真可笑，真敢想，一个农民，一个送外卖的，竟然想泡美妞咋地，也不撒泡尿照照自己。

下午，因为专家来鉴宝，展厅现场有些混乱，本来专门用宣传牌子给专家围成了一个空间，但人头拥挤，广告牌子形同虚设，已经挤倒了好几处，本来现场有李敏霞等几个专门设立的秩序维护人员，也把不住口子了，有些人是想接近专家，围着专家恳求多写几个字，有些人确实是在捣乱，谢总只好叫王小鸥几个人过来帮着维持秩序。

冲开的口子被堵住了，人们进不来了，但王小鸥很快就看到几个收藏者在往赵鑫手里塞钱，在她耳边低语什么。马上就看到，赵鑫接过对方手里的东西，拿到专家面前，跟专家嘀咕什么话呢。等鉴宝的专家走到她身旁的字画面前，听见赵鑫在一边不停地跟专家说，这一幅您多看看，好东西。那老人家一边看一边摇头，似乎眼前的明显是赝品，可是赵鑫还是拽着老人家不撒手。那老专家已经是不耐烦的表情，赵鑫已经掏出了一卷钱硬塞到了老专家手里，老专家僵在那里，似乎不知所措，又似乎有点难为情，王小鸥都不忍心看下去了，什么鉴宝呀，简直是赵鑫导演的一场骗人的闹剧。只是可怜谢总，刚才在门口看到他，好像中午喝酒了，满脸通红的，还一脸虔诚地张望着，只等着鉴宝专家圆满完成任务，看到满大厅因为鉴宝专家的到来掀起的很火热的气氛，谢总的脸上很是一副操纵宏大事件，并且大功已经告成的得意，他完全不知道，他的场子里，拿着宝贝来的，来鉴宝的，还有赵鑫李敏霞们，大家伙都在借助着他花了高额租金租下的场子，忙不迭地热火朝天地在彼此做着的只属于他们自己的私下交易。

16

博览会的第二天下午，鉴宝活动刚一结束，就有展商收拾物品要退馆离开。因为多数展商除了交纳了展位租用费，专家鉴宝费，还交了博览会会刊和艺术品评选专刊的版面刊登费，于是，他们找到赵鑫要会刊和评选专刊。

这时候，大家才想起从昨天上午开幕会结束，老安就说去香河拉会刊去了，却连人带书到现在还没有踪影。因为印刷的事情一直是老安负责，从给印刷厂交2000元押金到拿回来做好的版样校对，再到从财务中心取走4万元全部的印刷费，都是老安一个人在操作。赵鑫赶紧给老安打电话，可是老安的电话一直是忙音，无法打通。与此同时，会展中心的一个自称是韩总助理的女士来找谢总，说韩总出差之前叮嘱她务必在博览会开幕的第二天收回全部租金，她上午已经找过赵鑫，但赵鑫说去接专家了，叫她自己来找谢总。还说是韩总的意思，第三天前全部回款，已经是看他的面子了，别的单位租用会展中心，必须第一天就全部交清，所以，希望谢总配合，明天，务必把费用全部交清，又说日出东方反正是公家的，又不差钱，跟他们会展中心不一样，他们收不上钱，员工下岗老总撤职，总之，就是没有余地，交钱。

晚上，几个老总在会展中心会议室里开会，因为还有一些杂活，小鸥和叶敏也留下加班了。起初感觉会议室那个方向没有什么动静，正很奇怪他们开的什么会议这么沉闷呢，因为全公司上下都已经知道老安携款失踪的消息了。

忽然听到喧闹声从会议室传出来。小鸥赶紧过去，会议室的一个门开着一条缝隙，小鸥正看到谢总怒火冲天地在跟赵鑫吵架，听见谢总似乎在狂怒呵斥赵鑫可耻之类的话语，也听见赵鑫不住嘴地说，必须履行协议，要言而有信之类，再仔细听来，小鸥似乎听明白了，赵鑫在跟谢总谈条件，就是，当初谢总先是承诺后来也签字盖章过的那份协议，赵鑫可以在她的客户进账款项里提成30%，争论的焦点是，赵鑫认为，凡是自己拉来的客户，不管是交纳的展位费、鉴宝费还是会刊刊登费，都必须有她30%的提成，而谢总认为，只有租用展位的提成，其他的没说过，还说不管哪个该有提成，此时这个态度方式，赵鑫就是在要挟和乘人之危，不仗义，很无耻。原因是，一部分赵鑫的客户的剩余款尚未交纳，赵鑫的意思，既然博览会已经基本结束，可以算总账了，她自己应该拿到属于自己的钱，自己的客户既然是自己带来的，就依旧归自己管，公司欠自己多少钱，自己的客户还欠多少钱，由她自己找齐完了。

谢总坚持必须叫所有客户把剩余的款项交齐，等博览会彻底结束，回公司再说赵鑫应该提成多少的事。赵鑫就说，肯定一部分客户要跑了，她也没办法。谢总就勃然大怒，说如果人不交钱就跑了，责任全由赵鑫负责。赵鑫就说："我负什么责？人家还交了会刊费呢，连会刊模样都没看到，我跟谁说理去？"

谢总就再次给老安打电话，还是打不通，谢总气得要死，骂人的话已经脱口而出了。这时候，听见姚总出来打圆场，说："老安的事情，赶紧报案吧，肯定是被骗了，早就看他不是好人。"又对赵鑫说："今天什么事情也解决不了了，明天跟财务商量商量，搂搂账再说吧，明天还要给会展中心十几万呢。"

这时候，小鸥就听见赵鑫冷冰冰的话传出来，"我把难听话搁这儿，你们大家听着，我在江湖这么多年，什么坏人都遇见过，我的特点就是不怕坏人，不行就试试看，是喜欢去医院还是去法院，小娘我都愿意奉陪，我可以透露给你们，别敬酒不吃吃罚酒，我手头不仅签字画押的协议书必须执行，而且，还有别的呢，我不怕做小人，等着瞧，今天我累了明天见吧。"

接着，赵鑫脚步噔噔从会议室走出来，看看门外面面相觑的小鸥跟叶敏，也没搭理，摔门而去。小鸥和叶敏看到老总们吵架，都傻了眼，谁也不敢靠近前了。赵鑫走后，会议室就没了动静，小鸥呆愣了会儿，不知道如何是好，只能等在会议室外头，等老总们离开好收拾房间。直到接近午夜十二点了，谢总跟姚总才从屋里垂头丧气地出来，小鸥进屋，差点被满屋的烟气呛倒，也不知道谢总抽了几包烟。

第三天一早，小鸥就听公司财务中心的人说，公司做这个博览会赔大了，算起来一共进账56万，就给了会展中心32万，而前期投入的其他款项，竟然已经高达40多万，这还不算应该给赵鑫、李敏霞以及业务员的提成17万。约略算计，一场博览会，搞了近半年，公司至少赔进去40多万元。

接下来，就是博览会草草收场，拿不到会刊和评选专刊的展商，骂骂咧咧地走了，还欠着展位费，也没人朝他们要。事先谢总已经派人去香河印刷厂拿书，哪里有印刷好的书呀，却原来老安自从给印刷厂放下了2000元拿走了校对的版样以后，就再也没回来。不久，公安机关传来消息，找到老安的租住屋，那屋里倒是有会刊的版样，还有一些博览会写好地址的快件，就是没人了。按照他的身份证寻到他山东老家的地址，竟然另一个老安一直生活在那里，身份证原来是假的，得了，只能网上通缉老安了。

赵鑫果然还有撒手锏攥在手中。她很清楚，谢总这样身份的人，最惧怕什么，于是以上法院说清楚，还有开新闻发布会曝光这俩事逼迫，跟公司终于就30%的提成达成协议，谢总还以为她拿走了钱，自己以后就不会跟这个女黑煞再打交道了，没想到，一周后，劳动仲裁部门打来电话，说是赵鑫一个月前已经告了日出东方公司恶意克扣她的工资以及不给她上保险。说到一个月前就告了，显然赵鑫早有预谋，因为劳动仲裁通常有一个月内必须解决的时限要求，赵鑫早点起诉，早点仲裁，人家好早点回北京。

这回姚总站在谢总一边了，小鸥跟他去了劳动仲裁部门，听姚总跟仲裁的人解释，说赵鑫这个女人不是个好东西，当初是她自己主动要求的，少发一些工资，为的是少缴税，人家哼了一声只是摇头，姚总又说，是这个女人自己要求不上保险的，有口头协议，有人做证明。对方还是笑，说："你们公司有明白人不，别说口头协议，就是书面的也无效，保险这笔钱有专门的账户，不走账户走别的渠道，都白搭不算。"

接下去，更叫谢总傻眼的事情也发生了，因为博览会已经结束，一些做业务的人员公司需要辞退。结果人家纷纷学赵鑫的样子去了劳动仲裁，结果是，十多个去了劳动仲裁的人都给了双倍工资和保险补偿。何丽君私下看那些拿到了钱的人都很高兴，就着急了，跟小鸥商量："赶紧也去劳动仲裁吧，不然公司破产了，就没钱赔咱们了。"可是小鸥说："咱们跟这群人不一样，人家来得早。"

果然不久，日出东方公司就从东方大厦搬家到了一个普通小区的居民楼里。那个姚总也已经被调回到了县里，听说那个投资方晓得日出东方文化传媒公司的完全不靠谱之后，已经决定撤回投资了。

何丽君跟王小鸥天天无所事事，在公司里闲待着。何丽君就开始埋怨小鸥，咱们还不如那会儿跟大伙一起告公司呢，那会儿多好，法不责众，现在可好，人单势孤，有点不好意思了。没事的时候，两人就议论赵鑫，感慨一番人家的手段老辣，由衷地感慨初次进入社会，就遇见一个这样的女人算开了眼长了见识。

因为博览会期间真的很忙，很久没有董欣的消息，就听她说干得很不赖，小鸥跟何丽君一闲下心来，就有点好奇董欣在做什么，想去她那里看看。

自从博览会失败，就像战士卸去了铠甲，谢总整个人形都坍塌了，从内到外的状态都变了，足见他受的打击很大，原来雄心勃勃的神情基本消失了，但碍于面子，在小鸥她们几个年轻人面前还故作镇静。因为公司没有新业务，平常也没几个人，他也不怎么约束这几个人。

姚总回到他们公司，半个月后，摇身一变，开始成了他们县里那个自己公司的利益代表人，已经开始代表他们老总一方跟谢总谈判博览会投资失败损失分担以及撤销投资的事情。谢总压力很大，期待自己的主管部门支持自己，伸出援助之手拉自己一把，因为，一旦对方真的撤走投资，所谓日出东方就等于宣布破产了。

周五下午，看着谢总忧心忡忡出去，不知道干什么去了，何丽君就对小鸥说："今天周末，他肯定不回来了，咱们也早走，去找董欣玩吧。"

两个女孩坐车直接去了富强大街董欣所在的公司，下了车，看到盛典婚庆公司的牌匾，就走过去，走到近前，发现还有一道牌匾挂在墙上，咦，怎么盛典还开了影楼了呀，没听董欣说过呀。进了门脸里面，果然是影楼的模样，还有几个女孩在那里化妆。

董欣从里面出来，笑吟吟迎接她们。三个人没说几句话，小鸥就发现，董欣仿佛变了，沉静成熟的感觉在她的眉宇间透出来了。

何丽君环顾门厅墙上悬挂的巨大照片，问董欣："我怎么没听说你们公司还有影楼呀。"

董欣没说话，拉着俩人进了小门里头，坐到办公室的沙发上，小鸥看到了办公设施的简陋，跟自己的日出东方相差还很远呢。不过，自己公司有什么可说的呀。

董欣给两个女孩倒水，指着前面的大厅说："刚开了不到两个月，我来以后开的，有生意，为什么不做呢，我们做了几单婚庆的生意发现的，照婚纱照利润很高，我也喜欢照相，我们老总也算擅长，就购进了设备开张了，生意还不错，照完相我们直接给制作成艺术片，有外景的，就做成如同风光片，婚礼上播放，非常有现场气氛，可以算作婚礼一条龙服务。"

小鸥听了很感兴趣，说："主意真不错，一般结婚的都是既要选影楼又要找婚庆公司，很麻烦，你们都管了，不错。"

何丽君看屋里就董欣一个人，看她桌子上放着一堆文字稿，拿眼睛瞄着上面，看出是一些婚礼祝词，就问董欣："怎么，这个东西还事先自己预备呀，不是常规那几句话吗，傻子都会背下来了，还用下这么多的功夫呀。"

"干什么吆喝什么，业务要精嘛，我要求自己每次婚礼主持都有创新和特色，针对每一对新婚夫妻都要非常尊重，婚礼是一生中唯一的一次，都要郑重其事，因为任何一对新人都有属于他们自己的独特的感情经历，我们会在祝词里面加进去一些内容，事先要跟他们沟通的，他们非常期待现场那激动的时刻，一起回顾从前的点点滴滴。"

董欣的话说得小鸥心里忽然非常温暖，她也看出董欣沉浸在她自己选择和喜欢的事业里的兴奋和满足，顿时非常羡慕。

"你们经理呢？"小鸥问。

"去拍外景了。"

"去什么地方拍外景呀？"

"他们去太平河了，这对新人自己提出来的，喜欢拍水边的风景。"

"那里风景很好，拍出来一定好看。"小鸥由衷地说。

"等你俩谁结婚，我的手艺也练得差不多了，我亲自给你们拍，保证人如同明星，风光如同影片，还带故事情节的，小电影一般，咋样，说说，你们公司的情况吧，对了，有帅哥没有？"董欣轻松地调侃两人。

一回到自己公司的话题，两个女孩立刻各自长叹一声，何丽君说：

"别提我们公司了，一提就头疼。"

小鸥站起来，看着盛典公司墙上挂着的很多董欣和马大龙婚庆主持现场的巨幅照片，由衷地感慨："公司不在大小，必须有正经事干才行，还有人要靠谱，不脚踏实地，叫一群骗子给忽悠着，能干什么呀。"

"我们公司叫一伙骗子祸害的快完了。"何丽君一旁补充。

接着她们俩就给董欣讲了讲她们公司博览会失败的经过，说完，王小鸥先是摇头又点头，董欣问她怎么啦。小鸥说："也算上了一课，很难得的。"

何丽君却哼了一声，说："还难得呢，什么难得呀，纯粹是倒霉，还耽误了我考研究生，钱也没赚几个，对了，到底咱们还去劳动仲裁不？别哪天破产了，什么都得不到。"

"咱俩的试用期刚过，谢总不是说给咱们上保险吗，他们也没把咱们辞了，咱们还告什么呀？"

"告什么，公司根本没有按照最初跟咱们说的那个钱数开工资呀，你记得不，当初跟咱们怎么说的，试用期过了工资就涨，现在可好，不涨反而降。"

小鸥摊开两手，说："现在又没有业务，拿什么涨工资？不现实，跟谢总要，也要不来，他还会说咱们无理取闹。"

"无理取闹就无理取闹，开除正好，多赔我们钱更好。"

小鸥听了，也叹气，说："说可以，真那么做。你也做不来呀。"

"不是非要在那个公司待到死吧，真是的，不行就不死撑着，出来得了，咱们都年轻呢，还会有机会的。"董欣劝慰俩人。

"就是，我不打算干下去了，我想复习考研究生，我可不当殉葬品。"何丽君说。

真的就是这个道理，小鸥忽然开窍，董欣说得对呀，我们干嘛非在这里耗着呢，好像没有这个必要，公司即使还能撑下去，又怎么样，其实已经没什么意思了。小鸥心里也在暗暗想着。

17

接下来，公司的状态就是基本瘫痪了，除了每周三次，姚总会打来电话找谢总，基本连电话都不响一声了。谢总看来是为了躲避姚总，因为姚总起初跟谢总之间的谈话还算和颜悦色的，后来就逐渐变成大声吵架，到最后，姚总就很理直气壮地拿着传票来了，于是谢总就开始避而不见。百无聊赖的小鸥跟何丽君靠上网打发日子，后来网线就不通了，再后来，工资就不能照常发了。

　　谢总起初还接她们的电话，后来见到人就难了，直到最后，能打通他的电话都成了奢望。小鸥跟何丽君上班也不按时了，非常松懈的日子，说上班吧，也可以去，说不上班吧，去了，一天也没个事，就等着中午热饭吃，下午就看着手机等回家。

　　到最后，谢总也没有正式跟王小鸥何丽君说辞退她俩，估计是害怕她们俩也去劳动仲裁告状，于是采取了这种方式，就是，坚决不说辞退你们，逼着你们熬不下去自己走。

　　后来，俩女孩也明白了，既然工资都给不起了，就是真去劳动仲裁，也争取不到什么了。

　　王小鸥后来每每总结这一番日出东方的职场经历，都无限感慨。看来年轻人进入社会，任何现实所经历的一切，都一定超越你之前无限的想象范畴，所以，你一定要经历，才会成长和进步。因为所有现实你看到的，都只是表象，那不是真相，看到事情背后的真相的过程，就是你走向成熟的过程，这个过程，就叫作阅历。想起第一次到日出东方的惶恐，看到口若悬河滔滔不绝的谢总时的崇拜，之后眼看着公司在一瞬间就土崩瓦解，胸怀大志的谢总被一群骗子吞噬，阴险老到的老安，狡猾贪婪的赵鑫，人品恶劣的姚总，没有一个坏人脸上贴着标签呀，反而伪装得恰到好处，谢总就因为在机关待久了，做官太顺畅了，跟坏人接触机会太少了，所以轻而易举地被忽悠了，每次回想起这群骗子设计欺骗谢总的细节，小鸥心里仍旧气愤，惋惜这么好的公司完结了，同时深感社会的复杂，人心的难测。

　　何丽君的状态看来恢复的还行，那天俩人从公司出来，何丽君马上就拉着小鸥去了书店，说要买几本新版的考研书。小鸥很佩服何丽君，看来人就应该如此，任何事情，谁能预料结局呢，只有乐观，一如既往地朝着信念走下去。

　　但对于王小鸥来说，这次日出东方的经历还是给她的心灵留下了阴影，因为，她在短时间，肯定提不起兴致去什么公司了，日出东方经历的一切太像一场滑稽戏了。

还是老样子，不到半年的时间，王小鸥似乎又恢复了从前的生活，闲居在家了。但其实她已经不同了，以前她不怎么喜欢上网，现在，上网成了她生活的一个重要内容。可别觉得小鸥是在消遣或者消磨时间，不是的，小鸥在心里一直积蓄着一个念头，就是，自己到底适合做一件什么事情呢，这件事情，既要自己有兴趣，又可以用来谋生，还要尽量避免跟骗子们照面，就平心静气做事，实实在在做事，像董欣那个状态，多好呀，赚钱多少那是一个过程，一旦选择了做这个事情，就一定能做长久，付出辛苦和努力一定要做出个成绩。

想到做事，不知道为什么，脑海就冒出了一个人的身影。因为想起他，小鸥自己也觉得自己可笑，怎么就会想起他呢。难道自己真的与他有什么共同之处？想起何丽君对他的奚落，小鸥心里也有点气馁，不知道是不是真的就是自己中邪了。因为心里有事，小鸥就想找个人说说。何丽君肯定不行，小鸥不敢跟她提起韩耕，就给董欣打了电话。

董欣听小鸥话里头支支吾吾的，就问小鸥有什么事？

小鸥就坦白直率地说想跟她说说自己的事。

董欣一下班，就风风火火赶到了小鸥家，进了门，看到小鸥好人一个，神情安详在给她包饺子，反而奇怪了，还以为出了什么事了，竟然这么镇静地坐着包饺子的小鸥看不出人里人外发生了什么意外。

"你闹什么妖，吓我一跳，以为你咋地了呢。"

小鸥笑，说："我故意的，不然你不来咋办？"

"所以闹得跟出了什么大事一样，到底怎么啦，我猜了一道儿，不是你恋爱了吧。"

"哎呀没那么严重。"

吃着饭，小鸥看似平静的样子，告诉董欣说自己正做着一个决定。就是，有心思自己创业。

董欣停住筷子，瞪大眼睛看着小鸥，"真的，你想自己创业？你想创什么业，具体打算干什么呀，说说看。"

小鸥看董欣那么大声说话，就有点不好意思了，说："其实也算不了什么自主创业，我就是一直有心思开个小饭馆，包个饺子，拌点凉菜什么的，小本经营，我想我能干。"

"你自己吗？还是跟别人合作，计划投资多少？"

董欣这一股脑的问话，叫王小鸥一时间也不知道怎么回答好。董欣又说："你是一时冲动还是早就看准地方了，或者听什么人劝了呀？"

"我自己一时冲动呗，这不跟你商量呀。"

"我也不是明白人呀，包饺子卖按说行吧，小饺子馆，不知道需要投资多少，能不能赚钱关键是在什么地方开合适，对吧，选择个热闹地方吧，租金可就贵了，选择个僻静地方吧，肯定人少，闹不好没人来亏本了，你算计过吧？"

"我这几天一直在琢磨呢，在什么地方开合适，学校周围你看合适不，面向学生，也许行，吃饺子消费低，就是担心租金高，赚不到钱。"

"学校周围租金肯定高呀，还是再想想。"董欣忽然眼神一亮，说："对了，我给你找个明白人吧，人家是商业奇才，肯定有道儿，给咱们稍微一点，说不定，就帮助咱们点石成金了呢。你等着，我给辣道的李总打电话问问他，他做生意很有一套，咱们请教请教人家。"

"这么点事，麻烦人家合适不？"

"对于人家确实是小事，对于咱们可是大事，所以，咱们可不能马虎，人家就简单一句话，也许会叫咱们少走不少弯路呢。"

小鸥听了，笑了，连连点头。上次在优木广场卖饺子，听从李小飞的几句劝说改成卖炸酱面，就获得更多收益，叫小鸥认识到，自己一定要虚心跟前辈学习，人家多少年的经验积累，多么难得呀，听人家一句话，就等于前进一大步。

董欣打通了李总的电话，小鸥就听董欣问李总："李总，我同学想开一家饺子馆，你看能开吗，还有，在什么地方开合适呀。"

小鸥一听，觉得董欣汇报的信息太不全面，赶紧站起来凑过去补充，"说小型的，不炒菜那种，只有凉菜。"

"不炒菜，只有拌的凉菜，还有饺子，特简单那种。"

"特色？小鸥问你呢，李总说能开，但是问你，你的饺子有什么特色？"

"特色？"小鸥赶紧转动脑筋，之前真没细想过饺子也要有特色，就是一般的饺子馆呗。

董欣听了一会儿那边的话，转身看着小鸥说："行，我们按照你的意思琢磨琢磨，好吧？"放下电话，董欣看着若有所思的小鸥说："李总说了，要是开一般的饺子馆，只是希望周围的人或者顺路的人进来吃，没有回头客那种，经营起来，虽然小本投资，但是赚钱也费劲，他主张，还是做个概念，小小饺子馆，也要做个概念，这很重要，比如，人家有个下岗嫂子饺子馆，这就是概念，你就会觉得这不是买卖，不会骗人，肯定实在，进去吃踏实，对吧？"

小鸥点头，说："是呀，好像还带着同情似的，进去吃饭的时候，饺子也不贵，看到里面的人也感觉很亲切。"

"或者，你的饺子特殊，别人家没有，也行，你想想看，弄个什么特色出来？"

说到这，小鸥就想起博览会的时候，韩耕说的话，关于他家的饺子，肉是他家养的猪，菜是自己种的菜，想到这，小鸥却情不自禁又摇头。

董欣问她："想什么呢？"

小鸥就把韩耕的事情说了一遍，然后问董欣："你信吗，这个韩耕说的话？"

董欣看着小鸥，说："看来你在日出东方工作一遭，收获真不少，什么人都见识了，怎么，送外卖的吗，你了解他吗？人家说什么你就信什么呀？"

董欣临走，忽然又问小鸥："你说开饺子馆，不是开玩笑吧？"并且还带着半信半疑的表情。小鸥这才意识到，也许开饺子馆这事，理解自己的人不会多了。

送走董欣，小鸥心里有些不开心不清爽，并不都是董欣请教了辣道李小飞以后，人家提供了做概念这个商业招数叫她有了压力，不是的，李总的话已经叫小鸥心里朦朦胧胧有了点亮光，只是还没有最后把这亮光聚拢。小鸥郁闷的事情是，先是何丽君，然后是董欣，为什么呀，一提到韩耕是送外卖的，她们就嗤之以鼻？还有，对自己开饺子馆，其实，董欣也是心存疑惑的，或者觉得自己毫无经验，觉得有点悬？

这属于偏见嘛，小鸥暗想，为啥呀，不会自己开饺子馆这个事，在同学眼里也属于极其荒唐的事情吧，也许会叫他们小看自己吧。不想起，同学们都快忘记了，小鸥的同学毕业以后，很多有出息的了，有考上研究生的，有考上公务员的，有出国的，有快结婚的，而王小鸥同学，此时则坐在家里，在想着创业开饺子馆的事情。

两个女友的态度，叫王小鸥跟父母商量的想法有了迟疑，父母更不会理解了吧。爸爸王革命一直期望小鸥考公务员，看到小鸥去日出东方公司上班，还失落呢，还问是不是事业单位，有指标没有之类的，还做成为长期工的美梦呢，其实挺不了解现实的，现在很多事业都改制成了企业了，顶多是签约制的合同工，哪来的铁饭碗，这不，还号称是文化厅主管呢，说完蛋就完蛋了。跟妈妈商量吧，妈妈也不明白呀，白跟着着急。可是，不跟父母说，自己的那点钱，似乎也不够投资呀。

想什么办法凑够钱投资，还不用告诉父母，小鸥有点为难，如果自己的钱够，绝对就不告诉父母，也不跟他们商量了，省得他们操心着急。

想开饺子馆这件事情，这几天就一直占据着王小鸥的心头，这念头白天黑天排除不去又化解不了，叫王小鸥茶饭不思。董欣打来电话，问小鸥合计的怎么样了。小鸥跟她说，不打算告诉父母了。

董欣马上就问："你自己有钱呀，哪儿来的钱呀？"

小鸥顿时无语。

董欣忽然跟小鸥说："你说，咱们朝有钱人借点钱怎么样？或者李总，或者谁谁，你看怎么样？"

"那算谁开的？我不想，没想过。"小鸥马上拒绝。

"谁开的不重要，重要的是你可以借此长经验，赚头一桶金呀。"

"那还不如我们自己凑钱算股份呢，自己的钱多硬气呀。"

"关键是，我们自己没有那么多钱，对吧，自己创业就这点难，没钱怎么创业，我们想得简单了，都这么好干，大家都去创业了，谁还去给人家打工呀，对吧，谁都知道辛苦为人家老板，不如为自己，没能力呀，只能先做打工仔了。"

"你说，做老板是不是每个打工仔的愿望？"

"应该吧，也许有野心的打工仔会这么想，相对单纯的不这么想吧。"

小鸥就想起韩耕，想到他快乐的样子，还想到他说的他家菜馆的事，还想起他说欢迎自己去看看的事。本来博览会的第三天中午也订了餐，但中午因为谢总决定在会展中心餐厅请全体工作人员聚餐，就取消了原计划的盒饭。之后，公司搬了家，中午都是自己做饭在公司热着吃，所以，小鸥也就没再见到过韩耕。此时，在手机里翻找出他的手机号，小鸥就想，自己忽然给他打电话，他不会以为又叫他送外卖呢吧。

电话通了，那边韩耕一接电话，就说："是王小鸥呀，怎么想起给我打电话了呀？你们公司不是搬家了吗，也不说一声，不知道你们去哪里了。"

小鸥嗯了一声，说："搬家是啥时候的事情了，你才想起来问呀，你要是想知道，早就问我了。"

"别呀，我问你好像我跟你拉送饭的业务呢，你要是需要一定会找我的呀，对吧。"

"我找你真跟送饭无关，我已经不在那家公司了。

"是吗，去什么地方高就了呀，需要送外卖吗？"

"不需要，我自己也打算干这个啦。"

"真的呀，你要自己开饭店呀，不赖，我支持你。"

"你支持我？怎么支持呀？义务帮我送外卖吗？"

"当然可以呀？我也可以入股呀？如果你缺钱的话。"

王小鸥听了韩耕在这时候，自己这样心情之下，还说着这么无关痛痒的话，忽然就很生气，她气咻咻对韩耕说："韩耕，我建议你这样的人，以后把说话口气放郑重点，也许还能获得别人的同情和信任，我本来不觉得一个人什么身份有多重要，可是在你身上，怎么还有这种莫名其妙的张狂呢，这样做不可能提高你自己的身价的，反而更把自己弄得很轻贱，我说的是真话，真的，我不喜欢你说话的口气，很无聊。"

说完这话，王小鸥也感觉无比丧气，自己在干什么呀，真是的，也许何丽君董欣说的话是有道理的，这种人，文化层次很低的，能有什么交流呢。

刚要挂断电话，那边韩耕说话了："我不明白你话里的意思，可是我听了很不舒服，我说什么啦，叫你这么生气，是因为我说可以入股的话吗，我说的是真话呀，怎么啦，不允许说真话吗？瞧你凶巴巴的架势，我因为说真话就应该去死吗？"

小鸥听了，差点气乐了，"什么真话呀，纯属胡说八道，投资入股是小事情吗，好啦好啦，本来想跟你说说我自己打算创业的想法呢，叫你这么一搅和，没心思了。"

"我上次跟你说了，叫你来一趟开发区的老韩家菜馆，你能不能屈尊来一次呀，算取经也行呀，不是要开饭店吗？"

"去干什么呀？你就一个送外卖的，我去合适吗？别耽误你干活。"

"来一趟你不就知道了吗？"

"好吧，明天中午，我就在那里请你吃饭，你跟你老板事先请假吧，别因为跟顾客吃饭，被开除了。"

18

第二天早晨，王小鸥出来买早点，看到早市那里，有装满大白菜的汽车停在街角，有几个晨练的阿姨在那里问价。小鸥凑过去，果然比菜市场的便宜。爷爷冬天就爱吃大白菜或者萝卜馅的玉米面饸饹，小鸥每隔几天就买几个白萝卜，看到便宜的白菜，就想着应该多买几棵存放着。回到家，给爷爷放下饭，小鸥推出自行车，返回到早市，买了十棵白菜回了家，然后，一棵棵在阳台窗下摆开，新砍的白菜水分很大，需要晒晒才能存放。

干完活，吃了饭，小鸥数数自己手里的钱，包括在日出东方拿到的工资，正好够交纳自家和爷爷家的暖气费，就去了一趟物业。回来以后，小鸥又蹲在爷爷帮着腌好的芥菜缸前嗅了嗅，她自己点了点头，味道还可以。小鸥环顾了一下阳台，感觉好像冬天该干的事情做得差不多了，爷爷的阳台，已经满当当的了，窗台上是挨着个摆着一溜儿金黄色的大柿子，窗沿下有白菜萝卜土豆，咸鸡蛋跟腌咸菜的两个小缸是爷爷的最爱，也满屯屯的。

小鸥脸上漾出了笑意，想着等周末爸爸王革命和乔慧敏阿姨回来，看到这一切脸上满是惊诧的表情，或者妈妈回来看到了，回去跟郑然叔叔骄傲地讲述的神情，小鸥就有些得意。

在爷爷那里干活，出了一身汗，小鸥十点才回到自己家，洗澡洗衣服。中午有一件大事情等着王小鸥。

站在镜子前，小鸥其实在犹豫，不是犹豫去不去韩耕那里，而是王小鸥在确定，是要第一次单独行动了吗？

不跟女友们交代了，何丽君瞧不上送外卖的韩耕，显然用不着叫她了，董欣那天的表现，虽然没有明显地对韩耕有偏见，但对小鸥想自己创业开饺子馆也是心存疑问，叫小鸥觉得，也别事事牵着她了，就董欣目前的状态来讲，她很好，估计没精力没心思帮自己什么忙。

大约十一点的时候，韩耕打来电话，问王小鸥，用不用去接她。王小鸥觉得奇怪，坐上32路公交车就到，怎么还用接呀。那边韩耕似乎在思忖，还是问小鸥打算怎么过来，坐公交车顺路吗。

小鸥说需要走一段路到裕华路上，坐上32路车就没问题了，还说自己又不是幼儿园的小朋友，算什么难事呀？上班那会儿在桥西呢，也如此呀。

韩耕问清楚了哪一站上车，就不再坚持了，还说好十一点半他在32路欧陆园站点等她。可是过了一会儿，韩耕又打来电话，问小鸥出来没有？

小鸥已经出了家门，正走在路上，跟韩耕说已经看到32路车站牌了。韩耕就说："那行吧，我去32路车站点等你。"

小鸥就觉得怎么这个韩耕有点磨磨叽叽的呀，以前没看出来，性格原来是这个样子的，一边想着，一边加快脚步，上了公交车。

就在小鸥上车的瞬间，一辆深红色的别克车从这辆32路车的侧翼超了过去，王小鸥在公交车上，自然不会注意到车外面的事情。

韩耕坐在这辆深红色的别克车上，手里把着方向盘，眼睛还向上瞄着32路车上的王小鸥。本来，韩耕是打算在这个站点接了王小鸥的，可是，等他看到王小鸥急匆匆奔了公交车过去，一点儿没有留意停靠在马路边的别克车时，韩耕也不知道为什么，就没有勇气从别克车里出来了。

韩耕很快开车先到了欧陆园，迅速把车停在饭店停车场，然后赶紧跑出来，到了32路车站点，正看到小鸥下了车，在东张西望。

韩耕喊着王小鸥，笑着走过来，王小鸥看着朝自己走过来的这个男生，就有点发愣，因为一瞬间差点没有认出来。

在会展中心最后一次见到韩耕的时候，好像韩耕还是夏日里白色T恤的打扮，满脸是汗，人也黑黑的，没有过了多久吧，怎么已经是深秋了呀，韩耕怎么变白了呢，还是洗干净了呀，呵呵，竟然也穿了套头的灰色毛衫，黧黄的裤子，脚上是崭新的平底板鞋。王小鸥以前见到送外卖的韩耕从没有注意过他是什么样的头型，此时特别注意到，韩耕的板寸头剃得有棱有角的，配着他的八字眉小眼睛，还怪可爱的。

两个年轻人互相打量着，都忍不住笑了。因为王小鸥跟韩耕差不多的休闲打扮，格子衫外套着一件湖蓝色的短款毛衣，一条优衣库的铅笔裤，跟韩耕的裤子一样的颜色，脚上也是平底鞋。韩耕就忽然憋不住上前跟王小鸥比了比个子，小鸥见他忽然凑过来还吓了一跳。看他在跟自己比个儿，赶紧站好。比完了个儿，两个人又情不自禁各自伸出腿比了比裤子的颜色，然后嘿嘿地笑。

　　小鸥看到韩耕把自己收拾的这么干净得体，非常高兴，故意带着讽刺的口吻夸奖他，"差点不认识你，整这么帅，刺激我呀。"

　　韩耕见小鸥满意自己的穿着，也很得意，说："怎么样，叫你眼前一亮吧，走，跟我去老韩家家常菜，检阅一下。"

　　小鸥一听，赶紧停下脚步，问他："跟你们老板说好没有，请假没有？不行的话，咱俩就在那里瞎转转，然后换个地方吃饭吧，吃饭好说。"

　　韩耕就有点着急了，说："你完全不信任我，上次我其实跟你说过的，我在这里可以说了算，赶紧，跟我走吧，没事的。"

　　说完，好像韩耕固执起来，一点儿都不犹豫，拉着小鸥就走。两个人朝着老韩家家常菜方向走去，小鸥虽然跟着他走，自己心里却还是忐忑不安，觉得这个韩耕有点小孩子气，一意孤行吧，真担心万一耽误他工作，丢了他的饭碗。

　　老韩家家常菜馆在开发区一带一直经营得很红火，此时正值中午吃饭时间，门外停车场的车已经满了。两个人在车中间绕来绕去，终于到了大门口。大门口的礼仪小姐看到韩耕拉着一个漂亮女孩兴冲冲过来，赶紧让开路，王小鸥察觉那几个女孩都在用异样的目光盯着自己看，就有些难堪。可是，就在走过一个岁数稍大些也穿着套装的女孩身边的时候，小鸥还是听见那女孩跟韩耕轻声却很恭谦地说了一句："韩总，是302房间吧，都准备好了。"

　　进了电梯，小鸥忽然觉得什么地方不对，她看着不动声色的韩耕，又凑前一步，"韩总，她在叫你吗？"

　　这回，韩耕似乎不急着回答小鸥的话，按了电梯之后，他平静地看着王小鸥，说："上次我跟你说的我家饺子的事，你根本不在意呀，没错，我就是自己的老板呀。"

　　"你不是送外卖的吗？怎么老板还亲自送呀？"

韩耕也不解释了，前面带路，王小鸥半信半疑，出了电梯，跟着韩耕进了302房间。进了屋，小鸥看到桌上已经摆了几个菜。韩耕对小鸥说："今天的菜都是我点的，下次来你自己亲自点菜，饿了吧，先尝尝凉菜。"

这时候，小鸥一眼就看到了一道冒着热气的家常豆腐，旁边放着辣椒油、韭菜花、蒜泥等小蘸料，就高兴了，因为小鸥非常喜欢吃豆腐，凑过去一闻，就知道是卤水点的，顿时高兴起来，对韩耕说："这豆腐是你们饭店师傅自己做的吗？"

韩耕一高兴，张口就说："是呀，我家自己有豆腐房，特别大，常年做，不光供应自己饭店，还专供很多家超市酒店呢。"

"你们家？这里真是你们家吗？韩总？"

王小鸥疑惑的目光转向韩耕。韩耕看着小鸥，他假装很无辜，说，我早就坦白了，你不信。韩耕接着解释给王小鸥说，之所以之前没说的特别清楚，是因为早就发觉，自己说了，对方也不信。干脆自己就是一个送外卖的，就是一个打工仔，也无所谓。

接着又说他之前说过的话都是真话，特别会拌饺子馅是真的，就可惜这事没人愿意信，也没办法，还说小鸥打算开个饺子馆，自己说可以投资的事情更是真的，只是自己说过之后，小鸥的态度那么恶劣，也不信自己说的话是真的。

王小鸥打量周围，自然已经信了韩耕的话，很敬佩地看着韩耕。韩耕却不好意思了，摊摊手，说："都怪我被你们认识的时候，我是个送外卖的，你们就给我盖戳了，现在的人，都很势利，看到一个人眼下似乎卑微的身份和地位，大家就会那么容易给这个人定性，就门缝里看人，我非常反感，索性放下身份，经常跟我的员工一起去送外卖，风雨无阻的，什么样的眼神我都体验过，没事，我就喜欢这样真实地融入社会，我想以我自己的方式做事，而不是以一个自命不凡爱慕虚荣只知道贪图享受好逸恶劳的公子哥的身份存在。"

听了韩耕的这番话，王小鸥不知道说什么好，似乎韩耕所做的一切也无可指责，可是，还是很意外，要知道，自己也一直就以为，韩耕仅仅是个送外卖的呀。所以，王小鸥也有些惭愧，说："其实我也有一些偏见的，看来我也很虚伪。"

韩耕看着小鸥，却很认真地摇头，"其实，从我看到你第一眼，我就知道，你跟别人不一样，你一点儿不在乎我是干什么的。"

王小鸥的确没有因为韩耕是送外卖的就轻视他，可是，她也没有思想准备，他不是送外卖的又该怎么看他，而且他竟然是个饭店的小老板，但对于韩耕说的那些话，她还是非常认同，她觉得眼前的这个男生，是一个不仅有个性还很有主见的人，既然人家都做成了这么多事情了，小鸥觉得自己应该跟人家学学。

于是小鸥就由衷地伸出手，跟韩耕握手，说："不管你是送外卖的还是饭店的老板，咱们算是认识了对吧，我想跟你学经验是真的。"

韩耕听小鸥这么说，嘿嘿笑着说："我还记得你那个女友，那个瞧不起我，还一个劲拉你不叫你跟我说话，我都看见了，哈哈哈。"

小鸥听到韩耕提起何丽君，有点不情愿，说："我女友也是好心，她不了解你是谁，提醒我，没什么不对。"

"对对，万一我是个花言巧语骗钱骗色的家伙，你不是就吃亏了呀。"

"得了，你现在不是也在花言巧语呀，不过，骗钱骗色吗，好像够呛了，我一没钱，二……"

"二什么呀，怎么也算有姿有色的吧，就是不知道，愿意不愿意被我骗呀。"

听了韩耕有点放肆的挑逗的话，王小鸥就有些不自在起来，正不知道怎么掩饰自己的尴尬，热菜上来了，是一道铁板茄子，吱吱地响着，菜上面汪着亮糊糊的油。

韩耕夹了点，放到小鸥碗里，小鸥看着，皱了一下眉头，却不动筷子，对韩耕说："我要给你提意见啦，是不是茄子的油太大了呀，完全被油浸透了。"

"嗯，师傅们炸茄子已经习惯了，茄子本身吃油，所以，你说得对，这是道素菜，却弄得很荤，不行，得改进。"

"长茄子就跟蒜泥一起拌着吃，凉菜，爽口。"

说到凉菜，两个人的话题，就自然转到关于小鸥想自己开一家饺子馆的事情，韩耕很认真地问小鸥："开饺子馆的事情，是你自己做，还是跟你的朋友们？"

"我自己，她们都不喜欢做。"

"你自己呀，就你一个人？不行呀，顾不过来的，还要找几个包饺子的人呢。"

王小鸥看着韩耕，忽然就说："其实我是说着玩呢，又不想做了，一会儿吃完饭，我想去人才市场看看，再找个工作。"说完，王小鸥就不再作声，只慢慢吃菜，之后，又有热菜端上来，王小鸥也只是简单尝一口不再说什么话了。

王小鸥忽然的情绪变化，叫韩耕看在眼里。他不知道，王小鸥对自己的顾虑在哪里。

韩耕忽然转移话题，问小鸥："你猜我是学什么的？"

小鸥难住了，真没想过，原来以为这个送外卖的是农村出来的，顶多是个大专吧，现在韩耕这么一问，真难住了。

"还有呢，你看我像城市长大的还是农村出来的？"

小鸥笑着摇头，说猜不出来。韩耕就站起来，说："你知道吗，我为什么喜欢送外卖，以前我总是滑着轮滑去送的，真的，我超级喜欢在城市里串街走巷。"

"那你就是城市长大的，不然怎么会喜欢轮滑呀，农村没有这玩意儿吧。"

"你真说错了，我算县城长大的，在师大读书的时候，第一次看到别人滑轮滑，一下就喜欢了，那时候，我父母做欣康健康产业园的创业刚刚起步，顾不上管我，一听我喜欢什么，赶紧给我什么，后来我滑轮滑上瘾了，我还去保定比赛获了奖回来，然后，我就毕业了，我爸爸想给我办去澳洲留学，我不去，问我想干什么，我说想滑轮滑送外卖，跟成龙的电影上一样。"

"你是河北师大的吗？"

"是呀，怎么啦，我本科是师大中文系的。"

"本科？"

"是的，我还去保定农大待了三年呢，念了硕士，这可是遵从了我爸的意思，说以后继承家业。"

"欣康健康产业园是你家的呀？"

"是呀，上次我说了我家养猪种菜，我不是也说过我是农民吗？"

"你还是研究生，是吗？"

"怎么啦，是呀，你瞧你看我的表情，我真的就像个送外卖的吗？"

王小鸥听到韩耕说自己是师大毕业的时候，还挺兴奋，刚要说自己也是师大的，是校友，忽然又听到人家韩耕说自己还是农大的研究生，顿时说不上话来了。本来刚才意外得知这个老韩家家常菜就是韩耕家的，还暗自安慰，没事，就是个开饭店的小老板也没事，怎么转眼，又冒出欣康健康产业园了，还说起他父母当年创业如何如何，眼前的这小子，分明就是一个富二代无疑了。

这都是"神马"呀，王小鸥脑子乱了，一时间，信息库里所有的关于这个叫韩耕的数据完全乱套了。

说不上是懊丧了还是泄气了，反正真受了点刺激的王小鸥心里忽然就灰灰的。吃过饭，王小鸥就说要走。看着情绪不佳的小鸥，韩耕不知道如何是好。小鸥看到韩耕也不知所措的样子，就勉强笑笑，答应他开车送自己回去。路上，两个人都沉默不语。快到小鸥家了，韩耕终于对小鸥说："今天什么地方不对吗，你不是在怀疑我的诚实吧。"

"没有，我只是不适应你的新身份，你忽然成了陌生人，叫我很不自在。"站在路边，小鸥诚恳地说。

"我检讨自己，行吗，你得给我个机会，好叫我进步。"韩耕看着小鸥的眼睛，等着小鸥回答。

"你还进步什么呀，是我应该进步。"

小鸥前面走了，已经走了几步拉开距离了，韩耕的话却追着王小鸥的脚步，"我很喜欢你，王小鸥，咱们就是朋友了对吧。"

王小鸥没有回头，用手朝后面摆摆，脸上全是笑意。

19

在老韩家家常菜一顿饭的工夫，王小鸥回到家里，觉得心头乱七八糟。去见韩耕，本来以为很轻松的事情，还真的以为他是一个送外卖的，却原来是个小老板，不对，是个富二代。这么多意外的信息，叫王小鸥忽然觉得，叫自己心头添了分量，有点沉重。为什么呀，奇怪了，怎么跟一个送外卖的相处，就心里觉得轻松，一听是有钱人家的儿子，就一下子心里沉重了，自己怎么回事呀，是不是自己有些自卑了呀，难道是因为心理平衡被打破了呀。

王小鸥没有睡意，想着从什么时候起，开始有了一些自己没有察觉到的小自卑了呢。王小鸥曾经是个多么积极进取开朗热情的女孩呀，上大学的时候，积极参加学生会活动，还是文娱部部长，参加青春风采大赛，还获奖，多么高调呀。这才毕业多久呀，不就是没考研究生呀，不就是没考上公务员呀，不就是还没有正式工作呀，不就是在日出东方碰了壁呀，不就是想开饺子馆没钱呀。

都还不是。

其实深层次的原因，王小鸥不愿意去想。那就是，她的心态变化，跟她自己的家庭变故有很大关系。

任何一对夫妻分手的时候，都有足够的理由，但需要孩子作为理由的时候，孩子就是个理由，如果不需要这个理由，孩子就什么都不是。离婚对夫妻彼此的伤害或者影响都很大，但其实，在放大自己受伤害程度的时候，也许他们双方都在不约而同地竭力掩饰或者佯装不见这种伤害和影响在孩子心灵上留下的印迹，因为父母亲已经被足够的伤害了，他们情愿孩子是无知的懵懂的，那样的话，他们还能心安理得一些。

自从父母分手，表面上看，王小鸥很孝敬很懂事，特别是替分手的父母承担赡养爷爷的重任，跟分别去追求自己幸福的父母相比，这付出简直高尚，太叫人敬佩。但是，私下里，谁能理解和体会一个二十出头的女孩子心底里的孤独呢，看到人家一家子团团圆圆，小鸥心里是悲戚的，看到年迈的爷爷自己在院子里，孤零零坐着，还像在张望着什么，小鸥几次想给爸爸打电话，叫他回来，告诉他爷爷想他了，可是，小鸥还是忍住了，她觉得自己，或者爷爷，得需要适应这个已经改变了的生活，适应就是坚强，就是对父母的爱。可是，作为还是一个孩子的王小鸥何尝不需要父母的关爱呢。在这种坚韧和顽强中，王小鸥的性格渐渐发生了改变，她觉得自己已经跟别人家的孩子不一样了。

看到送外卖的韩耕，为他的笑容开朗感染，心底里能毫无芥蒂地相互靠近，自然大方，一点儿没有压力。当然，小鸥否定这就是在谈恋爱，还差得远呢，人家说喜欢自己也不能算是表态。可是，当韩耕以一个小老板的身份出现的时候，小鸥也有些意外，但还是能接受他身份的变化，本来呀，韩耕不是一个劲儿说，自己特会拌饺子馅吗，开个大一些的饭馆，自然也不太意外。可是，最后，他竟然说出，自己的父母就是欣康健康产业园的老板了，那他的身份，跟送外卖的也好，饭店小老板也好，性质就完全不同了。

自己是一个什么家庭的孩子呢，王小鸥此时有些感怜自己地想，父母亲离婚了，自己是个跟着八十岁爷爷过日子的女孩，没有正式工作，没有任何收入，既无背景，又无前途，极其平凡，而人家韩耕呢，对了，竟然不仅是富二代还是研究生，家财万贯吧，跟自己太有距离了吧，怎么突然间，自己好像是在高攀呀。

一场并没有开始的恋爱，叫王小鸥觉得，自己仿佛是遭受了如同失恋一样的打击。也不知道怎么搞的，轻易不生病的小鸥就病了，一晚上没睡好，吃了点药也不管事，还是整夜的咳嗽，早晨起来，浑身疼。小鸥真想再睡一会儿，可是想到爷爷，还是忍着难受，虚弱地起身，去厨房给爷爷煮粥。

上午妈妈送肉来了，看到小鸥在床上躺着，赶紧给她测了体温，果然发烧到了39摄氏度。可是小鸥看到着急心疼的妈妈，还一个劲儿说一点儿都不难受，都不知道发烧了。其实妈妈知道小鸥在安慰自己呢，都发烧成这样了，还想着妈妈的感受，妈妈不由得在心里，对这个懂事的孩子既怜惜又歉疚，暗自心里想，自己和王革命现在已经这样了，可是孩子坚决不应该这样下去，应该有个好归宿，不然太对不起孩子了。

中午，妈妈没走，给王小鸥做了饭，把带来的肉炖好，又下楼买了成箱的牛奶拎上来。进了小鸥爷爷的屋子，看外面天好，就打算给爷爷晒晒被子，看到小鸥把阳台装得满满当当的，又是白菜又是萝卜的，妈妈一下子是又感动又难过。返身出来，就给王革命打电话。

王革命正上班，接了前妻的电话，他吓了一跳，因为小鸥的妈妈，别说离婚前不爱打电话，打从离婚，更是轻易不给他打电话的，别是出了什么事吧。王革命赶紧跟单位人打了声招呼，就出了医院，半路上，还是给乔慧敏发了短信，解释说王小鸥来电话说王三楞爷爷身体不舒服回去一趟。

下午，王革命匆匆赶到了自己家，没承想，一进干休所大门，正好看到父亲在树下一个人坐着发呆。太阳已经转过去了，天已经凉了，王三楞还坐在那里，王革命赶紧过去，要搀扶父亲回家去，劝他太阳已经晒不着了，该回家了。

看到父亲没事，王革命心里踏实了不少，但转念一想，心又一跳，别是女儿有什么事吧，安顿了父亲，他赶紧上楼。敲门进去，是小鸥妈妈开的门，什么都没说，她扭身进屋了，王革命就赶紧换鞋，跟着她进了小鸥的屋子。看到小鸥躺在床上，王革命也有点急，赶紧过去，问怎么啦。

小鸥看到爸爸也回来了，一下子坐起来，因为发烧，小鸥的脸色有点红，显然是生病了，王革命赶紧叫女儿盖上被子躺下。

一家三口，难得的，因为小鸥生病了，晚上在一起吃了顿团圆饭，小鸥也真奇怪，胃口大开，吃了一大碗热面，还多喝了半碗鸡汤，出了一身汗，好像一下就精神了，病好了一样。

吃过饭，妈妈跟王革命说，你该去物业交暖气费吧。结果小鸥说，已经交了。妈妈问哪儿来的钱。小鸥就干脆如实说了，也说了已经离开日出东方的事情。妈妈有点没明白，怎么发钱还走呀？

王革命打断她，说："不喜欢在那里就算了，又不是什么正经单位，不干了肯定有不干的理由。"

妈妈听了爸爸的话，很不高兴，说："什么理由呀，你站着说话不腰疼，你给找个正经单位呀，说得轻巧，你说，你为孩子都承担什么啦？一天到晚，你倒是清闲，你看看别人家，谁家爹妈不是整天在为孩子忙乎，哪有你这样的父亲，就知道自己享艳福，你不觉得自己太自私呀？"

王小鸥担心爸爸妈妈在这难得的团聚又吵架，赶紧打圆场，说："我还有重要的事情跟你们商量，我想自己干点事，想要你们支持。"

"说，什么事，你爸爸在这儿呢，叫你爸爸支持，跟他说吧。"小鸥妈妈带着情绪气鼓鼓地说。

小鸥也顾不上那么多了，索性把自己打算开饺子馆的事情说了，本来也是，就这小愿望，没有父母的支持，没有钱投资，也干不成呀。

"什么，开饺子馆？跟谁开呀？你说着玩呢吧。"妈妈先是不相信的口气。王革命听前妻已经这么惊呼了，就沉住气，好像还很镇定的表情，看着女儿，也问："我看小鸥不像是在开玩笑，那就是真的？"

"哎呀，你们什么态度，支持一下好不好呀，本来我计划不告诉你们来着，就是烦你们会一惊一乍的，可是呀，做不到，为什么呀，我没本钱呀。"

"啥意思，本钱还要我们出，你跟谁开呀，没别人呀，你自己呀，你自己怎么能开饺子馆呢？"妈妈急火火地嚷道。

"我自己怎么不能呀，我一个正常人，那满大街都是小饭店，那不都是人干的事呀。"

"妈妈不是这个意思，妈妈的意思是，你怎么想起来干这个？别的不能干了吗？比如找个地方上班？"王革命替前妻解释。

小鸥说："能呀，接着找个日出东方这类不靠谱的公司，或者靠谱的公司，都能找到，关键是，我现在有了自己的想法了，我不想给人家打工耽误工夫了，我想自己干，就这么简单。"

"简单？自己干简单，你可说错了，要那么简单，还成千上万的人挤着考公务员干嘛，还七大姑八大姨四处拉关系托门路找事业单位混差事干嘛，人人不都是想混口饭吃呀，自己干，更不简单，你要应付的人更不少，工商税务，公安，城管卫生，多着呢，啥部门都冒出来，到时候你就知道了，做个小买卖多难呀，伺候完这个伺候那个，什么稀奇古怪的人和事情，都来腻歪你，叫你烦死。"

听了王革命爸爸的话，小鸥却笑了，她诚恳地对父母说："爸爸，妈妈，你们也都说清楚了，我也听明白了，我想自己干，是有充分的思想准备的，我就是不想跟那千军万马一起挤那独木桥，就是不想求这个拜那个，好不容易弄个差事，其实，就是在那种不咸不淡的地方熬着，上也上不去，下也下不来，白耽误时间，也根本做不成什么事，最终，耽误的是自己，我早清楚了，还不如按照我的心愿，趁着年轻有精力，做点自己想干的事，多累多辛苦，我都愿意，爸爸你说会遇见很多麻烦，我不怕，有心理准备的，你们放心，不过，话又说回来，你们还是要支持我才行，不多，别心疼，要么算利息，要么算入股，怎么样，小饺子馆，最多20多平方米的地方，一个月的租金不超过1000元，别的投入，我也算了，桌椅板凳锅碗瓢盆，我去湾里庙买，便宜很多，投入有限，还有，就是人员，我开始就自己做，先不招人，减少费用，看看经营情况再定。"

听了小鸥有条不紊的话，王革命有点不知道说什么好了，看来，小鸥的念头已定，可是，他似乎还是应该再阻止一下才合理似的，王革命就说："小鸥，你先别急，我再找找战友，看看谁能帮上忙。"

"我不是说了，不是找不到地方上班打工，是我不想去了，我想自己干，我就想创业。"小鸥再次强调，口气很坚定，似乎已经不容置疑了。

妈妈叹了口气，说："我也不是就反对你干这个，我就是觉得，人家孩子都有工作，怎么我家孩子这么可怜呢？"

说到这儿，妈妈就红了眼圈。

王革命一见，赶紧转移话题，说："小鸥，我倒是没从前那么顽固了，你知道吗，我们单位门口，卖花的，卖水果的，都早发大财了，就围着医院，靠我们医院活着的人多着呢，所以，别那么死脑筋，转变观念也对。"

"那好，就在你们医院门口开吧，你说的，围着你们医院能发财。"妈妈一棒子闷了王革命一句。

王革命哼了一声，说："你又打岔，我说的是花店水果店，我又没说饭店饺子馆，周围是有饭店，多高级你知道吗？多大你知道吗？投资多少你知道吗？光装修就几百万，根本不是我们这样人家能做的事。"

"那你说来说去不是白搭呀，不就是一说叫你投资害怕了呀。"

王革命听前妻说到钱，就扭脸问小鸥："你算没算，需要多少钱？"

小鸥略一思索，说："主要就是房租，估计人家要一年的，算上别的，前期投入总共不会超过3万元吧。"

王革命马上摇头，"你大概算得不对，什么地方，看没看好，还有基础装修呢，你算进去没有，厨房有要求吗？"

小鸥笑，说："基础装修已经算进去了，厨房我也都想好了，不做热菜，就拌凉菜。所以，厨房设备要求很低，没什么大投入，什么大型灶具抽油烟机之类，不用的。"

妈妈心里也没底，问："你看好地方了呀，地方很重要，你肯定就能赚钱吗？"

小鸥告诉父母，打算在开发区优木广场的一楼商铺开店，因为曾经在那里跟董欣一起趁着人才交流会的时机，卖过饺子，对那个地方很有感觉。

爸爸说："那是有人才交流会，有人气，平常怎么样？"

小鸥回答："平常确实一般，但是周围有居民消费，因为旁边有商户，有单位，还有商场和高校。"

"反正做生意，就有风险，要有心理准备，毕竟没经验，小鸥，爸爸能支持你，没问题，但是，你既然要做这个事情，就应该一切事情事先心里都有个谱，遇到困难，不能甩挑子，要承担，明白吗？"

"明白。"小鸥快乐地说。

"你给多少？我听听？"妈妈还是问王革命。

王革命听了，口气里有点不满，说："孩子不是说3万吗，我就给3万，怎么啦？"

"你哪儿来的钱，钱不都是人家把着吗？你还有私房钱呀！"

"你管的多不，该我出的钱，我就有，行了吧。"

"这是你应该做的，对了小鸥，妈妈没本事，但也得有个态度，我能拿出1万，你别嫌乎少就行。"

"你既然能拿出1万，我就少给1万吧。"

"那不行，你就得给3万，开饭馆需要花钱的地方多着呢，不定什么时候，还得朝你要呢，你又帮不上什么忙，我还可以去干点活，帮小鸥包饺子呢。"

真是好事情，一家子说着小鸥开饺子馆的事情，气氛越来越其乐融融，妈妈爸爸越说越来劲，还献计献策的，小鸥已经忘了因为韩耕身份的转变给自己心里带来的难解，女孩看着爸爸妈妈为自己那未来的饺子馆里的事情吵来吵去的，她真高兴呀，虽然爸爸妈妈都另外组建了家庭，但在他们心里，自己永远是他们的孩子，永远不会丢下自己，永远都在关心着自己。

就在她高兴的兴头上呢，电话突然响了，小鸥一看屏幕，咦，竟然是那个韩耕打电话来了，这个富家小子啥意思，他想干什么呢，我可以告诉他，我爸妈给我投资我马上就要开饺子馆了。

20

妈妈、爸爸一下从王小鸥的羞涩扭捏态度上发现问题了。看来是个男孩子的电话呀，王革命就有点不自然，妈妈试图凑过去听到点什么又不好意思，于是爸爸起身，假装要喝水，就去倒水了，妈妈一时没假装好要干什么，就在屋里转了一圈，但两人的耳朵可都没闲着。

就听见王小鸥说："不好意思，饺子馆的事我还没想好，也许，我还会去找工作吧。"又听见王小鸥说："就是真开饭馆，也不用你投资，我父母会支持我的。"那边又说了什么，听见小鸥很客气的口吻说了谢谢

108

你的支持之类的客套话。没有什么异常，好像应该放心了，但王革命似乎又有些失望，其实女儿能够开始感情生活也是正常的。可是妈妈却警惕起来。听见投资两个字，忙着问咋回事，特担心女儿被什么人骗了，万一是个有俩钱的男人，忽悠女儿呢。妈妈的疑问，爸爸听到了，他的口气也严厉了，说话很直接，问："谁的电话，什么投资，什么人？"

妈妈也跟着紧张起来，"小鸥，我跟你说过，社会上很乱的，跟什么人接触，你要有戒心，懂吗？别叫男人骗了你呀，我看呀，不行这饺子馆还是别开了，还是等等，叫你爸爸找找人，找个正经单位，干点正经工作吧。"

"你们敢肯定正经单位里面接触的，就都是好人吗？不一定吧，不是正经单位干的就不是正经工作吗？你们也不能确定吧，你们什么逻辑呀，我知道你俩想什么呢，告诉你俩，来电话的，不是老男人，也不是坏男人，跟我差不多大，比我大几岁吧，说要跟我一起开饭馆，他要投资，说按照股份算，咋样，明白了吧。"

王革命听了这话，似乎马上就舒了一口气，就问："年轻人？他投资，什么人呀，干什么的，才比你大几岁，哪儿来的钱？"

妈妈一旁也望着小鸥等着她回答。

小鸥心里暗想，可以告诉爸爸妈妈点实话，不然他俩今晚可就睡不着觉了。可是要细说，也真没必要呢吧。于是就有意漫不经心地尽量简单地说："这个男孩子呢叫韩耕，自己开着一家饭店，他愿意跟王小鸥一起再开一家饭店。"

妈妈一听心里就忧虑起来，口气失望地说："开饭店的小子，也没正式工作呗，不行吧。"

"啥不行，你寻思什么呢？"

"我是说呀，也不是正经上班的人，可靠不可靠呀？"

王小鸥明白妈妈的心思，还是老思想呢，以为没正经工作的人，通常就是游手好闲的人的可能性比较大，就回答妈妈说："妈妈，我知道你的意思，就是怀疑对方的人品怎么样，对不对？"

王革命一边插嘴说话了："你的确是老思想了，真顽固，一点儿都没进步，跟那个老郑在一起，他也没影响你，他不是报社的中层吗，也不接触社会咋的？现在看一个人的人品，早不是你那标准了，我们单位今年叫招保安，我还琢磨招的保安最好都有点文化，或者退伍兵什么的，怎么也得有点起码的素质吧，好家伙，我们领导真行，亲戚套亲戚，一大群农民来了，任何素质都没有，还人品呢，真是扯淡。"

"你们那是招保安呀，也不是正经工作。"

"至少我们单位是正经单位吧。"

"正经单位管个屁呀，也不能给孩子安排工作。"

看妈妈爸爸又要吵架，小鸥赶紧截住他们的话头，说："我明白你们的意思，看人要先看人品，人要正派，对吧，我懂这个，放心吧。"

爸爸又问："他要投资，怎么个投资，他自己有钱咋地？"

"他可能是有俩钱吧，开饭店的嘛，小老板呗。"妈妈嘟囔着。

小鸥听妈妈的口气就看出妈妈对韩耕的偏见了，就故意对妈妈说："妈妈，你不要紧张，他要投资跟我合作，其实也没什么问题呀，也许仅仅就是一个生意的合作者而已，别想那么多，好吗？"

妈妈叹了口气，说："小鸥，咱们家这样，都怪父母，既没本事，又无责任，叫你小小年纪承担这些，妈妈对不起你。"

王革命怕前妻又要捣鼓，赶紧截住她的话头，说："也许呀，这个年轻人还不一般呢，这么大点岁数，就做生意了，自己开了饭店，不简单，小鸥你说说他的情况，你了解他吗。"

小鸥明白爸爸的意思，就把韩耕自己的情况说了说，特别提到韩耕的学历，还是农大的研究生呢，学历比咱还高。对了，之所以到农大学习，是因为他父母的意思。

妈妈就好奇了，他父母的意思，他父母什么意思？

小鸥就说了，韩耕父母就是著名的欣康健康产业园的老板。

这回爸爸惊了，"欣康？G县那个欣康？特别大的那个，号称是健康产业基地，是他们家的？"

小鸥点头。

爸爸仍然不太相信，"真的假的？"爸爸从沙发上起身，走起来，看着女儿，"这事情要是这样，可就有点不一般了。"

妈妈没明白爸爸怎么有这样的神情变化，不以为然地问："什么产业园？干什么的？"

"你回家问问你们家老郑，他不是文化人吗，不是见过世面吗，你怎么还啥啥都大惊小怪的，回家问问他吧，欣康健康产业园，全省都闻名，大概他知道。"

爸爸突然不耐烦起妈妈的无知来，回敬了一句。

本来气氛还融洽着呢，忽然就因为爸爸对妈妈的不屑态度，一下子就冷了，大家忽然就不知道说什么好了。王革命就说要走了。

小鸥不知道说什么好，看着妈妈，妈妈犹豫了一下，还是说要跟郑然说一声，今晚不回去了，因为女儿病了。

小鸥看出妈妈心里举棋不定，赶紧起身，对妈妈说："妈妈，我没事了，你回去吧，不然郑叔叔也会担心的，真的，跟爸爸一路，顺便搭个车走，我也放心。"

王革命已经走到门口，扭脸看着前妻。

妈妈还有点难为情，小鸥就一个劲说自己没事了，妈妈反复叮咛小鸥吃药喝水，才跟王革命一起出了门。

时间已晚，三楞爷爷早休息了。

等前妻上了车，王革命对她嘟囔了一句："你都听明白没有？"

"什么呀？"

"是个富二代，你没听明白呀，还在那儿瞎问呢。"

妈妈就沉默了，过了会儿，才说："我瞎问，你也没问明白呀，什么富二代呀，家底有多大呀，怎么认识的呀，咱们都不知道呀。"

"小鸥不是说了对方想投资合作呀，你也看了，孩子的态度还不冷不热的呢，说明什么呢，说明俩人还不到好了的程度呢。"

"什么意思呀，到底是合作做生意，还是要谈恋爱呀，我都糊涂了。"

"不用糊涂，我看小鸥不糊涂，咱们不用担心什么，看事情自然发展吧，看来，小鸥出来做事，还有个小伙子出来支持，也许是个好事情，咱们孩子要的不仅仅是锻炼自己谋生的本事，也许呀，还是个缘分呢，说不定呢，你呀不用太操心，小鸥虽然没有什么城府，但是小鸥是个聪明有悟性的孩子，咱们应该相信她。"

送走了父母，王小鸥自己却陷入了沉思。刚才韩耕特别诚恳地再次提出，小鸥要想开饭店他一定要投资，还说，要跟小鸥见面谈一下，他已经想好了，仅仅开饺子馆，太小家子气了，他已经有了新设想了，要跟小鸥好好谈谈，最后还说小鸥不要感情用事，即使你不喜欢我也不重要，这是做生意，很严肃的。小鸥因为父母在一边，假装诺诺的，说了点客气话，没敢笑出声来。

小鸥怎么会不喜欢韩耕呢。以前以为他是个送外卖的，还喜欢他的阳光开朗呢，如今竟然是有钱人家的孩子，真是的，有钱人家孩子就多长了一个脑袋咋的，说不定还怪毛病一身呢，有什么了不起的呀。

要睡了，小鸥听见手机短信响，是韩耕发来短信，说第二天来找小鸥，说有重要事情跟她商量。什么重要事情呀，小鸥心想，反正爸爸已经答应给钱了，我反正是要开饺子馆了，你要投资就开大点，就算有你一半好了。

王小鸥也挺有意思的呀，受了韩耕华丽大转身的刺激，人家从送外卖打工仔到富二代少东家的身份的陡变，叫她心里上了火了。一场病，换来了父母的看望，一着急说出了开饺子馆没钱投资，最好的结果出现了，爸爸王革命说给钱，妈妈也说给钱。一下子，这个女孩就有了底气了，不在乎钱的多少，父母的支持，还有信任，这才是最重要的，王小鸥永远是父母最重要的人，父母永远在关注着她，这就足够了，这就给了这女孩力量了。这力量就叫女孩心情开朗乐观起来，就能平心静气看待那个家里有钱的小子韩耕的到来了。

那富二代小子韩耕又是咋回事呢。

比起朴实的王小鸥来，韩耕可算是有点经历的人了。农大研究生毕业以后，父母原本打算叫他到G县，到自家的欣康健康产业园，看他喜欢干什么，适合干什么，先传帮带，做个副总经理啥的，然后，等以后父母身体不行了，就把这产业交给他来管理。可是，韩耕只干了一段时间，干的时候，倒是挺认真也算踏实，可是终归还太年轻，不久露出贪玩任性的本性来，也许是有能量大的父母罩着，渐渐地，韩耕就不听周围人管了。父母最担心的是，孩子的兴趣有一天会因为倦怠，完全的转移，一点儿不感兴趣了，那可麻烦了，父母一辈子辛苦，心里惦记的就一件事，就是这一摊子产业有人接着，假如韩耕以后真的不答应接摊子了，那简直等于前功尽弃一样悲凉。所以，明智的父母几经磋商，觉得欲速则不达，还不如放孩子一马，叫他自己去外面世界闯荡一番，叫他吃点苦受点累，亲身体验活着的辛劳赚钱的艰难，磨炼磨炼意志，遭点罪，等他成熟了，有责任心了，再回来承担家族的一切也不迟。

老韩家家常菜就是韩耕自己一手经营起来的，已经快三年了。也许是父母生意人善于经商的基因遗传给他了，韩耕完全出乎父母的意料，脑子非常精明，既善于管理，又善于经营，生意做得平平稳稳，有声有色，从几个人的小餐馆，做到了有十个大厨的特色饭店，不到两年就把父母给的投资还了不说，还扩大了经营，提高了饭店档次。

父母非常欣喜，原打算等他遇见挫折就帮他收拾摊子带回G县好好在父母的羽翼下慢慢成长，没想到，每次去看韩耕，每次有新惊喜，渐渐父母心里充满了骄傲，不再顽固地期待韩耕关了铺子，垂头丧气地回来了。反而把老韩家家常菜作为欣康农产品在S市的窗口，饭店因为特别使用来自欣康健康园的绿色无公害农产品而远近闻名，还为欣康的农产品开辟了更大的销路。

原本孩子气的韩耕，本来出于好玩好奇的心理，只打算开个家庭式的作坊，然后专门给一些事业机关公司送外卖，找了自己的两个最好的同学，一人一副轮滑，想象着自己就是城市里最潇洒的游走族，串街走巷，在车水马龙的缝隙里穿行，没想到，做着做着，滑着轮滑的景象突然就变成开着面包车送外卖，日复一日的匆忙时光里，满脑袋奇思怪想的这个男孩，就在岁月里成长了，开始深思熟虑了。

韩耕的感情经历，却从来不是空白。他曾经恋爱过几次。因为这几次恋爱经历，叫韩耕了解了女孩的内心世界，也因此知道了自己想找的女孩是什么样的。

韩耕喜欢王小鸥的平静和从容。第一次见到她，在东方大厦电梯门口，遇见她和何丽君，他看到了这女孩的羞怯，这叫他内心有些好奇，这么漂亮的女孩，一般都是有过感情经历的，但她看上去很是质朴，显然很空白，这很难得的。后来，在会展中心，再次遇到她，这个女孩显然没有任何城府，对送外卖身份的自己毫不嫌弃，她做事的得体，为人的大方，特别是她明亮清澈的大眼睛，打动了韩耕的心。

这年月，时代不同了，女孩都开放了。作为一个家有钱，自己有事业的男孩子，是不乏女孩追求的，韩耕也一样。女孩们各自有不同的心态，有看中他家道殷实的，有看中小伙子自己能力的，有图他有钱未来可以什么不用做就享受的，有喜欢他的性情就愿意跟他在一起玩耍的。

但她们都不是韩耕要找的结婚的那个人。

韩耕不喜欢三种女孩：一种是过于单纯无知，或者自诩天真纯洁，却时刻以爱情至高的名义索取男人一切的女孩；第二种是那些物质欲望过于强烈，甚至到了急切又贪婪地步的女孩，韩耕特讨厌这类女孩，看到男人，立刻如同蜜蜂蜇人，叫人避犹不及；第三种就是那种又馋又懒还比较二百五的女孩，以为自己就是公主派呢，颐指气使喜欢摆谱，见啥啥好吃，吃啥啥没够，肩不能担，手不能提，韩耕可没有弄个祖奶奶伺候着的愿望。

年轻人在择偶的时候，肯定会不同程度受父母关系影响的，韩耕非常羡慕父母的感情，他们彼此尊敬，信任，志同道合，爱情永远是力量。他同样渴望找到一个志同道合的女孩，她淡然，谦和，没那么世故，不卑不亢，自立有自己的处事方式，不爱慕虚荣，不贪图享乐，当然，还要美丽大方。这是谁呢，就是王小鸥呀，对了，相当重要的一条就是，这个女孩竟然要开饺子馆。这也太合乎自己口味了，简直是志趣相投，坚决不能错过呀。

韩耕的确已深思熟虑，既然如此看好王小鸥，就想办法追求人家吧。简直是苍天给安排好的一样，没有更好的追求女孩的方式了，一起做事，一起创业，就像自己成功的父母亲一样，和自己喜欢的人在一起，既有家又有业，韩耕美滋滋地想，假如王小鸥就是自己想象的这个样子，永远跟自己在一起，那将是多么幸福的人生呀。

21

晚上，一场小雨悄然而至，到了早晨，空气如同被过滤了一般，清透舒爽，天空中好几天不散的阴霾消失了，云清雾散，清亮高远，就如同韩耕此时的心境。韩耕被昨天晚上自己宏大的设想激荡的一宿也没睡好，不到七点，就给王小鸥发微信问她起床没有。

王小鸥的身体已经好了，真是怪，什么病呀，来得急去得快。看到韩耕的短信，暗自心里嘀咕，这人，还是个急脾气，昨天自己因为有父母在身边，还假装敷衍着说，可能不开饺子馆了，态度已经模棱两可了，怎么回事，他一点儿都没当回事，肯定还是要找我谈饺子馆的事。就回话说，说吧，还是开饺子馆的事吗。

韩耕回信说，何止开饺子馆呀，有宏大设想呢，赶紧出来，商量一下。

王小鸥听韩耕的口气，仿佛自己已经是他的下属了，看来他真有事情。等王小鸥吃了早饭梳洗完毕，那边韩耕已经发了若干微信催促了。王小鸥出了门，一眼就看到马路对面的别克车，韩耕正在里头，脑袋朝着这边，两眼巴望着自己家门口瞧呢。

看到王小鸥出来了，韩耕赶紧下车，等小鸥走过来上了车，韩耕却突然说："你吃的啥呀，早晨，你家还有饭吗，我还没吃饭呢。"

王小鸥就噎住了一样，忍不住埋怨说："你可真是，一大早，不停地发微信，还以为多大事呢，竟然忙的早饭都没吃。"

韩耕笑，"我刚才不饿，现在看到你了，突然就饿了。"

王小鸥有点难为情，说："我吃的昨晚的剩饭。"

韩耕就紧着问："啥剩饭？"

王小鸥说："剩粥馒头呗，剩饭还有啥呀，咱们去买个煎饼果子吧。"

马路边正好有个煎饼果子摊，王小鸥已经看到了，就要下车，扭脸问韩耕："要辣椒吗？"

韩耕点了一下头，看着王小鸥过去给自己买煎饼果子，突然就觉得被女孩呵护也挺美。等小鸥回来，看到她手里还端着一杯豆浆。韩耕就忍不住对小鸥说："你挺会照顾人的嘛，不错，在家肯定总干活，好像你家也是一个孩子吧，你爸爸妈妈做什么的呀，家里还有别人吗。"

"嗯。"听到韩耕问自己的家庭，王小鸥有意无意地就话少了，她岔开韩耕的话头，问他，你着急找我商量啥呀？

"找你呀，商量干大事呀。"

"就是开饺子馆呀，在我这，已经不算大事了呀。"

"啥意思？"

"我爸爸妈妈已经答应给我投资了，可以开了，就这意思，"

"他们投资，给多少呀？"

"我要三万，爸爸答应给三万，妈妈加了一万。"

"还有呢？"

"还有什么，够了呀。"

"够交一个月房租了。"

"你说什么呀，我就准备弄个20平方米的小屋子，一个月的房租不超过1000元的。"

"要不你需要我加盟入股呀，20平方米可以，正好一个单间，我再入点股，搞上这样的单间10个以上吧，还有大厅呢，对吧，怎么也得300平方米以上。"

"我不是要做老韩家家常菜馆那样的大饭店。"

"我知道你的心思，这不有了我吗，我正要跟你商量呢，开一家什么样的饭店，我自己有了想法和创意了，我特激动，觉得特棒。"

王小鸥想跟韩耕解释几句，但韩耕制止了她，他诚恳地说："小鸥，你心里的打算我理解，经验少，少投入，低风险，但是也同样，少产出呀，对吧，一样的辛苦，到了年底，你赚不到几个钱的。"

接着韩耕很认真地跟王小鸥说起了最近到北京上海等大城市餐饮业考察学习的心得，特别提到在北京很著名的，已经在国内发展了很多连锁店的俏江南和兰会所的经营特点，特别说到他们的文化创意和独树一帜的经营模式。

小鸥忽然就想起那次跟董欣在一起的时候，董欣曾经就小鸥开饺子馆一事，征求辣道李总意见的时候，李总提及概念一词，还说到省会有名的"下岗嫂子饺子馆"，这个名字就起的不错，既平凡又温馨，还有亲和力，肯定会有吸引力。

王小鸥就跟韩耕说了这件事，韩耕问小鸥："对了，你原来打算给饺子馆起什么名？"

王小鸥有点不好意思了，笑着说："原来有个打算呢，想起名叫'青春饭'呢，别笑呀，还打算等以后做成了，就叫'青春饭一号''青春饭二号'。"

韩耕听了，忍不住心头惊喜，他哈哈大笑，称赞王小鸥，"太好了，就这名字了，就一号啦，就叫'青春饭一号院'，等过半年，再开一家，就叫'青春饭十八号院'，从一到十八，再好不过的创意了，正好呀，我看好的地方，正好可以装修成四合院的风格，青春饭，这个词好，很快会叫响的，名字好有寓意呀，对了，你还有别的想法没？就想到了这一个名字？"

"叫韩耕一夸赞，王小鸥也兴奋了，又说了诸如'王厨娘的厨房'，'人间烟火'之类几个有点另类的名字。"

韩耕听了，心头灵机一动，笑着说："看来光开饭店不行，太人间烟火，太厨房味，文化呢，没了，瞧你这些名字，怎么感觉像是那些喝下午茶或者慢摇吧、咖啡馆的名字呀，很文艺呀，王小鸥，这些名字也不错，看来，我的创意还是有局限了。"

说到这，韩耕忽然拍了一下自己脑袋，咚地把豆浆放在车前平台上，伸手抓住小鸥的胳膊，有些激动地说："不如干脆咱们再做大点吧，找个地方，包下他一条街，有吃饭点，有喝茶地，有吃有喝有人生，还是要叫青春饭一号院，我们好好做个创意，做个可行性报告，给我爸妈瞧瞧，叫他们大投资吧。"

看到韩耕也超级兴奋了，还嚷嚷要叫自己的父母大投资，王小鸥就有点不知道说什么好，想到昨天晚上，自己鼓足勇气跟父母说了需要3万的投资，还觉得极大满足了自己的内心需求了，给了自己自信了，现在，看到韩耕轻而易举就吵吵叫父母投资的架势，似乎父母给他投资是理所应当的，更似乎是，钱嘛，对人家真不是个事，就暗自心里有点那样。没等王小鸥说什么，韩耕就发动汽车，对她说："走，我领你去看看地方，适合不适合叫作'青春饭'吧。"

"我还没跟你说，我打算在什么地方开饺子馆呢？"

"什么地方？"

"优木广场。"

"呀，真的呀，咱们俩又想到一块儿去了，我们现在就是去那里，那个地方二期房主刚刚入住不久，一期入住的时候，还没有人气，商业圈尚未形成，咱们给他打造一个繁华的消费一条街算了。"

"你说你父母会给你不小的一笔投资，你算过账吗，大约需要多少钱？"王小鸥还是憋不住了。

"爸爸妈妈整天说愿意鼓励我创业，但是也有要求，就是符合市场需求的，有开发潜力的，当然不是我想干什么，他们就允许我干什么，我们家的钱也不是大风刮来的，都是爸爸妈妈辛苦赚来的，我明白着呢，一个钱都不会乱花的。"韩耕认真地说。

听了韩耕的话，小鸥似乎心里踏实了很多，再看韩耕的神态，很镇定和自信的样子，开车也很专注，显然车技也很好。小鸥情不自禁地赞扬他，"真想不到你是这个样子的，有时候脑袋转不过来，昨晚上做了一个梦，你还是送外卖的呢嘿嘿。"小鸥笑着说。

韩耕也笑，说："你咋不做梦，梦见我成了餐饮业大鳄啥的，老做梦我送外卖，啥意思，梦见我在送外卖，你就心里舒服了，就心理平衡了？"

"我可不是门缝里瞧人的人呀，我当然愿意你成了大鳄啥的，我也愿意成大鳄呢。"

"不用，咱俩有一个成大鳄就行了，你呢以后就待家里，全部的人生就是花大鳄的钱，过舒服日子。"

"那我多不踏实呀，我还是愿意自己成一个啥啥，自己赚钱自己花，多自在。"

韩耕听了王小鸥的话，扭脸看她，说："你说的是真话呀，真乐意干事业呀，我说这话多么感人呀，你一点儿都不激动呀。"

"感动是感动，可是我还是想干点啥，咋办呀？"

"那就干呗，咱俩搭伙，干活还不累。"韩耕嘻嘻笑着说。

说着话，两个人已经到了开发区优木广场，那里果然如同韩耕所说，因为周围原来属于郊区，比较偏僻，优木广场入住的居民也不算很多，确实还没有形成消费圈，几家小店，散落着，有小吃店，小超市，都不景气。但是，观察周围，有几家大型企业，包括移动公司电力公司等效益好的企业，还有一些大小公司，散居在写字楼里。

小鸥看了这情景，就有点心里没底，对韩耕说："上次我来这里，正好是开人才招聘会，看着挺好的，也人来人往车水马龙的，今天怎么回事，这么冷清？"

"你看看这季节，眼看冬天了，又没什么事，谁来这里呀。"

"那我们凭什么就能因为做了个'青春饭'，全世界的人都不怕下雨刮风的，争先恐后的都来了呀。"

"肯定有风险呀，那还用说呀。"

"那怎么才能叫风险小些呢？"

"那就是开饺子馆，赔了就算了，你说呢？"

"你啥意思，说话没准咋地？"

"不是呀，要有信心呀，不能没开始就打退堂鼓，对吧？万事开头难，咱们俩团结一致，明天跟我回家。"

"咋回事，说回家就回家呀，没我什么事吧，再说，你回家干什么呀？"

"回家跟我父母谈这事，看看他们的态度，征求他们的意见，毕竟人家俩老谋深算，有经验，对了，你说好必须跟我一起回去。"

王小鸥跟这个韩耕相处没多久呢吧，就发现这个家伙的强势了。上次说叫去老韩家家常菜吃饭，非去不可，极其顽固到底，现在，一早就到自己家门口，说有重要的事情，眼下一下子就到了优木广场，要做大项目，就马上要回家跟自己父母商量，还要自己跟着去，还不容置疑的口气。

小鸥就觉得，有点承受不了，有点强加于人，于是，就有点不舒服，表情就闷闷的。韩耕看到了，就问："咋啦，不敢跟我回家呀。"

"咱俩还不怎么熟悉就什么都听你的呀，我觉得有点别扭。"

韩耕呵呵笑，说："听你的那还不好办，听我的之前，先听你的一回，不就扯平了，你说吧，提个建议，我跟着，叫干什么就干什么。"

"真格的呀？"

小鸥就有点高兴起来，围着韩耕转了转，站那里又想了想，不等她说出口，韩耕又说："我可说了，之后我的要求，就是跟我回家一回，这事别忘了，再说你想干什么吧。"

这话叫王小鸥的孩子本性暴露出来，她认真地想了想，嘿嘿笑着说："想叫你请吃饭然后唱歌咋样呀？"

"行。"

"大餐。"

"不是去老韩家。"

"行。"

"三个人。"

"你爸爸妈妈都带着？"

"不是，我俩女朋友，还有我。"

"行。"

王小鸥兴奋了，立马拨通董欣的电话，跟她说要请她吃饭。董欣就问："是饺子馆开成了呀。"王小鸥说还没有呢。董欣就说："那为啥呀，没钱吧，请吃顿饭肯定有什么理由，看你口气不太对劲呀。"王小鸥就只好说："跟开饺子馆差不多类似的一件事情，要跟姐们儿说说。"董欣就说："那还能有什么事呀，不开饺子馆了，改成麻辣烫了呀，那还能怎么样呀，投资问题解决没有，跟你父母汇报没有，如果没钱，说什么都白扯呀。"

王小鸥赶紧说："不白扯，真的，来吧，赶紧的，快点出来，到展览馆，新开的，老酒川菜坊，听见没有？"

又给何丽君打电话，就干脆直接说了，说还记得送外卖那小子吗？中午他请咱们吃饭。

何丽君估计学习已经学蒙了，没听清的样子，咧着嘴说："说点正事，紧着学习呢。"

这就是正事，韩耕邀请我们几个中午吃饭。

他请我们，谁埋单呀，你呀。何丽君显然不以为然，吃什么呀，吃他剩下的盒饭呀，别闹了，这几天我睡觉很晚，想睡会儿觉，要是他请客，我就算了，别耽误他的时间了，你要是愿意给他捧场，你就替我吃了我那份盒饭吧。

一边韩耕似乎已经察觉出何丽君说什么了，伸手要制止小鸥，小鸥扭过身去，继续跟何丽君说着什么。韩耕就听不到了。

等小鸥转过身，韩耕表情平静地说："我有点不明白，既然人家不愿意来，你还非要人家来，为什么呀？"

小鸥看出韩耕不高兴了，对他解释说："我们是大学同学，是朋友，所以，我想叫她一起来，我想这样，她就知道你是怎么回事了，我不希望她总对你有偏见。"

"对我有偏见？好好，没事呀，我不在乎，她可以永远有偏见，我不在意的，不耽误我什么事情，随便她，我向来讨厌这样的人，特别是还要请她吃饭，我极其不乐意。"

王小鸥看韩耕说话生硬起来，态度也很倔强，知道此时说什么都不一定能说服得了他，就叹了口气，垂下头不言语了。

韩耕看到小鸥的神情有了变化，也意识到自己的言辞有点激烈，就走近小鸥柔声说："别在乎我的态度，我见这样人多了，势利眼，见人下菜碟，就因为你不是这样的人我才喜欢你，真的。"

小鸥抬起头，恰好和韩耕澄澈的目光对视，那瞬间，王小鸥忽然间就觉得，眼前这个男孩，其实认识也不算很久，怎么跟自己就这样没有芥蒂呢，为什么呢，仅仅一天时间，一早晨，就在自己家门口等，差点要跟自己回家吃剩饭，等说起开饺子馆的投资，忽然就一拍脑门要搞青春饭一号院，又一转眼，就改成做一条商业街了，还非要拉着自己跟他回家，说是要跟他父母说投资的事，说着说着，又突然答应自己他可以请女友吃饭，可是一听何丽君说什么了，他自己说话态度就马上要变。王小鸥有点迷糊，她已经感觉出韩耕的性格似乎有些出乎自己的意料之外的，很直率，很强势，很自我，还有呢，是不是有些很是强加于人的感觉呢。王小鸥就觉得心里头有点别扭，有点后悔自己很唐突地跟女友打电话了，也许自己也有点冒失了，这算怎么回事呀。于是，王小鸥就忽然对韩耕说："要不就算了吧，你回家吧。"

韩耕就有点急，真就有了点恼怒，坦率地对小鸥说："王小鸥，我头一次发现你性格的缺陷，原谅我说话直接，你怎么回事，你有点过于迁就别人，属于耳根子有点软吧，说话做事有点含含糊糊磨磨叽叽呀，这样子，以后做起生意来是不行的，本来都说好了的，怎么一转眼，就又去又不去的，干什么呀，好像你有修养不强求别人似的，其实是不尊重，求你了，尊重点我好不好嘛？"

王小鸥就有点惊呆了，这个韩耕，怎么捣腾来捣腾去的，都是他的理儿了呀，没等小欧说什么，韩耕又说："小鸥，我可真诚地告诉你，说话做事不能这么迁就别人，知道吗，太关注别人的感受，你就什么事情都做不成了，真的。"

王小鸥听了韩耕又硬又软的话，也知道自己刚才不妥，只剩下辩解，"其实我的意思是，也要考虑一下别人的感受吧。"

韩耕看出王小鸥此刻的犹豫为难，马上换了态度，"那没错，你就先关注一下我的感受，我反正不喜欢势利眼的女人，我已明确表态，不过我此时也可以体谅一下你的心情，走吧，你指道，我开车去接她们，我不算执拗吧，态度够可以的了吧。"

王小鸥做出无奈却顺从的表情上了车，车开起来，看到韩耕瞬间变了心情又洋洋得意起来，兴致盎然地把一摞子光盘掏出来，挨个问小鸥喜欢什么歌曲，哪个歌星，放了一张歌碟进去，还美滋滋跟着哼唱着，仿佛已经忘了刚才的不快，一旁的王小鸥看到满脸阳光的韩耕，自己的心似乎也跟着融化在温暖和柔软里，满车厢的悦动，两个年轻人的身心都跟着音乐飘飞起来。

22

董欣接到王小鸥的电话，说在门外等她，叫她快点出来。董欣就叫王小鸥进来等她一会儿。结果王小鸥好像跟什么人嘀咕了几句，然后对她说，还是你出来吧，没地方停车。董欣就有点纳闷，王小鸥跟谁说话呢。

出来一看，王小鸥坐在一辆红色的别克车副驾位置，手在窗外朝自己使劲挥动。董欣有点不明究竟，王小鸥什么情况这是。她犹犹豫豫地走过来，先拿眼打量开车的男生，好像不认识呀这谁呀，帅哥模样还可以，头型挺酷。董欣上了车，故意没跟帅哥打招呼，直接笑着打趣王小鸥，"行呀，几天不见，有帅哥陪着啦，介绍一下吧，这位小哥谁呀？"

"哎呀，我一说你就知道了，他就是我跟你提过的外卖哥，韩耕呀。"

"天呀，她们在东方大厦上班的时候认识的那个人就是你呀，当时她们俩没强调你这么帅呀，好家伙，发财速度还这么惊人，送外卖都能送出别克车来呀。"董欣立刻夸张地喊。

董欣一边嚷着，一边笑着自我介绍了一下，韩耕也礼貌地点头，但没说什么。王小鸥就跟他说，去东郊接何丽君吧。韩耕却没有发动车，对小鸥说，你给她打电话确认一下吧，到底去不去呀，别我们白跑。

董欣听了，马上接话，"吃饭她不去，不可能呀，还用打电话呀，肯定去。"

但王小鸥还是听从了韩耕的话，给何丽君拨通了电话，说，去不去，说好。

董欣不等何丽君说话，就抢过小鸥的手机，朝何丽君嚷："你没病吧，吃饭为什么不去呀，还有专车接送，忙什么呢？"

何丽君显然听到专车接送感了兴趣，连忙问，哪有专车，还有谁呀？

等韩耕开车到了东郊，大伙老远就看到何丽君等在路边，伸头张望着。董欣就笑，说："看看，多积极呀，假装的，吃饭的事，落不下她，你要说干活吗，她肯定没影。"

何丽君等车到了近前，一眼就看到了开车的人是韩耕，一下子，竟然愣在那里，王小鸥赶紧喊了一声，董欣也把手伸出窗外，何丽君从人行道过来，还差点摔倒，上了车，两只眼睛直瞪瞪的，显然，韩耕别克车司机的身份，叫她糊涂了。所以，刚一缓过神来，她就口气一点儿不客气地问韩耕："咦，你叫啥来着，送外卖的，你行呀，开了谁的车出来，你不是开一个破面包车，送外卖吗，怎么，在哪里借了这么高级的车出来兜风？"

董欣见何丽君说话这么不友好，觉得不太妥当，担心局面尴尬赶紧替韩耕说："人家开面包的时候，是送外卖，此时此刻不是送外卖，而是请咱们吃饭，所以，开了别克来，怎么啦，找事呀？"

韩耕也不回话，甚至连头都不回，只是好像鼻子里哼了一下，就只看着小鸥轻声说："就去老酒川菜坊吧，你们不是爱吃辣的，那儿的口味正，尤其是泡椒牛蛙做的地道。"然后，脚下一踩油门，发动了车。

听到韩耕提到泡椒牛蛙，董欣跟何丽君都仿佛嗅到了川菜的香辣馋人味道，顿时兴高采烈。何丽君还是冲着韩耕说话："嘿，行呀，今天这行头，还开了车，啥意思，真要下功夫泡妞咋地？挺有宏伟志向呀。"

何丽君这样子对待韩耕，闹得王小鸥也没法说话表态，因为不知道说什么好。她自然从两个姐妹说话的口气里听出来董欣的通达善意和何丽君的狭隘奚落，偷偷观察一下韩耕，似乎没什么异样，他什么表情都没有，只是在很专注地稳稳开车，王小鸥忍不住用手拍了一下他放在挡位的右手一下。韩耕感觉到了，扭脸冲小鸥笑笑，露出好看的小白牙。小鸥看到他的笑容，就又拍了一下他的手，算是对他宽容姿态的鼓励。结果这小动作，叫后面的两个女孩看到了，两个人马上一点儿不客气地就喊开了，何丽君叫："王小鸥，你怎么回事，意志力这么薄弱呀。"董欣说："哎，王小鸥，你俩还就是一般朋友关系吗，咋回事？还卿卿我我的。"

王小鸥回头朝着女友笑了，说："我这是安慰司机一下，刚才叫你们俩打击得不轻，看来韩耕同学还不错，硬挺过来了。"说完，会心地看了韩耕一眼。几个人一调侃，车里的气氛顿时轻松了很多，韩耕似乎也不绷着劲了，神情自若了，王小鸥看在眼里，心里也轻松了。

四个人到了展览馆对面的广安大街，韩耕停好车，四个人热热闹闹地进了电梯，上了四楼，进了大厅，选好了一个靠窗的位置，韩耕就叫服务员拿过菜单来。先点了泡椒牛蛙，然后叫美女们自己任意点菜。这时候，何丽君早忘记了对韩耕的偏见，一个人就点了三个菜。菜上来了，果然色香味俱全，尤其那道泡椒牛蛙，简直香麻辣到了家，实在是人间美味。

何丽君一边被辣的哈哈地吐着气，一边口气很不客气地对韩耕说："我建议你每周都请我们到这里吃牛蛙，这样的话，我可能会改变对你的看法，这样的好处就是，你泡妞的路上，有可能少一个挡道的说坏话的。"说完还嘿嘿地坏笑。

董欣跟王小鸥说："你看到没，其实她一点儿没原则的，一顿饭，就基本缴械，韩耕你再请她吃几次，她可能就成你一伙的啦。"

三个女孩就是一台戏，起劲地议论这个好吃那个一般，轮不上韩耕说话，韩耕也无所谓的样子。直到小鸥停住筷子，对两个女孩说："跟你们俩透露一个消息，我跟韩耕打算一起做点事情，还是做餐饮为主，还没有考虑周全，但是决心已定，怎么样，你们俩举杯吧，算支持我们了。"

"干什么，开饺子馆？"董欣冲口就说。

"你俩呀，呵呵。"何丽君不以为然。

王小鸥看到俩女友有点不屑的样子，刚要跟她们仔细说说自己要跟韩耕一起做点事，一旁的韩耕突然就打断小鸥的话，对董欣和何丽君说："我确实穷人一个，也没什么钱，真是要干点啥，就只能开个小饺子馆，以后我就全靠小鸥了。"

董欣听韩耕这么说，就有点不知道说什么好，愣了会儿，问韩耕，你就不打算再送外卖了？

韩耕点头，说，是呀，跟着小鸥一起开饺子馆糊口。

何丽君忍不住了，哼了一声，说："你还觉得挺自豪呢吧，你也好意思，这顿饭的钱你是借来的吧？还有那个车，都是借来的吧？我发现你不仅穷，还挺虚荣的，我简直吃不下去了，你看看身边这女孩，多漂亮呀，你是不是有点癞蛤蟆想吃天鹅肉呀？"

王小鸥赶紧对何丽君摆手，想制止她说下去。可是何丽君还是说："你真不愧是送外卖的，真够头脑简单的，你以为我们吃了你一顿饭，就嘴短了，看到你开车来，就脑瓜子蒙了，以为你咋地了，没那么简单吧，还口口声声跟着王小鸥吃软饭呢，你知道王小鸥家里情况吗，你还指着她，她还不知道指望谁呢，我建议你呀，该干什么干什么去，别影响别人的生活，就算你积德了，真的，别嫌乎我话难听，你俩赶紧散了吧，不然我说不定把什么更难听的话说出来呢。"

王小鸥已经忍不住，她猛地站起来就要离开桌子，但韩耕很快也站起来想拉住王小鸥，董欣一边埋怨何丽君一边去拉王小鸥，说着安慰小鸥的话，王小鸥已经起身离开了，服务员过来，韩耕掏出钱递给服务员，两个人急匆匆奔了楼梯。看到何丽君纹丝不动，董欣有点生气，一个劲说她过分了。可是何丽君不以为然，对董欣说："你老是愿意当好人，劝什么呀，赶紧叫他走，你就情愿小鸥跟这么个穷小子混？我完全是为小鸥好，她生气我也不在乎，早晚她明白，我不说点难听的话，不这样伤筋动骨，单纯的王小鸥早晚吃大亏。"

韩耕跟着小鸥走出饭店，在路边拉住了小鸥。小鸥没想到何丽君说那么难听的话，觉得韩耕肯定是感到难堪了，就想安慰他一下，扭身对韩耕说："对不起，伤害你了。"

"没事，我就知道她会这么说的。"韩耕一脸不以为然，还笑呢。

小鸥见到韩耕并没生气，松了口气，嗔怪着对他说："也怪你，为什么不叫我说真话？"

韩耕就突然松开拉着小鸥的手，严肃地对小鸥说："小鸥你呀，从认识我开始，就该进步了，你明白吗，今天这一课对于你是非常必要的一课。"

小鸥不解。

韩耕接着说："也许我说了你也不明白，我知道你们都是好同学，但是好同学未必就能永远在一起，更何况是这样素质悟性都一般般的女生，你别不爱听，你该走自己的路了，不要拖泥带水的，她们都是平庸的人，没什么大本事，也做不成什么大事，还鼠目寸光，她们只能拉你的后腿。"

"你说这话什么意思？"

"我还什么意思，我就是想叫你看看她们多势利眼，怎么样，都看到了吧。"

"韩耕，人是有局限性的，你应该理解她们。"

"我哪有那么多时间理解别人，我弄清自己就行了。"

王小鸥真生气了，突然对韩耕说："有人说过你自以为是吗？我想知道。"

韩耕翻着白眼扮着怪相说："说的人很多，怎么啦？"说完，自己独自走到一边还晃荡着腿很气人的样子，眼睛不看小鸥。

"既然说过的人很多，我就不费话了。"小鸥看韩耕给自己背影更生气了，做出要走的样子。

韩耕赶紧转过身，"小鸥，我们不该有冲突吧，我对她们没恶意，我承认我故意那么说的，但是，你也看到了，她们果然就很浅薄，我咋办？"

王小鸥已经走到了马路边，伸手要拦出租车。韩耕一看，有点急了，拉着王小鸥就朝自己车的方向走。等小鸥不情愿地上了车，韩耕却又嘻嘻笑了，他对小鸥说："你还挺爱生气，我就不这样，我要是真爱生气，一天到晚那么多事情，多少气都生不过来了呀，早就气死了。"

听韩耕这么说，王小鸥暗自缓过点劲，叹了口气，心想，也是，他也有他的道理，何丽君也真是过分，怎么这样呀，为什么呀，什么问题呀，女友跟眼前这个男生怎么老是如此的不搭对，真是她们势利眼呀。

韩耕发动了车，王小鸥扭脸看饭店门口，没看到她们俩的身影，车已经上了路，王小鸥不好要求韩耕等着她们俩，默声无语的她心里很是郁闷和难解。

本来还想大家一起去唱歌呢，却连一顿饭都没吃好。韩耕看王小鸥快快不快的神情，知道她心里别扭，就想着怎么劝慰她一下。

韩耕问王小鸥："你说什么叫同学呀？就按照你理解的说说。"

小鸥瞄了一眼韩耕，挺郑重的表情，不像是在瞎逗，闷了一会儿，还是按照自己思忖的说了："还用说呀，我跟她们，就是同学。"

"不对吧，同在一个窗户下，跟同样的老师学习，学一样的知识，才叫同学。"

"是呀，没错，我们就是。"

"不是吧，你不是说毕业快两年了，不可能还是同学呀，概念不准确吧。"

王小鸥不解地看着韩耕，等着他说出一套新理论来。韩耕振振有词地解释说："你们早已经不在一个窗户下学习了，你们的老师也不是一个人啦，学习的东西也不一样了，怎么还能叫同学呢，要说同学，只能说曾经是同学，这样才算准确，对吧。"

看到王小鸥没说出来反驳的话，韩耕继续宣讲他的理论，说到他自己也曾经跟王小鸥同样的经历，一起大学几年的兄弟，由于各自出身不同，起点不同，对生活的认识不同，自身的阅历不同，还有对未来的设想不同，渐渐大家分道扬镳了，走上了不同的人生道路。那也很好，韩耕总结道，捆绑在一起，吃喝玩乐还行，做点事就费劲了，跟浑身被捆绑着一样，啥啥都看面子，说不能说，做不能做，很难受，顾虑很多，也忌讳很多，考虑的够周全了，什么事情都照顾到了，但一旦一点儿事情做不周全就完蛋了，感情就伤了。他说到刚开始自己出来做餐饮，就是跟三个同学一起干的，不赚钱的时候还行，一旦赚钱了，就开始掐架，算计，这还不算，有俩钱以后，分歧更大了，有惦记快点分钱的，有不同意扩大经营的，打得不亦乐乎。最后没办法，韩耕自己把所有的股份都买了，给朋友们分钱走人拉倒了。

王小鸥听了，却找到了可以分辩的理由。小鸥说："那是因为你们合作了，成生意伙伴了，人家说了，千万别跟朋友一起做生意，肯定多少年的朋友都没得做了。我们的情况不是这样，我们还仅仅是真同学，以后也不在一起做生意，不会有一天见利忘义的。"

韩耕听了，摇摇头，说："你理解偏了，我的意思，不是你要跟她们做生意，我的意思是，人生路上，有时候是需要选择的，而且选择也许是痛苦的，说白了，就是人生路上必须选择抛弃一些无价值的东西，才能叫我们有勇气改变自己，明白吗？成功之前的人，都是孤独的，知道吗？王小鸥，我跟你说的都是肺腑话，跟别人我一般都是瞎扯，我闲的没事跟人家说这些干嘛呀。"

小鸥鼻子里哼了一声，韩耕看出她情绪上的好转了，就又凑上前问她："那咱们可说好了，明天一早，我来接你，回G县到欣康产业园，跟我父母说说咱们的打算，你说成吗？"

小鸥看着面前韩耕专注的目光，真不好意思回绝他，真是的，太轻而易举了，说去人家家里就去人家家里呀。实在难为情呀，女孩呀。王小鸥就为难地摇头，对韩耕说："我这么随便就去见你父母，有点突然吧。"

"你多心了，我父母开放得很，什么人没见过呀，没事的。"

"啥意思，你什么人都往家里领过咋地？"

见小鸥口气里嗔怪了，韩耕赶紧解释，"我的意思是，你就是个合作者，明白吗，没别的意思，一起跟我父母说说咱们的打算，你怎么回事，以为这是要去见公婆呀？"

"得了，别胡说了，明早晨几点呀，说好了，你必须吃过饭才许来，听见没有？"

"八点之前我肯定到你家楼下，我天天早晨起来跑步呢，就怕你起不来，对了，你喜欢什么运动呀，喜欢游泳吗？后天咱们从G县回来，我带你去平山御温塘游泳吧，好吗？"

直到韩耕的车消失了很久，王小鸥还站在路边，呆呆地愣着，这一天，韩耕一股脑灌输给她的各种信息在脑海里有点拥堵，乱糟糟的，他说的一些话，小鸥还算认可，更多的话，小鸥连想都没想过。在一起还没多久，就感觉到自己很多欠缺了，也许就是经历不同闹的，怎么他这么成熟呀，自己以前从发小到同学，从来没有一个像韩耕这样的人，自己从前还挺有优越感呢，怎么跟他在一起，自己就跟傻子差不多了，真要努力了呀，什么都要学，社会大舞台千奇百怪，自己以后该学会该弄明白的东西确实很多很多。可是，一想到女友刚才对韩耕和自己的态度，心里还是很难受，也有点后悔自己没有克制住，也不知道董欣和何丽君怎么样了，真是，怎么回事，因为韩耕的出现，弄得大家这么不愉快，还有刚才韩耕说的话，有道理是有道理，但是，还是因为大家不太了解和熟悉的缘故，也许以后相处多了，互相了解了关系就能融洽了。这个时候电话响了，董欣打来的，王小鸥赶紧问，你们怎么样？董欣回答没事，我把何丽君送回去了，对了，你俩没事吧，刚才是有些过分，我先道歉，我也说了一顿何丽君，她那么说话不仅伤人家韩耕的自尊，也伤害王小鸥的自尊，你说对吧，她也承认说话过分了，你也不要跟她一般见识，毕竟我们大学四年比较了解，韩耕不管怎么样，你才认识没多久对吧，也不算了解对吧，所以，也需要考验，何丽君说话直截了当也不是坏事，你也许还正好发现他什么秘密呢对吧。我也建议你还是若即若离好些，我也不隐瞒，我也感觉这个韩耕说话办事不像咱们这样的人，感觉隐瞒不少东西，不够单纯，你留个心眼，别上了人家的套，到时候后悔都来不及。

23

董欣的提醒，叫王小鸥心里像有个小爪子在抓，很不舒服。进了干休所的院门，在大院门口发了会儿愣，两眼四处寻找，爷爷王三楞喜欢晒太阳的地方，却没有看到爷爷的身影。太阳还没有落山，今天爷爷怎么了，这么早就回家了？扭脸却看到自家楼下爸爸王革命的车停着，原来爸爸来了。小鸥加快脚步朝楼里走去。

果然爸爸在爷爷屋里坐着呢。"爸爸。"小鸥叫了一声，忽然就觉得眼睛有点发涩，揉了揉不知道啥缘故，就好像嗓子也不舒服，要哽咽了似的。此时，忽然看到爸爸，小鸥不由自主心里生出来委屈的情绪。王革命看到女儿回来，没观察仔细态度表情，就比较直接地问她，那个事情做到什么程度了。爷爷在一边问什么事，爸爸没回答。

爸爸问话含糊。小鸥扭脸看到爷爷，先安抚爷爷说没啥事。心想，可能爸爸不想在爷爷在场的情况下谈这个事情，小鸥觉察到了。可是她却想，爷爷知道也无妨呀，爸爸担心爷爷对自己创业不理解？还是有什么顾虑呢？王革命却示意小鸥到楼上说。出了门王革命小声说，别叫你爷爷担心，岁数大了说也听不懂，光跟着着急。小鸥听了点头，同时也赶紧叫自己的情绪平静下来。父女俩回到楼上，王小鸥情绪已经正常，如实跟爸爸说了韩耕的想法，说他打算明天跟他父母商量呢，看看他们同意投资不。

王革命听了，也说不出个所以然，却反对小鸥这么快去见韩耕的父母，说这么仓促，还是叫人家投资做生意很不妥当，人家第一面见你，你就以这种形象出现，对你以后不好。

待了会儿，王革命觉得自己怎么也得给女儿细致地解释解释，毕竟人情世故这东西，小鸥是一无所知的，就叮嘱小鸥说："你可能还没有意识到，我们家跟你说的这个韩耕家是有差距的，其实，越是有钱人越能算计，你爸我有多少钱，都可以给你拿出来，但是，有钱人家却不这样，有钱人家是怎么算计的，咱们猜不出来，人家不是说都是著名的企业家了，论水平论资产，跟咱们考虑事情，做事情不是一种态度也很正常，所以我建议你缓一缓，也矜持些，别啥事都没开始，就先叫人家瞧不起咱们。我自己呢，本质上是不喜欢有钱人的，也不看好，你想，跟这种成功人士在一起，还有咱们说话的分呀？不过，话说回来，你掂量着办，你想开饭馆，他家儿子也愿意一起干，也没啥，我就给你提个醒，反正是这样，他们家愿意投资，你也不用多说什么，投资就投资呗，不是合作吗，对吧，又不是给你自己做事投资，有他儿子在那儿摆着呢，他儿子也不傻，对吧，能跟他们一起做事，肯定也是个机会，你正好锻炼锻炼呗，又没有咱们家的任何风险。"说到这，王革命从包里拿出一包钱，递给小鸥说："这个钱你存着，就是我说给你开饺子馆的3万元，你不用动声色，多观察他们家，看怎么回事，既然他们家有的是钱，肯定一分钱不会用这个了，那你也拿着，看情形，如果不是那么回事，咱们再想办法抽身回来，自己开饺子馆，也不用太挂心，有钱人心眼都邪，你一定加个小心，事事心里有个掂量，琢磨琢磨，心里有个底就好了。"

小鸥没说话，低头沉思着。

王革命又问："跟这个富二代有发展吗？"

小鸥茫然地看着爸爸，愣了会儿，摇摇头。

王革命又问："摇头是什么意思呀，是没发展还是不知道怎么说呀？"

"都包括吧。"小鸥淡淡地回答。

"你得有个心眼，如果对方条件真的不错，就得认真抓紧，明白吗？别不当回事，也许是一门好亲事，虽然我跟你妈都没见过这个韩耕，但从你说的情况看，似乎是个有见地能吃苦的孩子，在富二代里，这样的孩子真不多见。"

"其实毛病不少。"小鸥噘着嘴说。

"什么毛病？你已经发现了？"

"性格上的，自以为是，强势，爱做主，不合群。"

"别的呢，除了性格上的，品质有没有问题呀？"

"那倒还没有发现。"

"小鸥，你也应该学会多包容，明白吗？富二代，哪个性格上没缺陷呀，跟成长历程有关，别说富二代官二代，就是穷二代苦二代，也无法保证他就是十全十美的孩子，对吧？"

爸爸走了以后，王小鸥独自坐在沙发上，陷入深思，想着今天整个一白天，跟韩耕在一起，他的一切举止言行，虽然有小鸥不喜欢和不接受的地方，可是，有一点可以肯定，那就是他很坦率很直接，他不怎么掩饰，他很真实。人家都说，恋爱的时候，双方都在刻意掩饰自己的缺点，极力表现自己的优点，看来这小子不怎么在乎这个。那么他为什么不在乎呢，是因为他不在乎自己的感受，还是已经自以为是惯了？

小鸥又想到刚才自己一时生气，就把董欣跟何丽君丢饭点了，心里也满是内疚。怎么啦自己，怎么能做这样的事，太出格了吧，简直不像是自己做的事呀，虽然女友是误解韩耕的。又想起韩耕说的话，其实也是有很多偏见的，想到确实彼此存在着隔膜，心里更是郁闷。忽然王小鸥就有了想法，明天不去韩耕家了，确实太唐突，再说爸爸的3万元也给自己了，没韩耕的投资也没什么了不起，也就是起步慢点，规模小点，自己也不在乎。于是，王小鸥又给董欣打电话，说叫她俩明天来家里吃饭，说煮点红薯栗子粥。

跟女友约好，放下电话，王小鸥一下子就感觉自己的心情爽朗了清亮了，呵呵，韩耕说的话，丢一边去吧，反正自己跟女友在一起很高兴，也算是考验他啦。

第二天一早，小鸥就去早市买了小紫薯，又买了水果玉米，还有白山药。可是拎着袋子回来，已经看到韩耕的车停在院子外面的街道边。王小鸥硬着头皮走过去，韩耕已经看到小鸥，从车里出来，小鸥有些难为情，毕竟说好了的事，只能撒谎了。王小鸥撒谎说，舅舅一家人中午要来做客，所以，改天去韩耕家。韩耕就有些急，说跟父母说好了的，尤其他爸爸很忙，不管有啥事都该去见面，而且不是小事，想叫我爸爸投资就不能摆谱了。说着话，韩耕就伸出手拉小鸥的胳膊。王小鸥顿时反感了。

韩耕说话的口气，有些揶揄的味道，这叫王小鸥很难堪，韩耕的话里的意思，就好像别人家里的事跟他家的事比，都不重要，或者，王小鸥根本就是在找借口讲条件，韩耕不容置疑的强硬态度叫人很不舒服，王小鸥也不想解释，扭身就走。

结果，韩耕并没有追上来。整个上午，也没韩耕的电话或者微信，小鸥的心如同装了石头一样沉重。近中午，等到了董欣何丽君，进了门的俩女孩见到王小鸥，立刻齐声斥责，王小鸥，见色忘义的东西！

王小鸥反驳的心思都没有，转身给两个浑身冷飕飕的女孩端上热乎乎的红薯粥。看着两个女孩喝完了粥，脸上有了红晕，脱去了外装，俩女孩才发现，小鸥的心情不好，还以为昨天的气还在心口堵着，赶紧道歉。小鸥叹口气，郑重地拉两个人坐在沙发上，小鸥还是想跟她们说实话吧。

等小鸥说完了韩耕的情况，何丽君就呆了，说不出话来。董欣还算好些，似乎早有所察的表情，说，早就觉得韩耕这个人不那么简单。

何丽君突然抓住王小鸥的手。瞪着眼睛，嚷道："你怎么这么有福呀，随便碰一个小子竟然是个富二代，我怎么碰不着呀，我身边怎么一个这样的人都没有呀，真的，跟我一起租房的人多着呢，都穷的要死，比我还穷，气死我了。"

"得了呀，这个韩耕，可是你跟人家小鸥一起认识的吧。"

"真是的。"何丽君顿悟的样子，"还是我先跟他说话的呢，小鸥你记得不？应该算我先认识的吧。"

"你先认识的管啥，瞧瞧你中午的表现吧，说话多损呀。"

"小鸥，你也够呛，怎么不先说清楚呀，害得我说那么难听的话。"

王小鸥不会跟她们说那是韩耕故意不叫她说的，此时就只能满脸讪讪。何丽君看着王小鸥，气哼哼地说："瞧你幸福的，故意出卖我，显得你人格高大，其实我也不是瞧不起穷人，我就那么一说的。"

"完了吧，狗眼看人低，羡慕嫉妒恨吧。"董欣故意奚落何丽君。

王小鸥就又跟她俩说了韩耕打算说服他父母给投资的事情。两个女孩已经听说人家的爹妈都超级有钱，已经羡慕得不得了，现在又听到人家有钱的爹妈还有可能给他们投资做事业，更是羡慕至极，简直说不出来什么好话了，光是呆呆地听着。等小鸥说完了，看俩女孩却什么话都不说，小鸥就问她俩，你们俩怎么想的呀。

"我俩能想什么呀，对不，董欣，我俩又不是你，那么好命，遇见富二代，做事有人支持。"何丽君不冷不热地说。

"我们也没任何经验，说不出来啥。"董欣也说。

王小鸥有些失望，但忽然从两个女孩奇怪的表情中感悟到了点什么。

何丽君和董欣又坐了一会儿，何丽君就说屋里冷，要穿外衣待着。今天很怪，三个人在一起的气氛，不同以前了，一直热乎不起来。终于何丽君说要回去看书，先提出来要走，董欣就站起来，跟小鸥说明天一早还有婚礼的事情要忙乎，两个女孩就告辞了。

等两个女友走了，王小鸥心沉的难受，为什么呀，她们的态度怎么这样呀，发生了什么事情呀，仅仅是因为韩耕这个富二代出现的缘故吗。

两个女友不冷不热的态度，其实却助推了王小鸥走向韩耕这一边。晚上，已经躺下，却合不上眼的小鸥，期待手机响起来，却始终没有响起。想到早晨自己莫名其妙的态度，开始担心韩耕对自己有了不好的看法，隐约心里有了预感，也许完了，爸爸不也说了，两家是有距离的，自己也是奇怪，韩耕回家跟他父母怎么交代，自己这是怎么了，以前跟同学朋友在一起，自己都会先替人家考虑的，现在可好，为什么跟自己喜欢的人在一起，反而变得古怪任性了呢，小鸥此时有些惦记早晨兴头上来灰溜溜走的韩耕，越想越是后悔自己的举动。

第二天早晨，小鸥起来，到楼下给爷爷拿牛奶，完全没有预料，就看到韩耕的车了，刚刚停在小鸥家小区外面，然后，就看到韩耕精神抖擞地出现在眼前。韩耕竟然跟之前从来没有过任何冲突一样，笑嘻嘻走过马路，上前上下打量没梳妆的小鸥，王小鸥浑身不自在，满脸通红，窘态百出，完全没预料到韩耕还会来，一下子说话都结巴了，呆呆地站着，拎着牛奶看着韩耕，其实，她非常非常得高兴，一宿的后悔和郁闷，在这一瞬间都没了，大气包容的韩耕在小鸥的心里又多了分量。

王小鸥上了车，看到韩耕轻松的样子，心里猜测，估计昨天自己放人家鸽子的行为被原谅了，就看着韩耕，也不说，等他回答，韩耕知道小鸥心里琢磨啥，笑着告诉她其实昨天父母也有事，所以不用有啥歉疚。不过，自己可是因此有顾虑了，这种人行不行呀，说话办事靠不靠谱呀。王小鸥也故意这样回答，是呀，是呀，你可不能草率决定呀，谁家的钱都不是风刮来的呀。

尽管两人一路说笑很轻松，但是在路上，韩耕还是比较认真地询问小鸥，你到我家去有没有心理准备？小鸥说真没有。

韩耕就开始给她念叨，说他父母基本上呢，还是比较喜欢沉稳一些的女孩，就是不要轻易暴露你的情绪，否则的话，他们会觉得你不成熟，明白吗。还有，不要絮叨，就是他爸妈问她什么啦，王小鸥同学也不要轻易说话，要想好了再说话，或者观察一下他们的态度，对错放一边，说话不要慌张，要有板有眼。记着，他们有意无意会观察你的举止，要做淑女状，就是似乎很有家教修养的样子就行，不必刻意，他们很精明，露出破绽更不好。至少要叫她们觉得，你关心我，很细心，很体贴，千万记着，你要给他们留下最深刻的印象，是你的性格中必须有自信果敢，可不能唯唯诺诺，犹豫不决，毫无主见。还有，性格要开朗阳光，积极向上，明白吗，这样会打动老人家的，你知道我妈最烦什么不，最烦小家子气，最烦小市民作风，最看不起好逸恶劳，好吃懒做，大小姐做派，吃凉不管酸，是我妈最深恶痛绝的，千万别叫她觉得你小里小气，斤斤计较，别急，我替你买了礼物了，在后备厢里，我妈就喜欢这一套。最好叫我妈觉得你吧，有奉献牺牲这方面的美德，哪怕仅仅是潜质，说话办事，说到做到，明白吗，这是诚信，他们骨子里最在意的。

最后韩耕总结说："虽然，咱父母都是亲爹妈，但是，需要他们认同咱们的事业给投资，也相当于咱俩在抢抓机遇，别不当回事，万一什么地方跟他们心思拧巴了，别着急，看我眼色行事。还有，王小鸥，你的强项是什么？回答我。"

王小鸥茫然，回答说："我不知道我什么地方强。我也没开始做，不知道强项在什么地方呀。"

韩耕就耐心地解释："就是你最有把握的，心里最有底的，最拿得出手的，最擅长的，最老练的，是什么。"

王小鸥懵懵地说："我的强项就是爱做饭，但做的还一般，也没啥主打菜，家常便饭而已，没别的呀。"

韩耕给逗笑了，"那还不行呀，说说拿手的，会做什么饭，中午回家，给我爹妈露一手。"

王小鸥伸了一下舌头，说："我都吓坏了，叫你这么一说，还会做饭呀。"

韩耕就认真地说："心态呀，很重要，别想那么多，不然出师未捷身先死了。还有呀，不知道你公关能力咋样呀，会忽悠人不，会捡人家喜欢听的话说不。"

王小鸥笑，说："说好听的，这没问题，这是最起码的，属于人的素质问题。"

韩耕最后总结说："虽然找我爹妈要钱，这个起点有点高，但做事总要有起点，我俩今天所做的一切，就是我们俩伟大事业的起点，所以，咱俩一定要团结一心，领导班子成员才能有凝聚力，目前呢，人员有限，就咱俩，我先做老大吧，你做老二，先听我使唤，你看行不。"

韩耕的一番话，叫王小鸥是又吃惊又纳闷，韩耕也是一个"90后"的孩子，跟自己差不多大，已经做到如此缜密细致地了解自己父母的内心，王小鸥在同龄的孩子中闻所未闻，见所未见。这也深深触动了她的心。想到自己的父母，王小鸥可不敢说，自己知道他们在想什么，从前自己所做的，就是尽可能忽略自己的存在，叫父母不要觉得自己是个负担，所以也总装成小大人的样子，不理解不了解，却装成都理解都了解的样子，似乎把父母蒙混过去了，自己就成功了，父母就能心安理得了。此时，小鸥忽然就在想，韩耕与父母相处的方式好像是在齐心协力共同架构什么，跟他们比，怎么好像自己所做的一切努力，更像是在竭力弥补什么空缺呢。也许本质的差异就是人家是个完整的家，而自己，哪还有家呀。不对，情绪不对，小鸥坚决地抑制住心底冒出来的小酸楚，爸爸支持我了呀，给了我3万元钱呀。

王小鸥冷不丁想起早晨妈妈来的那个电话，吞吞吐吐的口气，说郑叔叔去北京了什么的，钱紧张什么的，还有什么他女儿要出国什么的。忽然小鸥此时仿佛明白了妈妈话里头的含义，是不是跟郑叔叔要钱遭到拒绝了呀。小鸥知道妈妈的性格，就是自己手里有点钱，可能也会跟郑叔叔商量的，喜欢男人给自己做主。要是早就想到他们这么缺钱，妈妈说给的那一万元真是没必要要了，此时想来，何必呀，为了这点钱，叫妈妈跟郑叔叔不愉快。这么说来，真希望韩耕父母支持这件事情，那样的话，别说妈妈的一万元，就爸爸的这3万元，也赶紧还给他吧，乔慧敏阿姨多厉害呀，爸爸不知道想了什么办法才弄出3万元，多为难他呀，可别因为这点事，叫他们俩也打起来。

小鸥一想自己家的事，就顿时心事重重。可惜韩耕一路上只顾自己兴高采烈，真没发觉王小鸥已经走了神了。

24

车子快到欣康健康产业园的时候，韩耕给家里打了电话。王小鸥在一边听着，就不由得有点紧张。听到电话那边似乎是韩耕妈妈接的电话，说爸爸整个上午都在园区主持开会，是关于欣康健康产业园扩大经营范围，继续报批项目争取在G县经济技术开发区拿到更多土地的议题。

韩耕没多说什么。此时小鸥注意到车子已经进入G县经济技术开发区，路边看到青岛啤酒公司的巨大招牌，还看到中粮可口可乐正在建设中的新工厂。小鸥觉得很新奇，一点儿没想到这么著名的品牌竟然会在这个地方落户。韩耕瞧她大惊小怪就有点自豪，告诉小鸥说，这才哪到哪呀，已经有很多世界有名的企业来投资了，听说世界500强里面就有10家以上进驻这里了，你看到的那些投资项目，什么国际流水线，还仅仅是尚未竣工的工地呢。韩耕接着就嘟囔了一句，难怪，我爸爸还想扩大经营范围，还想占地，也对，以后，这个地方的地皮肯定翻几番。

两个人还没进入园区，路上就已经迎面跟很多辆装满货物的集装箱车擦肩而过。韩耕自豪地说："瞧见没，一车一车的拉走，等拉回来的都是钱。估计我爸爸不会那么抠吧。"

王小鸥就从韩耕的话语里听到了一丝担心。暗想，难道叫他父母投资这事，韩耕心里也没数呀，不会吧，昨天他说到这个事情的时候，似乎很有信心的，今天怎么啦？怎么越到家，心里越有了担心了呢。

远处已经看到巨大的欣康健康产业园招牌，王小鸥还真是好奇，健康产业园具体是做什么的，生产什么，她心里的概念还就是韩耕以前跟她说过的绿色养猪，生态种植什么的。

进了园区，看到的是一片广阔的绿地，还有几幢楼房。再往里走，远处除了看不到边际的绿色植物之外，更多的是整齐规模的阳光房，白色玻璃在太阳下熠熠闪光。

韩耕已经把车停在了一座单独的白色四层楼楼下，扭脸对表情略显紧张的王小鸥说："一会儿上楼，我爸爸在开会呢，咱俩就什么都别说，你只管跟着我朝那个后门走，进去就坐下，先听听他给大伙说什么呢，反正时间还早，先听他讲话，老爸这人有正经事，不能打断他的。"

两个人上了二楼，楼上很静，只有会议室里面传出来一个男人说话的声音，韩耕嘟着嘴示意小鸥不要说话，小声说了句，我爸爸，听见没。说完就轻轻推开会议室的后门，往里面窥视着。小鸥跟着韩耕，两个人找了门口的空椅子坐下。

王小鸥很快注意到屋里大概有二十几个人围坐在一张大圆桌前，主位上一个神情严峻面貌跟身边的韩耕有一点儿相像的中年男子在说话，这应该就是韩爸爸了。

就听见韩爸爸的话里正说到政府主张建平台抓大项目的话题，说欣康健康产业园曾经一直以传统产业也就是绿色农业为主，现在要抓住机遇，完成一次产业转型升级，说政府提倡的，也恰好是他近年来思考的欣康未来发展模式，西姆发展的忧患就是，由于农业产业结构过于单一，一旦遇到剧烈的市场波动，很难保持经济平稳较快发展，所以，欣康不能满足目前已经形成规模的集约化种植设施蔬菜，以及食品精深加工企业带动农业，还要向三产和工业迈进。

接着韩爸爸就讲到，现在有了两个新设想，一个是，把我们的万亩现代农业产业园朝着一个健康休闲观光园的目标迈进，奔着打造河北省级农业旅游示范点的目标前进。第二个设想就是，韩爸爸先说了从南方考察回来给自己的启发，说还有心思利用G县现有的珍贵的地下温泉资源，打造一个河北首家健康养生度假基地。总之，未来的欣康健康产业园，再不是人们如今脑海里的种菜养猪那么简单，而是一个吃健康，住健康，有观光，有休闲，有度假，更有养生，这样一个度假疗养胜地。

韩爸爸显然是个很有气场的人，他讲话声音洪亮抑扬顿挫极具感染力，话一说完，会场立刻哄热了，气氛极其热烈。

王小鸥从没有听到过这么有分量的讲话，而且这么近距离，她一下子就被韩爸爸的话吸引住了。小鸥崇拜地看着远处的韩爸爸，情不自禁扭脸对韩耕说："你以后，就是他那个样子吗？"

韩耕嘴角咧了一下，悄声对王小鸥说："到了他那个样子，你才崇拜呀，太晚了点吧，至少要二十多年以后呢，你才多大呀，等得起呀，还是从现在开始，从眼前这个人开始，崇拜得了。"

王小鸥忍着笑，忽然看到韩爸爸的眼睛瞄向了这里，赶紧偷偷踢了一脚韩耕，韩耕抬眼看到爸爸看自己，就抻了一下头，伸了一下手臂，算打招呼了。

韩爸爸就说散会了，用手指头远远地点了一下韩耕，没说什么，站起来。等大伙出去了，韩耕拉着王小鸥走过去，韩爸爸打量了一眼儿子身边的女孩，皱了一下眉头，没说话，走出门去，韩耕拽着小鸥赶紧跟着，三个人一直进到隔壁的董事长办公室，韩耕示意小鸥把门关上。

进了屋子，韩耕才叫了一声爸爸，然后等韩爸爸坐下，韩耕赶紧过去端起爸爸的水杯，这时候，小鸥已经走过来，顺手把水杯接过去，韩爸爸还是不作声，等小鸥微笑着给他把杯子放在桌上，韩爸爸才说："过来了，说吧，你的计划。"看到爸爸意识里并没有叫他介绍带来的女孩的意思，韩耕愣了一下，还是把眼睛转向身边的小鸥，对韩爸爸介绍说："爸爸，这是王小鸥，我的朋友，也是合作伙伴。"

韩耕担心爸爸轻视的态度叫王小鸥难堪，又再次补充说："爸爸，我说的就是她，她叫王小鸥。"

"我知道了，你说说你的投资计划吧，我很忙，你看到了，想上大项目呢。"

韩耕只好停顿了一下，开始给父亲说自己的打算，就是想在S市开发区优木广场做一条商业街的构想。

"做一个商业街？这是你自己的打算吗？"

"是我们俩的，就是一个初步构想，还没有细化呢。"

"你叫王小鸥，以前是做什么的，有过这方面的经验没有？"

"叔叔，不好意思，我毕业刚两年，没做过这方面的工作。"

"你有过什么工作经历没有？"

"工作经历有过的，在一家文化公司做过。"

韩爸爸站起来，一边喝水，一边狐疑地看着两个人："你们俩，一个就只是开过一个小饭店，一个还只是在文化公司干过，说来基本上任何商业经验都没有，怎么就想到做什么商业街上来了。"

"爸爸，我开那个饭店不算小吧，你也去过多少回了，我也算有点商业经验吧，不能说一点儿没有呀，还有，小鸥他们公司虽然是文化公司，也操作过博览会这样的大型商业行为，还比较成功的，不能说我们一点儿经验没有呀。"韩耕辩解道。

"开饭店跟做一条商业街能相提并论吗，你当初说开一个饭店，说是你的兴趣，行，支持你呀，不就是几十万的事吗，你做成了，也锻炼了，很好呀，但这不意味着你就做什么都能成，千万别膨胀，做商业街，这需要方方面面的经验，你太嫩了，就光立项规划这东西，你知道咋回事吗，还有，人家优木知道吗，人家地面上的事，你有钱，人家也得愿意合作啊，再说，他们地面上的事，凭什么我去投资给他们做事，你可真够傻的，这还不说，多少投资你算过没有，不会是一个小数字，几百万上千万的扔那里玩，多少年后资金回笼，你好好想想，合适不，还有，你刚才在会上已经听到了，欣康目前准备上大项目，需要大笔钱的投入，咱们自己做自己的事，钱还吃紧呢，哪里还有钱哄你外头没完没了地玩耍呀。"

"叔叔，我们不是玩耍，这么大的事，韩耕回来，就是跟您汇报，听听您的意见。"王小鸥诚恳地接上话。

"我的意见，就是，干脆回来，干自己家里的事，里外使点劲都是花在自己地里头的力气，不白搭，什么商业街，花里胡哨的东西，干半天，不一定赚钱回来，就是做成了，也等于是给人家优木干的，你想想，是这个道理不？"

"爸爸，我说过多少次了，我的兴趣是什么，我想干这个，你说过，只要我有打算，就无条件地支持我。"

"我是说过，但那要看付出什么代价，合算不合算。"

一直听着父子俩争吵的王小鸥，思忖着韩爸爸说的话，她忽然打断他们的话，问韩爸爸："叔叔，你是说，如果是优木自己投资这条商业街，我们做，或者他们也投资一部分，跟我们合作，就不是一码事了吧。"

韩爸爸一听，眼神飘忽了一下，显然小鸥的话叫他过心了，稍微迟疑了一下，韩爸爸点头，语气缓和地说："当然，那就肯定不是一码事了，风险人家承担或者各自分担了，不过，人家优木如果想立项，不一定找你们合作了，对吧，人家自然会选择一家条件好的一起做事，你说，你们有什么优势呀，是有钱呀还是有明白人呀，还是有什么背景呀，说说，人家凭什么找你们合作？"

韩爸爸的一席话，叫韩耕和王小鸥都很默然，他们俩互相看了一眼，一时间都不知道再说什么好。韩爸爸看了一下手表，对韩耕说："你妈妈早晨来电话说叫你们中午回家吃饭，你们先走吧，我还有点事需要处理一下。"

韩耕默默走出爸爸的办公楼，看着他垂头丧气的样子，王小鸥觉得，应该宽慰一下他，不然的话，因为自己在跟前看到他被父亲拒绝，他可能会有点伤自尊有些尴尬。

小鸥就上前拉着韩耕朝一处高坎子上走，站在高处，小鸥指着远处一望无际的绿色对韩耕说："我头一次来这里，真出乎我意料，这个地方我喜欢，多么漂亮的田园风光，到哪里找这么好的地方，我也没想到，也奇怪你呢，怎么这么好的地方，你不留恋，非要去外头拼搏闯荡呢？"

韩耕奇怪地看着王小鸥："你说的是真话吗，被我爸爸忽悠了咋地？"

小鸥真诚地对韩耕说："我傻呀，不会自己用眼睛观察用心思做个判断呀，你爸爸多有眼光呀，他今天在会上说的话多对路呀，我一下就开窍了很多，我一下子就开始思考了，想了很多。"

"你说说吧，想了什么啦？"

"我就在想呀，我们是够稚嫩的，所谓无知者无畏就是说我这样的人呢，我还想，我也够不负责任的，我原来究竟是怎么打算的呢，如果说，你提出做商业一条街，我也支持的话，前提确实就有点不负责任，因为如果你家里投资，我就几乎没有什么责任在里头了，所以，我没有认真仔细地想就认同了，现在想来，有点惭愧。"

"不怪你，我的主意，没你的事。"

"我还想说，你爸爸的话给我的触动，他是做实业的，他的心思你听懂没有，他就喜欢做具体踏实的工作，只做看得见摸得着的，他认为我们商业街的计划虚无缥缈。"

"我承认，我爸爸很实际，他很有自己的主张和远见，我也认同他立项争取土地的方式确实可行，但是，你应该认识到，他也是有局限的，他毕竟没有城市生活的熏陶，他并不明白，作为城市商业街的商业运营方式也是有利可图的，不仅仅是品牌的升值还有地域空间的升值，我也听到了，可能操作起来以后，给优木带来的实际利益要更多一些，这个我也接受。"

王小鸥一听，韩耕说的话很明白，似乎并没有因为他爸爸的打击而完全沮丧，但是，小鸥还是先把退后的话说了，小鸥觉得，应该自己说出来。

"你也别难为叔叔了，叔叔那个项目，我听着真是不错，你也应该支持家里的事业，实在不行，我就撤出，你该干什么干什么，我还自己开饺子馆算了，反正先保证有饭吃，别的事都以后再说也没什么。"

韩耕听小鸥这么说，上前一把拽住她的手，有点激动地说："你别说这样的话好不，你觉得是在安慰我呢，所以故意轻松地自己找个退路，省得我难堪是吧，我不用你这样，我也要道歉，我真没想到，爸爸今天这么说，也许是上大项目这个事情影响的，我也说不清，不管怎么样，我们俩也会在一起，其实做什么不是最重要的，最重要的是我们俩要在一起，王小鸥你明白吗？"

王小鸥怔怔地看着韩耕，说："你爸爸说的有道理，欣康的事情很有意义，你不觉得嘛，你也想想你爸爸说的话，还有，如果你真觉得仍然有信心做优木商业街，咱们就再想想别的办法，好吗？"

"你好像对我没信心了似的？是因为爸爸的态度吗？"韩耕有点情绪低落，松开了小鸥的手。

王小鸥赶紧上前，再次拉住他的手，满怀激情地说："谁说的，我会跟你在一起的，无论你打算做什么，不管是商业街还是在这里，我都陪着你，只要你不厌烦我就行了。"

"胡说，我怎么会厌烦呀，屈尊你够叫我心虚的啦，还敢厌烦，不过，我还要跟你说，一会儿见我妈妈是最后一次机会，我爸爸一般都听我妈妈的，明白吗？"

25

韩耕一边说着，一边拉着王小鸥走下高坎，朝园子侧面的小道走去。小鸥紧张地问："怎么，你们家就在这里面呀。"

韩耕回答："你要说家，好几个呢，可是妈妈总在这里，说爸爸不愿意离开产业园，这样回家休息方便，省了路程。"

小鸥看到小路沿途都种了竹子还有很多花草，地上铺着石子，路边缘还用方砖砌了花样，走了将近不到400米，越走越幽静，终于看到一处院落，里面有一幢平房。韩耕说："瞧，这就是我家了，跟我进去吧，怎么样，有点乡野农舍的意思吧。"

小鸥进到院里，马上映入眼帘的是挨着院门口的两棵石榴树，往里瞧就看到窗下一片已经干枯的葡萄藤，往一边看沿着院墙是早已经落尽了叶子的柿子树，因为已经入冬，树下都堆满了摘下的果实。一条小花狗和一条小黑狗看到韩耕，欢叫着跑过来。

韩耕呼唤着"花花，黑黑"的名字，两个小狗先是朝着主人讨好地摇着尾巴，忽然发现了陌生的王小鸥，就一股劲地奔向小鸥，嗷嗷地示威般地叫着。

王小鸥看到两条漂亮干净的小狗也很喜欢，跟着韩耕叫着他们的名字。这时候，韩耕朝屋里头喊："妈妈，我回来了。"

韩妈妈出现在屋门口，王小鸥抬眼看去，就看到一个年纪大约四十几岁的女人，她身材不高，面庞秀气，神情文静，身上穿着一件蓝毛衣，头发上挽着，一副清爽的样子，看到韩耕，微微笑了一下，又看了一眼王小鸥，点了一下头。

王小鸥一点儿猜不出这个文弱的像个中学老师模样的人，就是韩耕的妈妈，在此之前，韩耕老说，他妈妈跟他爸爸感情很好，妈妈一直跟着他爸爸创业，很能干。王小鸥就在心里勾勒了韩妈妈的形象，农村妇女，高大健壮是肯定的，还有粗手大脚的，或者是强悍的当家人的模样，此时看来，自己的臆想竟然全错了。

进屋来，王小鸥也更加惊异屋里的摆设，没想到他们的屋里竟然烧的是土炕，炕上已经摆了小木桌，几个凉菜已经上桌。

这样陌生的环境，一下子叫王小鸥不知所措，看到韩耕一下子就脱了鞋子上了炕，伸手去拿桌子上的栗子吃。王小鸥自己更不知道如何是好。韩妈妈看到眼前的王小鸥，一件深灰色衬衫，一条简单的牛仔裤，一张未施粉黛却干净清秀的面庞，一双清澈的大眼睛，顿时就非常喜欢了，只是看到小鸥脸上初次见面的羞涩窘状，韩妈妈赶紧招呼韩耕："你招呼客人呀，就知道自己吃。"然后热情地对王小鸥说："不习惯吧，城市孩子都不习惯这个，脱了鞋吧，上炕，又热乎又舒服的。"

王小鸥眼睛看着韩耕，半道上不是说自己做几个菜，自己还是一个孩子，直接上炕做客人，还是不好意思，一时不知道怎么好。看来韩耕也忘记了，王小鸥只好自己对韩妈妈说："我来帮忙吧，厨房的活计我都会干。"说着，就要跟着韩妈妈去厨房干活。韩耕听到了，哈哈笑，对小鸥说："你真要做菜？得了，我那是逗你玩呢，考验你贤惠不贤惠而已，我妈在这里，哪里用你干活呀，你第一次来就只管吃吧，以后再说干活的事吧，今天就是客人，赶紧上炕吧。"

王小鸥哪里敢因为韩耕这几句话，就上了炕，还是要求跟着韩妈妈去厨房，韩耕就不管了，只顾自己剥栗子吃。小鸥跟着韩妈妈进了厨房，韩妈妈笑着说："我估计你愿意干活，也帮不上忙呀，你瞧瞧，我打算给你们做粗粮的菜饽饽吃呢，韩耕最喜欢吃，我估计你也可能爱吃，你吃过吗？"

王小鸥笑着摇头，说真的没吃过，低头看到韩妈妈已经准备了一大盆玉米面，一大盆和好的馅，大铁锅的箅上铺满白菜叶子，已经呼呼冒气了，韩妈妈说，赶紧要包了。

眼看着韩妈妈把一小把和好的玉米面铺在手上，迅速用勺子舀出几勺子馅来，按在玉米面上，然后用双手巧妙地往上攒着玉米面，很快，那堆馅就被玉米面包住了，圆圆的，一点儿看不到馅了。王小鸥就手痒痒了，也想尝试。可是，怎么回事，不行呀，不是手心处的玉米面透了，就是合不拢面，馅还是露着，弄不好还散了。真是看着容易，做着难。王小鸥只好放弃，眼巴巴看着韩妈妈双手灵活，上下翻动，一瞬间的工夫，满锅的饽饽摆满了，黄灿灿的真好看。

　　过了30分钟，韩妈妈打开锅盖，又一个个把香喷喷的大菜饽饽铺在撒了油的平锅上，说韩耕喜欢吃用油烤出嘎渣儿的，脆脆的更好吃。哎呀，真是香呀，王小鸥真想吃呀。

　　就在韩妈妈起锅的时候，韩爸爸回来了，进门就看到王小鸥正在跟韩妈妈干活，却没看到韩耕，等进了里屋，就看到韩耕一边吃栗子，一边在看电视。

　　王小鸥端着盛满饽饽的大盘子进来，看到韩爸爸，礼貌地叫了一声叔叔。韩爸爸嗯了一声，扭脸朝韩耕呵斥了一声，叫他出去给自己摘辣椒去。韩耕顺从地一出溜下了炕，对小鸥说，走，跟我去摘辣椒。

　　院子一头的小菜地一片辣椒，红彤彤的，小鸥凑上前，好奇地问韩耕："你家每天都这么吃饭吗？"

　　韩耕起身，看着小鸥，不明白她话里意思的样子："我家吃饭，有什么地方特殊吗？"

　　"不是这个意思，我的意思是，真好玩，什么都自己家种，我好喜欢呀。"

　　韩耕笑了，到窗台掀开一个小缸，对小鸥说："闻闻，我做的酱，味道相当的可以，绝对比超市买的好吃。"

　　小鸥一耸鼻子，果然，非常清香的大酱，哎呀，真厉害，行啊，发酵的东西还能做这么香，那可真有功夫。接着，看到墙角摆了一排溜的小缸，韩耕在其中一个小缸里舀了韭花，说是蘸豆腐吃的。地里摘的那鲜辣椒非常辛辣，却很清香，韩耕不叫王小鸥用刀切，说味道跑了，他用捣蒜的杵子直接把辣椒和蒜捣碎成了辣椒蒜泥。

　　这顿饭，王小鸥学着韩家三口人的样子，一手端着一个饽饽，一手用勺子舀出辣椒蒜泥，抹在饽饽馅上，大口地吃着，然后还有自家大豆腐蘸韭菜花，自家腌制小黄瓜，配着新鲜的玉米渣糊糊，小鸥也跟着喝了两碗。

饭菜真好吃，韩妈妈招呼着大伙趁着热乎吃，馇馇堵住了嘴，大伙儿几乎没时间说话。看到王小鸥吃得很香，似乎也很习惯这样的饮食，韩妈妈高兴地偷偷瞄了一下韩爸爸，韩爸爸好像回应似的，小声咳嗽了一下。眼尖耳朵也尖的韩耕察觉到了父母的小动作，不等他们说话，先说话了。

韩耕先是看了一眼爸爸，然后看了一眼王小鸥，最后眼睛落在妈妈脸上："妈妈，你们都看到了吧，这就是王小鸥，我给你们领回来了，咋样，行吧？"韩耕一副开玩笑的口吻，王小鸥知道他故作轻松呢，只能停住咀嚼，满脸羞涩地再次叫声叔叔阿姨，韩妈妈嗔怪地瞪了一眼韩耕，"老是这么不严肃，嬉皮笑脸的，显得你对人家女孩多不尊重呀。"

"阿姨，没事，他喜欢这样。"王小鸥爽快地说。

"多漂亮呀，我没想到韩耕这么有眼力呢。"妈妈真心夸奖着小鸥，又和蔼地问："你父母都是做什么的？"王小鸥听了紧张了，暗想，这一关终于来了，躲不开的，即使人家不是随口一问是有意问的，也很正常。就平静地回答说："我爸爸在医院工作，我妈妈在我们干休所上班。"

"咦，你爸爸是医生吗？"韩妈妈似乎很惊喜的神情。

"不是的，爸爸在保卫处上班。"

"哦，不是大夫呀，那具体是做什么的？保卫处，医院看门的也算保卫处吧？"

王小鸥已经听出了韩妈妈刚才抬高语气里的小失落，可是没办法，爸爸就不是个大夫，"爸爸是管看门的。"

"那不是成了，门卫了吗？"韩妈妈疑惑地站起来。

"不是，爸爸除了管看门的那些人，还管别的事，比如有医患纠纷吵架之类的，比如医院发生了什么意外事件之类，他都管，他是保卫处的处长。"

"呀，是处长呀，那还不错，那妈妈具体是做什么的呀？"韩妈妈好像越来越感兴趣，顺着这个话题还是继续问下去。

"妈妈现在在干休所坐办公室的，是个小官吧。"

"不是所长吧？"韩妈妈多说了一句。

不等小鸥说话，韩爸爸突然插嘴："所长能是小官啊，真是外行。"

韩爸爸似乎对这个话题很有兴趣，"一个干休所的所长，可不简单了，部队的干休所一般都是正团级单位，对应地方就是正处级，一般干休所所长走的是双轨，比如他是行政正团，但福利待遇按照技术副师来发呢，如果是大军区，一把手甚至是正师呢。"

"可惜我妈妈不是所长，只管办公室吧，就不算个官，我知道所长，所长叔叔是个大官。"王小鸥笑着说。

韩爸爸接着自己的话，"干休所的所有干部都是文职军衔，所长和政委的职务最少要是团职以上，因为干休所大部分是副团或者正团级别，而且级别是根据所内老干部人数和建筑，还有资金来定，一般来讲会根据老首长慢慢地减少而降级，比如老首长原有100人，后来剩下60人了，就由正团降为副团。"

王小鸥听了韩爸爸这话，似乎恍然明白了什么，口气很肯定地说："对对，这个事我好像知道一些，因为我爷爷是老革命，参加过抗日的，算老八路，我们院爷爷这个级别的人确实不多了。"

王小鸥此言一出，在座的韩家三口人表情都马上有些惊异还有敬意，韩耕愣愣地对小鸥说："你还有爷爷呀，你爷爷是老八路呀，打过日本鬼子呀，多大岁数了，你咋没说过呀。"

"当然打过日本鬼子呀，他已经八十大几了，眼看快九十岁了，呵呵，我没事跟你说这个干啥呀。"

"是呀，老爷爷身体挺好的吧？他算什么级别的大官呀，抗日时期的老干部呀，那待遇不低吧？"韩妈妈跟韩爸爸的神情和注意力好像一下子跟着转移到了王三楞爷爷身上了。

韩耕自然也是头一次听到小鸥说到她自己的家庭，起初听到妈妈一个劲追问人家爸爸是不是医生，显得有点世俗，还有些反感妈妈的态度，后来又看到爸爸妈妈一听到王小鸥是真正的革命家庭出身，似乎更加肃然起敬的意思，也就不计较他们的态度了。自己呢，也暗自高兴，真没想到王小鸥同学竟然来自革命家庭，根正苗红，不错呀，真是意外收获，越想越得意起来。忽然就听见爸爸对王小鸥说："行了，我在这儿就把话定了，你回家告诉你爷爷，等你爷爷九十大寿，接我这儿来，我们欣康马上就成休闲养生疗养胜地了，我来操办这事，把全省范围内，你爷爷的老战友，都请来，有多少请多少，热热闹闹的，我花钱，在我这儿住一些日子，好好疗养疗养，算我个人给老革命致敬了。"

这顿饭的气氛到了此时，算是达到了高潮了。王小鸥心底里热乎乎的，很感动，没想到自己非常偶然地提到了爷爷，就引起人家家这么大的敬重，真是自豪呀。忽然想到已经话到嘴边，差点就溜出嘴外的自己父母已经离婚的话头，就被她不由自主地吞咽下去了。

韩耕不失时机地又给父亲盛粥，又给妈妈夹菜，看他们对小鸥信任有加的积极态度，觉得要把握时机了，于是，稳了稳神，终于把闷在心口一顿饭工夫了真的要说的话说了。

"爸爸妈妈，刚才我已经在办公室跟爸爸说过了，我想在优木做商业街的项目投资，目前还只是意向，还没有形成方案，就想跟你们说说看，看看你们什么意见。"韩耕态度郑重地说。

韩爸爸此时已经吃完饭，韩妈妈已经把他的水杯端过来。

看到韩耕爸爸有话要说的样子，韩妈妈就要收拾桌子，王小鸥赶紧站起来，帮着韩妈妈把桌子上的碗碟收拾利索，端到厨房洗了，又找了抹布把桌子擦干净，把韩爸爸水杯的水倒满之后，又给韩耕倒了一杯水，之后，看到客厅地上有韩妈妈堆了一地的芥菜头，就上前问能帮着韩妈妈干点啥。

韩妈妈站在那里，正要把堵住道的芥菜头推到墙角，王小鸥看到墙角两个大缸，就问是要腌咸菜吧，说着话，就蹲下来，把修好的芥菜头拣到盆里，端到水龙头下面洗起来。韩妈妈看在眼里，忍不住就问："一个城市女孩子，咋还会干这个呀，不要干了，把你的手磨粗了，你可真行，还知道腌咸菜呀。"心里却是暗喜，这个女孩虽是城市的，比农村女孩还朴实呢，真是难得，韩耕从哪里找来的，真是又漂亮又懂事，看来我的韩耕福气来了，现在的女孩，这样的真不多，我可要告诉我的儿子要好好珍惜这个女孩呀。

正想着，听见韩爸爸喊她过去，韩耕也喊王小鸥，叫她也过来。

韩爸爸就对韩耕说："你跟你妈妈说过没有？"

韩耕回答说："提过，没细说。"

韩爸爸就简单地把韩耕的话学说了几句，刚坐到炕上的韩妈妈接过小鸥递给她的水杯，喝一口，才说话。

韩妈妈就开始温声细语地说："按说，家里呢，就韩耕一个孩子，家里的一切，早晚由着他支配，这家里的一切，就自然包括财产，还有大事小情的决定权。再说，爸爸妈妈早晚老的不能动了，就更是一切通由他做主，父母干了几十年了，其实早就不想做主了，快做不动了。可是，现在问题的关键是，韩耕你觉得你能做的了这个主吗？

"比如投资，假如是个小项目，三五十万的，父母心疼，也就咬牙认了，总得叫你去闯荡一下，就算交个学费吧，现在，你说要做商业街，说实在的，听到你说出这个话来，我的心里一下子就凉了不少。你问为什么，你肯定问，你要做事，你想做大事，怎么父母一个听了立刻反对，一个听了甚至还说心里头凉了呢。你肯定不理解吧。

"我告诉你的是，你爸爸反对，是因为他觉得这个事情不能做，因为不沾边，我的反应却是，你在外头也自己闯荡了一些年了，竟然还一点儿不成熟，说话依然如同一个刚毕业的大学生，还如此想当然，你以为你是谁呀，天下老子第一吗？你怎么还不明白，这个世界上，除了在你父母面前，听你摆布，在欣康的土地上，或者说在你的老韩家家常菜的一亩三分地上，你一切说了算，出了这块地面，没人听你的，你就什么都不是，我很难受的另外一层意思，是因为你提出这个主张本身，你还根本不懂财富的意义是什么。"

韩耕听妈妈又要习惯性地长篇大论地教育了，赶忙扭脸对小鸥说了一句："准备好呀，孙老师又要开讲了，记着，我妈以前是个政治老师，有职业病的。"

韩妈妈不搭理韩耕的挑衅，接着说下去。

王小鸥却在认真听着韩妈妈的教训，听韩耕说韩妈妈曾经是个老师，还偷偷在心里乐了一下，自己竟然猜对了呀。

韩妈妈严肃地看着韩耕说："你知道吗，财富的意义就是，当你准备拥有财富的时候，你做没做好充分的准备。"

韩耕却自己嘟囔了一句："得了，又玩玄学，我所理解的财富的意义，就是叫自己的生活有意义，这才是最实在的，你说的那些太抽象，太哲学，不怪你，只有政治老师才像你这么说。"

"我说句不抽象的，财富的意义，就是我一年中364天都在工作，只有一天在休息，这你听明白了吧。"韩爸爸突然插嘴，狠狠来了一句。

韩爸爸的话叫大伙儿都鸦声不语了，过了会儿，韩妈妈口气缓和些，又接着说下去："韩耕，你明白爸爸的意思吧，就是你想得到的仅仅是一场精神的快乐，却没想到你的一场快乐，也许需要付出的是你父亲多少年的劳动所得，我不否定你在追求成功，你也很努力，可惜你不知道任何成功所付出的代价会是什么，我也不否定甚至支持你的热情，而且我一直说，我的儿子很优秀，可惜，你眼前最大的伤，是自作聪明，而且更可怕的是，从没有过吃亏上当的经历，你有追求，有梦想，这很可贵，但你要付出，拿自己父母现成的财富做代价的付出我不能肯定是了不起的付出，因为这几乎是被动的付出，不是积极主动的付出。还有一种积极主动的付出，叫作推销，你只是推销过你的饭菜，你学着推销过你自己吗，那才是对自己真正意义最大的支配，韩耕，你听明白妈妈话里头的意思没有？"

韩耕不直接回答妈妈说的话，却站起来反驳道："我还想说刚才说到的财富的意义，比尔·盖茨曾经说过，真正的财富=观念+时间，你们这些成功者只知道一百个失败的原因，同时却仅仅知道一个成功的方法，而失败者却知道一百个失败的原因，仅仅不知道一个成功的方法，我明白妈妈话里头的意思，我明白，你在选择中庸的法则对付我，就是一方面打击我，一方面还在引导我，叫我拿自己做筹码去赢得我期望的一切，是吗，妈妈？"

"是呀，孩子，妈妈其实是支持你的，可是，爸爸也说了，现在产业园的困境，还想立项目买地皮，爸爸现在是最困难的时候，企业面临转型升级，是我们历史性的转折时期，你要明白这件事的意义何在，至于你的愿望理想，妈妈永远支持，你放心，妈妈也在想办法，看怎么帮助你。"

韩耕开车送王小鸥回家的路上，王小鸥由衷感慨地说："今天才知道，什么样的人叫作文化人"。

韩耕咧嘴苦笑："你别嘲笑我妈呀。"

王小鸥却信誓旦旦，"嘲笑，得了，我敬佩的不得了，看人家的口才，说什么都大理论一套套的。"

韩耕却说："等有一天，你会因为她的理论苦不堪言，没看我爸爸话都很少，我对你说我爸爸怕我妈妈，因为他实在说不过我妈。我妈妈对待任何事物，都有理论一大套，至今还没有看到谁能反驳得了呢，不过管那么多干嘛，妈妈不是答应了，支持咱们，那就继续做她的工作呀，王小鸥，咱们还得加油呀。"

26

韩耕把王小鸥送到家门口，看着王小鸥下车，就要走进干休所大门了，韩耕忽然急乎乎从驾驶座位上跳下来，赶上王小鸥。小鸥扭身，以为他有什么事情，可是站在面前的韩耕却什么话都不说。看着王小鸥等着自己说话，韩耕有点难为情，低着头，右手伸到后脖子挠来挠去，半响，韩耕才鼓足勇气的神情，对她说："说实在的，今天我有点丢脸，我原来设想的很好，以为我说什么，爸爸妈妈都会支持我，没想到，家里又要做那个事，不好意思了。"

听到韩耕的表白，王小鸥忍不住笑了，还安慰韩耕，"没事的，你应该理解父母，他们肯定会支持你的，就是方式不一样而已，你不是叫我加油嘛，我也回去好好想想，确实是咱们有点操之过急了，没想好方案，就跟你爸爸妈妈说，他们可能觉得我们的想法不够成熟，咱俩接受教训，再好好想想办法，好吗？"

韩耕不接小鸥这个话，忽然冒出一句："你家都谁呀，谁这个时候在家呀，我去你家看看行吧，看看你爷爷，总行吧？"韩耕忽然打断刚才的话题，孩子气般跟王小鸥恳求起这个来。

王小鸥顿时有点不高兴。不是不高兴韩耕要去自己家里看看，不是，爷爷也不怕他看。就是他说话的这个态度，有点不认真，有点不着调。刚才还挺诚恳地说着正经事呢，怎么转眼间，念头就变了，就成了想来我家看看呀，脑筋急转弯呀。王小鸥就不搭理他啦，扭身要走。韩耕上前拽住她解释："我没别的想法，别往坏处想呀，没别的意思，就想跟你多待一会儿。"

王小鸥缓和了一下心情，叹了口气，对韩耕说："你现在到我家不合适，真的，我不想多说了，以后吧，以后我会请你来我家，我给你包饺子吃。""真的呀。"韩耕看着小鸥，慢慢松开了手。看着小鸥进了院门，消失在拐角。韩耕转身，上了车，手扶方向盘，他心想，这一定是适合做我老婆的人了，我一定要努力呀。

小鸥进了家门，听见电视在响，一看厨房，果然妈妈在呢。妈妈扭脸也看到小鸥回来了。小鸥高兴地进了厨房，看妈妈在忙什么。原来妈妈在做小菜，案板周围有焯好的胡萝卜、菜花、芹菜、绿菜豆，小碗里还有泡好的杏仁。妈妈从冰箱里拿出来一盆早已经煮好放凉了的蜂蜜红果，叫小鸥自己舀出一碗吃，小鸥看到窗台的小锅还剩下一些没倒出来呢，就知道了，妈妈大概在这里待了很长时间了。

"妈妈，你上午就来了吧，怎么不给我打电话？"小鸥一边喝着蜂蜜红果水一边问妈妈。

"打什么呀，知道你忙呢，怎么样，饺子馆的事情如何啦？"

听到妈妈这么问，小鸥沉吟了一下，喘出一口气，没直接回答。妈妈走过来，一边看着小鸥吃，一边问红果还酸不酸。小鸥舀了一勺，送到妈妈嘴边。

"还有那个开饭店的小子，那个富二代，不是说要支持你嘛，到底怎么样了呀？"

看着妈妈关切的神情，小鸥知道，自己说什么，说到什么程度，妈妈都会担心的，想到这里，小鸥就安慰妈妈说："妈妈你别着急，今天上午，我跟韩耕去了G县，看了他家的欣康健康产业园。"

"我说一大早晨，就不见了你，还以为你跑哪里玩去啦。"

"也算玩，也算参观，观摩吧，妈妈，我真开了眼了，那个地方真好呀，种菜养猪都是绿色无公害的，这还不是最重要的，韩耕爸爸说还要扩大经营规模，增加产业项目，升级改造，做一个河北省最大的健康养生疗养度假基地呢，说到时候，又有温泉洗澡，又有健康养生，对了，还说，等爷爷九十大寿的时候，他出面邀请全省爷爷的老战友，到欣康健康养生基地去疗养一阵子呢。"王小鸥起劲地描述着，说着说着，她自己都很兴奋和向往。

妈妈半信半疑地听着，等小鸥说完，妈妈忽然问："你连韩耕的父母都见面了呀，是吗？是正式的，还是……"

"哎呀，妈妈不要担心，以他的朋友的身份而已，你不要多想，我中午还是在他家的土炕上吃的饭呢。"说到这，王小鸥忍不住笑起来，又跟妈妈说起韩耕妈妈做的大菜饽饽。

"会做这个呀，看来也是农村劳动妇女出身。"小鸥妈妈猜测着韩耕妈妈的身份。

小鸥更笑，"妈妈你绝对想不到，韩耕妈妈竟然从前在他们县里一中，是教政治课的老师。"

"老师？"妈妈疑惑的表情，"你不是说他父母都是企业家吗，怎么又成教师了？"

"韩耕说他妈妈原来是教师，他爸爸一直做企业的，最早说是在县里开过工厂，别的，我就不记得了，好像是后来他爸爸企业做大了，他妈妈就过来了吧。"

"哦，那看来还挺有文化的，难怪人家韩耕还是研究生毕业，原来家里有渊源呀，真不错，看来我得以后纠正一下自己的错误认识，一听说谁是富二代，就会琢磨人家好逸恶劳游手好闲，我真错了，韩耕看来真有可能是个好孩子。"

听到妈妈终于给韩耕这个评价，小鸥忍俊不禁，"整了半天，还来个真有可能，你的评价，真够保守的。"

"那是呀，街上的孩子是谁我不管，这个韩耕要跟我的女儿在一起，我当然要多个心思琢磨呀。"

说着话，妈妈忽然想起什么似的，对小鸥说："对了，林旭回来了，你舅舅晚上请我们过去吃饭呢。"

表弟林旭出国快两年了，期间曾经回来过一次，那一次是出国仅仅半年后，大概那么快就回国就是不适应的缘故，临走还哭哭啼啼的，舅舅发怒说，不想去可以回来。结果，这次回来，期间间隔了一年多，估计应该早就适应了加拿大了，乐不思蜀了。

妈妈拌好了小菜，放进冰箱，又拿墩布擦地。小鸥洗了澡换好了衣服走到客厅，看到妈妈拄着腰歪在沙发上，赶紧问妈妈是不是累了，又埋怨妈妈，不要干这么多活，自己都学会干了。

妈妈看着女儿，怜惜的眼神，轻声说："妈妈多干点活，多做点好吃的，妈妈也高兴，看着好吃的都进了你嘴里了，妈妈能不高兴呀。"

小鸥嗔怪着妈妈，"妈妈你以后一定爱惜自己身体，记住了嘛，在郑叔叔那里也要差不多点就行了，岁数大了，要知道保养了，不能光照顾郑叔叔，保养他，记住了吗？"

娘俩一边说笑着，一边走出屋，小鸥搀着妈妈，亲亲热热地走出了干休所的大门。

路上，小鸥妈妈跟小鸥的话题自然少不了小鸥的表弟林旭。妈妈一个劲感慨这两年林旭花了多少钱这个话题，一个劲说，幸亏小鸥舅舅能赚钱，不过能赚钱自然有人能花钱，言外之意，林旭真是个糟钱机器。小鸥听妈妈说，林旭一年的花销最少40万以上。小鸥还替表弟辩解，那包括学费的。可是心里也觉得，40万元这数字听着是有点咋舌，可是，国外怎么个活法，小鸥确实想象不出来。到了舅舅家里，一进门就看到林旭，哎呀，一年多不见，怎么不仅仅看着个也高了，从小男孩一下子就变成大帅哥了，小鸥觉得，仿佛林旭从神情到穿着整个人都有了异域气质了。姥姥在沙发上坐着笑眯眯看着小鸥，小鸥赶紧过去跟姥姥说了一会儿话。看到大人们都在厨房忙活，轮不到自己插手，小鸥就跟林旭在客厅聊起来。

小鸥好奇地问林旭在加拿大什么地方留学，那地方生活怎么样。林旭告诉小鸥，自己留学的城市，叫温哥华，是加拿大第三大城市，几乎四面环水，既有现代都市的文明，更有自然的美景，怡人的气候，非常美丽。

小鸥听了，就好奇地问："那里的外国人多吗？"

林旭笑，温哥华是众多的亚裔人聚居之地，但是在当地不会有人觉得你是外国人，因此温哥华给人的第一印象就是"亲切"。林旭又接着赞美温哥华是多次被联合国评为最适宜人类居住的城市。接着，林旭津津有味给小鸥讲述起什么温哥华旅游景点呀，全球最大的城市公园，卡佩兰奴吊桥，韦斯勒滑雪场之类的，小鸥只有咧着嘴听的分儿了。看到王小鸥又羡慕又憧憬的样子，林旭就站起来，不知深浅地对小鸥鼓动说："干脆跟你爸爸妈妈商量，也来加拿大玩吧。"这个话头可把王小鸥吓了一跳。心里暗想别逗了，连想都是错，家里情况跟舅舅家两码事，可不能胡思乱想。小鸥的脑袋好不容易转回到现实，就问林旭："你怎么打算的呀，什么时候回国呀，等毕业了还回来不？"

这个话题大概也是林旭难以回答的。他开始片断地讲述在温哥华的生活，说很多次下决心，等毕业就走，一点儿不留恋这个地方，人家国，跟自己有什么关系。可是，等回了国，没多少日子，就又想回去，难道对那个地方有感情了？自己也想不清楚。

小鸥听了他的话，却在心里有了感触，表弟一个人在异乡独自生活和学习的经历，一定给他印象太深了，他以后不管在哪里生活，这段留学的经历都是非常宝贵的，因为那是个给予他成长力量的地方，他在那里开阔了眼界，找到了自己努力的目标，每天都在为自己的梦想而奋斗。从这个意义上说，他多么幸运和幸福呀。

两个孩子说着话的空当，舅妈跟妈妈已经把满桌的饭菜准备妥当了，招呼大家围坐在大桌前。虽然吃饭的情景很热闹，可是话题总还是离不开林旭。说到林旭的未来，妈妈和舅妈都兴高采烈地捧着林旭说好话，似乎留学了，以后就前景光明灿烂了。舅舅却很明智的态度说："其实出国留学是一种冒险，是一种赌博。"

舅舅的话，显得沉重了。王小鸥暗想，舅舅说的话对不对呢，也对，花了父母那么多钱，还有自己的付出，最后要有一个什么样的结果，才算有了大家满意的交代了呢。

听舅舅说完，舅妈好像是担心林旭有压力了，赶紧补话说，我们也不是期望有多高，其实出国就是为了锻炼一下，也是为了以后，既然家里有这个条件，就出国呗，没想那么多。

小鸥心里想，舅妈是安慰林旭呢，还是安慰她自己呢？她已经忘记了，当初林旭为什么出国，肯定有他们的虚荣心在作怪，林旭高考才260分，什么学校都进不去，她都忘记了。

小鸥忽然问林旭："你跟我们说说你在加拿大都吃什么吧，我对这个很感兴趣。"

林旭告诉大家，在加拿大，最多的三种餐厅就是比萨店、广东菜馆和寿司店，寿司店也主要是中国人开的。提到自己做饭，林旭说听前些年来的华人说，最难买到中国的调味品，可是现在呀，完全不一样了，超市感觉是中国人自己开的，除了标签上写的不是人民币，简直感觉是在中国超市逛呢，虽然如此，还是要亲自带点家乡的味道回去，说老干妈和涪陵榨菜丝都有，可是保定三宝没有，八宝咸菜甜面酱绝对没有见过，自己煮粥的时候，想死吃保定酱菜了，这才是河北人饭桌上的奢侈品。

大家就好奇地问，连咸菜都吃不上呀。那人家天天吃什么呀。

林旭告诉大家，也不是吃不上中国咸菜，但难见到中国北方咸菜，多数是南方咸菜甜口的，北方人吃不惯，北方人喜欢吃咸口的。当地人跟咱们不一样，他们以西餐为主，所以面包、汉堡包、三明治是主食。当地的人喜欢吃沙丁鱼和野味，偏好生吃蔬菜，如西红柿、菜花、洋葱、土豆、黄瓜等，口味比较清淡，偏甜酸，也不喜欢太咸。

林旭说自己居住的寄宿家庭，主人会把早餐和晚餐准备好，自己只需要将第二天自己的中餐前一天晚上自备好上学时带到学校。人家家里做的早餐和午餐都比较简单,早餐以烤面包、鸡蛋、牛奶为主,午餐一般吃三明治、饮料、水果,晚餐比较丰盛,会有鸡、牛肉、鱼、猪排,辅以土豆、胡萝卜、豆角、牛奶等食物。

小鸥问得仔细:"那到底哪一顿算正餐呀,好像是晚上呀?"

林旭朝小鸥竖起大拇指,说:"就好似晚餐算正餐,要大吃的,不过上午十点和下午十五点还可以用点心,吃苹果馅饼、香桃馅饼等。"

大伙顿时感叹,难怪外国都是大胖子,这么多营养,吸收进去,能不肥胖吗。可是看看林旭,却一点儿不胖,大伙就纳闷,怎么回事,中国人吃外国人的伙食,也不长肉呀。

林旭笑,"你们以为我天天吃大餐呀,我不喜欢吃西餐,经常自己做中餐吃,我可以用人家的厨具的,我自己会包饺子吃,韭菜馅的,同学来了,不等我吃,他们就抢光了,说好吃死了,一看饺子就泪水哗哗的,就特想家。"

舅妈一听这话,眼圈都红了,好像儿子在外头遭罪了一样,赶紧说:"喜欢吃饺子,就天天到超市买饺子吃呀。"林旭却说:"在加拿大,所有中国食品的价格都很贵,因为饺子都是手工包制而成,成本较高。所以呀,自己总是买点面粉,回到住处后自己动手包饺子,既经济又实惠,招呼几个中国留学生来,周末的时候大家聚在一起,包饺子很是增添生活情趣。"

林旭的话又叫大家开心起来,妈妈就插话说,林旭好好干,等将来接你妈妈去加拿大养老。林旭就傻笑说:"那我得很多年以后呀,我要赚很多钱呀,才能跟妈妈说这个话呀。"

大伙儿又问到华人在加拿大生活的情况,林旭就讲起自己以前的女友在温哥华一个华人家打工做保姆的见闻,说那家就一个中国女人,很年轻,一个人住一栋三层楼的豪宅,门外都是花坛环绕,那女人天天一个人在家里穿着真丝刺绣的衣服溜达,说家里有钱死了,连豪宅大门都是朱漆的,家具都是红木的,满墙都是名画,满屋子金碧辉煌的,可惜呀,一个亲人都不在身边,老公在国内,儿子在英国。每隔几天就有从国内快递过来的各种小吃送来,可是,就觉得她的生活那么空落落的。

小鸥听了这话,感慨地说:"怎么感觉她怪凄凉的呢,还不如回家来,一家子团团圆圆在一起,热热闹闹吃韭菜馅的饺子呢。"

大家也跟着议论起来，小鸥妈妈说："没有家庭气氛，吃什么都不香甜。"舅妈说："再有钱，也不幸福。"舅舅说："这简直是含金的留守人，精神上的苦痛更是双倍的，身在异乡，谁知道她们心里的孤苦呀。"

姥姥忽然打断大伙，冲着舅妈催促说："赶紧煮韭菜馅的饺子给我孙子吃呀。"

大伙听了姥姥的话，都笑了。

看着全家人乐融融的喜庆场景，回味着林旭给大家讲述的留学生活的酸甜苦涩，王小鸥感觉自己今天如同上了一堂很重要的人生课。虽然自己眼下的生活，跟林旭的生活风马牛不相及，但却叫她感慨颇多。

27

下了楼，小鸥挽着妈妈到了路边，问妈妈走着回去还是打车，妈妈说走吧，说会儿话。可是，不知何故，妈妈却不说什么，还闷闷不乐的。小鸥想起在舅舅家里的时候，妈妈看上去还挺欢喜的，怎么一离开人家，立刻就晴转阴了呢，忽然想起今天从下午见到妈妈，她一直没提起郑叔叔，还说上午就过来了，还不给小鸥打电话，小鸥心里忽地担忧起来。

小鸥就忍不住问妈妈："妈妈，郑叔叔呢，你没有跟郑叔叔闹矛盾吧。"

"你看出什么来啦？"

"没看出什么，真的闹矛盾了呀。"

"哎，本来不想跟你说，心里也是堵得慌。"

接着，小鸥妈妈就跟小鸥说自己一早跟郑然吵架了，因为他女儿郑亮要出国的事情。小鸥知道郑叔叔的女儿郑亮一直在北京，但是去年就已经毕业了，先是说要去某旅游网站应聘什么旅游体验师，后来又说要考研究生，再后来又改成想到国外读研究生，所以听说她一直在北京上新东方，跟同学在北京租住了地下室过着北漂的生活。由于没有工作，一直靠郑叔叔每月往卡上打钱维持生活。

小鸥妈妈起初跟郑叔叔结婚的时候，没有预想到这个在北京上名牌大学的继女会成为家里的经济负累，因为那时候，郑叔叔一提到自己的女儿郑亮，那个自豪就甭提了，简直是叫小鸥妈妈很自卑，动辄提起郑亮自己去过丽江、西藏、新疆，虽然都是孩子花钱过瘾的差事，却叫郑叔叔形容得很伟大很非同寻常，以至于郑亮只会煮方便面这件事，都显得比什么饭都会做的王小鸥大气脱俗。

小鸥轻声问妈妈："郑亮上的是好大学，她自己基础又好，应该能去成，她英语肯定不成问题呀，你们吵架为什么呀？是因为不愿意她去吗？"

"不是，你糊涂呀，肯定是为了钱呀，现在重新组合的家庭什么是问题呀，就钱是问题。"

"好像如果自己考上的，有奖学金，不用花家里多少钱的，跟林旭那种自费的不一样的。"

"一样不一样，也要花很多钱，明白吗，办手续，交押金，学费好像少了，可是别的呢，生活费呢，人家美国还管吃管住呀，不可能呀，你想想吧，爹妈在中国赚钱，维持她在美国花销，这不是要我们老命呢吗？"

"那郑叔叔什么意思？"

"别提啦，人家说了，孩子没妈了，够可怜的啦，不能叫孩子受任何委屈，只要有要求就得满足，何况是学习的要求，孩子一点儿毛病没有，就是爱学习，所以，做家长的就必须全力以赴。"

小鸥听妈妈这么说，觉得只能劝慰妈妈，"我觉得人家郑叔叔说的有道理，郑亮学习好，有机会出国就出国呗，也许以后前途更宽广呢，听郑叔叔说话这劲头，也是打定主意了，你就顺着他吧。"

"小鸥，话说着简单，你知道这一切意味着什么吗，意味着家里所有的钱，老郑那点积蓄，全光，我们连养老钱都先垫上了，这算怎么回事呀，我不可能心理平衡，你说要开饺子馆，我说给一万，结果老郑含含糊糊，我一胆小，话都不敢说了，他可好，说给他女儿办出国，全部家当都掏出来了，我气死了，早上吵架，我一生气，从存折里取出两万，对了，你记着回去自己找找，我在茶几茶叶盒子下头放着呢，一个信封，我给你的。"

"什么，妈妈你给我放了钱呀，刚才咋不说呀。"

"刚才没心思，管他呢，他女儿愿意出国就出国，反正钱他自己掏，以后各管各，我也不操心他的事了。"

说着话，到了裕华路长荣小区，妈妈停住脚步，对小鸥说："记着，别告诉你爸爸这些事，我给你的钱，他给你的钱，都放好，用在有用的地方，开饺子馆的事情，不管自己干还是跟韩耕合作，都多长个脑袋，什么事过过心，明白我的意思吗？”

小鸥点点头。

回到家，一肚子心事的王小鸥怎么也睡不着，脑海里翻来覆去，是舅舅舅妈因为林旭在加拿大花钱叫他们一天到晚心急火燎的神情，还有妈妈跟郑叔叔也是因为郑亮要花钱出国才吵架。小鸥此时看明白了一件事，那就是看似光鲜的孩子出国留学背后，父母心上身上所经历的真实的一切。幸亏自己没那么大的志向，从来没有幻想过，这么说也过分，自己也没那福气，爸爸妈妈离婚了，连有个团圆的家都是奢求了呢，还敢想那么不着边的事？

就又不由得想起韩耕跟自己说的，他爸爸也想叫他出国，只是他不想去而已。韩耕为什么不出国呢，这个当时韩耕顺口一说的话，此时忽然叫小鸥很新奇。是呀，他家里也有条件，说走就可以走，跟林旭似的，在加拿大受点洋教育，开几年洋荤，等回来了，还有洋资本，小年轻，一说去过好几个国家，多牛呀，羡慕死多少妹妹呀。

小鸥想替他找个理由，但是找不出来。想了一会儿，憋不住，就给韩耕发了一个微信。先跟韩耕说：加拿大留学的表弟回来了。然后又说：你怎么没想过去留学呀。

韩耕看到小鸥发过来的微信，先是说，加拿大留学的呀，不错不错。等回答小鸥第二个问题，却极其简单：爸爸叫我去新西兰，不叫我去加拿大。

小鸥就噘起了嘴，觉得韩耕不诚恳回答问题，是在开玩笑，就说：“问你真话呢。”

韩耕不耐烦发微信了，打过电话来，问小鸥：“你受刺激了吧。”

“是的，受了点，今天见到我表弟，从温哥华回来，他在那里待了两年。”

“你挺羡慕吗，这不是问题呀，出国玩，我们以后有机会随时去，不用羡慕他们。”

“他们那么小就出去了。”

“什么都不懂，白耽误时间，我就不去，我喜欢在国内，还是国内舒服。"

"舒服，是个啥概念？"

"就是随心所欲的意思呀，等以后，我们做成点事情了，想出国那不是小菜一碟呀，还用像他们那么费劲，花父母的积蓄，出去充大款，其实傻子一样，有嘛意思？等有一天，我们出国，花自己的钱，那多仗义，对吧？"

王小鸥使劲点了点头，心里已经非常认同韩耕的想法，是呀，我们已经叫父母承受很多负累了，心疼一下他们吧，看看他们两鬓的白发，叫父母喘息喘息歇会儿吧。想到这里，王小鸥打断韩耕的话，口气坚定地说："韩耕，我已经想好了，不叫你父母投资了，我们自己做吧，我想过了，我们去找优木谈合作，这实际是一个双赢的项目，他们应该认同我们的设想，当然，就看人家怎么考虑的，不过，不尝试一下，更没有任何可能了呀，对吧？"

"你的意思，是跟优木合作开发商业街，可是你明白吗，怎么合作，都需要前期投入的，只是钱多少的问题。"

"我明白，白天你妈妈怎么说的，记得不，你妈妈点你呢，我可记住了，她说，靠父母的财富，那是被动的付出，要积极主动地付出，实现对自己最大程度的支配，还说，叫你尝试像推销你的饭菜那样推销你自己。"

"我妈妈就会绕着花样说话，我明白她的意思，她就是想说，别花家里的钱，自己出去拼搏去，那才算真本事，这就叫文化人，什么事什么话不直接说。"

"直接说不直接说没问题，道理咱们明白就行，对吧？"

"说了半天，反正没钱，没钱怎么整，我可没想过。"

听到韩耕好像情绪受了影响，小鸥就想：今天别说了，也许他想不通呢，他想好了叫家里投资的，自己这么一说，他可能不好接受。可是自己这么想，是不是也不太现实呀，是不是在做美梦呀。

越想，小鸥心里越放不下，越睡不着，翻过来倒过去，琢磨来琢磨去，到了最后，是打定主意了，做最大的努力说服优木一起做商业街项目，如果一切不可能实现，那么好了，爸爸妈妈给这5万元，就是自己创业的全部筹码，饺子馆的干活。

再说韩耕那边。

送回王小鸥，韩耕先开车到老韩家家常菜馆看了看，叫副经理还有会计把全年的账目拿来，又仔细看了看最近的流水进账情况，看了一个多小时，他心里有了谱。然后就赶紧开车回欣康。几个工人开着小货车，又送来了两个大缸，妈妈正在院里忙着腌雪里蕻咸菜。

看到韩耕回来，妈妈有话要说的样子，跟着韩耕进了屋子。韩耕问："妈妈爸爸走了呀。"妈妈说："下午还有事情，说跟区长要去县里找县长汇报呢。"

韩耕就问："什么事要跟县长汇报呀，是我们打算扩大经营范围的事，还是想在开发区征地的事呀？"

妈妈笑了一下，回答说："那不就是一个事情呀，目的是啥，动机是啥，看怎么说呗，结果都是一样的。"

韩耕一听，心里明白了大半，对妈妈说："看来你们主意已定，我的事情，你们不打算支持了，对吧？"

妈妈看着韩耕，似乎在思忖着，看韩耕情绪很低落，想着还是要安慰他，就说："不是不支持你做事，是因为你这个事情，不怎么靠谱，我们根本没闹明白咋回事，你就要我们给你投资，你想可能吗？做家常菜馆那个事，我们为什么那么痛快，是因为我们觉得做这个事还是可行的，是个小事情，可是，你现在想做的事，不是小事情了，很大了，你知道吗？"

"哪有那么严重，是你们把问题考虑复杂啦，我自己不觉得是个问题，做老韩家家常菜是开一个饭馆，做一条商业街就是开几家饭馆，或者，多种经营，比如有餐馆，有咖啡馆之类，都咱们自己做肯定有点忙乎不开，我们要招商经营的，这是肯定的，但是开头肯定要我们自己开，整条街的商业动态，经营方略理念当然需要我们首先有个总体把握，等商业态势商业街特有的风格形成了，自然无论地段还是方位都会有升值，这就是我们未来的盈利空间。"

"我理解你的想法，但你的设想仅仅限于空想，既没有有理有据的理论来说服我们，我们更担心实践经验的缺乏会叫这个事情受挫，一旦这个事情半途而废，就必然叫我们遭受不必要的损失。"

接着妈妈反复说，如果真的要做这个事，不是一时冲动头脑发热的话，就不要急于求成，先做市场调查，然后试着跟优木接触，看看对方的态度，同时，做一个可行性报告出来，做成做不成，在脑子里先把这个事情从头到尾想一遍，也许，事情的发展会有另外的结局也不一定。

韩耕默默点头，算是听明白了妈妈的意思。妈妈看韩耕的神态缓和了，就赶紧转换话题，问起王小鸥的情况。

妈妈说："这个女孩很老实，挺懂事的，看来家教不错，她不是也说了，爷爷是老革命，父亲在医院当处长，家庭地位不算低，长相也挺好，韩耕，我看这个女孩将来可以进咱们家门，做我的儿媳妇，我还是挺喜欢的，你自己的意思呢？"

韩耕听妈妈夸奖王小鸥，故意扭着她的心劲说："你咋不问学历呀，不问工作啦，家里经济情况呀，有钱没有呀，以前你不是最关心这个吗？"

"我当然还是关心呀，等着你说呢，大学没问题吧，大专也行，好像没有工作是吧，要不，怎么跟你一起张罗着要弄什么商业街呀。对了，说到家里，她爸爸好歹也是个处长，医院的处长，应该收入情况不错，她家里能不能投资呀。"

"开什么玩笑，她家又不是做生意的，她爸爸就是个医院的小官，既不是院长，又不是主治大夫，老有人给红包，他哪儿来的钱呀，就是能受点贿赂，无非也就是个烟呀酒呀啥的，没什么大钱的，甭想，肯定的。"

"那如此说来，这个王小鸥的家庭也就听着好听，其实家境一般，对吧，你说得对，不然，连个像样的工作都没有呀，她爸爸也是，这么大的闺女，怎么不找找人给找个好工作呀，就这么在街上晃，遇见坏人就惨了。"

"咋叫遇见坏人呀，这不是遇见我了呀，我是坏人呀？"

妈妈呵呵笑起来，说："那倒也是，这么好的闺女，要是落咱们家手里，咱们家也算拣了个便宜，你也算是好命了。"

"那你还不支持我们自己创业？"

韩耕的话题又转回来，妈妈就语塞了。

其实，韩耕已经在心里又有了打算。如果不能说服父母给自己投资，他打算把老韩家家常菜馆盘出去，会有几百万资金回笼可以作为先期投入。但是，确实妈妈说得对，优木方面怎么考虑的，那是人家的地盘呀，人家如果坚决不跟自己合作，或者已经有人家自己的打算和构想，自己也就等于剃头挑子一头热了。优木老总对待未开发的优木广场的未来是怎么打算的，他还真是一无所知。

28

韩耕起初没有把做商业街的想法想得很完善，并不是因为他过于想当然，而是他的思维的惯性使然。其实，他心里一直期望得到父母的支持，就是因为，一旦成为家族项目，自然父母会用心，他也不用费那么多的周折。现在看来，有些意外，自己的想法，有点落空。韩耕懊丧的更主要原因，除了父母不支持的打击，自然还有已经跟人家王小鸥吹出大话来了，仿佛自己家多大架势，自己说话在家里多么有分量，现在，很轻松地暴露了自己的软肋。也不知道王小鸥怎么想的，自己这事闹的，有点露怯。就想跟她说点什么，可是，有点挠头，说什么呀，既然没结果，也没法说出什么所以然来呀。虽然自己有心思把老韩家家常菜盘出去，但是，韩耕也清楚，那几个钱，不够挖土石方的，还有，父母肯定生气，不同意的，还会斥责他胡闹。正在愁眉不展呢，忽然电话响了，正是小鸥打来的电话，说她在展览馆，叫他快些过来。

韩耕有点摸不着头脑，到展览馆干什么呀，这个时候，还有心思看展览呀，什么意思呀。可是，听电话里王小鸥急切的口气，韩耕还是觉得有什么事情，就赶紧驱车前往。

远远看到王小鸥站在展览馆的高台阶上朝自己招手，韩耕停好车，朝王小鸥奔去。就看到小鸥看到自己露出的欣喜的神情。韩耕没看出女孩什么异样暗自心里踏实了一些。

小鸥赶上前，扭身指着展览馆墙上的海报对韩耕说："你瞧瞧，恰好这里搞这个S市未来二十年城市建设规划展望呢，赶紧叫你过来，一起看看。"

韩耕皱起眉头，嘟囔了一句："跟我们有什么关系，未来二十年，肯定都类似理念呀之类，都是空洞的幻想吧。"

"不是呀，我们不是要搞商业街吗，这有呀，对我们有启发呀。"

这句话叫韩耕来了兴趣，他加快脚步，跟上王小鸥进了大厅，大厅除了墙上挂着很多示意图之外，桌子上还有一些标明了很多地标建筑的模型，此外文字介绍也很详细。

两个人情不自禁地在巨大的模型前停住了脚步，因为那上面果真有多处商圈的标志，这叫两人来了兴趣，两双眼睛使劲在上面搜寻着。可是看到的知道的，确实是已经在目前已经较有名气的业已形成的商圈，比如东购商圈，北国商圈，万达商圈，东胜商圈等，虽然还有几处，表明尚未建成，但是，人家上面写着已经达成协议，未来5年如何如何。比如位于城市东南部的嘉和商圈，那上面说预计投资多少亿，市政府早已经跟商家达成协议了。

嘉和商圈的介绍文字详尽，说要给S市再造一个市中心，各种效果图尽情展现了未来属于这一隅都市的繁华，有大型商场，有步行街，有星级酒店，有写字楼，有公寓，有影城，还有规划合理的街道，停车场，绿地建设，虽然面面俱到，却觉得是有机组合，有动有静，既有消费娱乐的功能，更有促进经济，文化活动与城市互动的功效，显然一旦嘉和商圈做成，它对整个城市的风尚都会产生不可小觑的影响，这显然是做商业的人最渴望的文化层面上的效果了。

两个人驻足嘉和商圈展示栏前，从图景到模型再到文字介绍，不由自主地看入了迷。那上面的很多文字介绍，韩耕觉得既新鲜又有品位，很有收获，一边看，一边跟小鸥交流着。

嘉和商圈介绍了商业区域与零售商圈概念的不同，特别强调交通的便利对这一概念的特别意义。小鸥就对韩耕说："你得考虑到，不管怎么说，目前来讲，东开发区还是交通不便利的，这确实是瑕疵。"韩耕就一边看着墙上的文字，一边打趣说："自然，有了轻轨或者地铁当然好了，可惜，这里写着，未来二十年呀。"

两个人看到地理区域这个概念，上面提到顾客背景以及顾客流动性等因素，又禁不住讨论起来。

韩耕问小鸥："你觉得这个城市的大多数人，主要的购物休闲娱乐，还是一定会选择越热闹的地方越好吗？比如国际大厦一带，比如北国商城一带，不管买什么，干什么，去了就不白去，你觉得他们会有这样的感觉吗？"

"我觉得还是看消费人群的层次吧，看年龄，看消费能力什么的，绝对不是什么人都喜欢去这样的地方，我觉得很多人也习惯去社区周围的小超市，有的人只去菜市场，从不去北国商城的。"

"那是自然，大妈大婶的，不喜欢乱花钱，肯定不属于咱们所说的消费人群，咱们说的是都市白领们。"韩耕笑着说。

王小鸥一本正经地说："你要是说上班族，人家这个地方也很适合，这么多高级写字楼，办公区域的人群不少呢，应该是主要的消费群，最叫我认可的，是人家的巨大停车场，叫开车的人可以任意停留很久，这就可能带来更多的消费，绝对比多交2元停车费获得的利润值高无数倍。"

韩耕也深有同感，说："大商人就是有大眼光，难怪人家说，眼界决定境界，境界决定高度，感慨呀，顾客逗留时间越长，消费的概率越大，为什么很多商家忽略这个，光知道多收几元停车费，幸亏，我们老韩家家常菜不要停车费。"

小鸥就笑，说："你的意思是说，你的顾客待的时间越长，越耽误下一桌顾客来吧，奸商呀，恨不得点了菜不吃就走才好呢，你是不是有的时候心里这么想过？我就想，要是开小饺子馆肯定不存在这个问题，人家吃了饺子就走，不会刻意多停留的，多停留也没意义，就是多喝一碗饺子汤而已。"

话题因为说到韩耕的饭店，王小鸥就不由自主提到了饺子馆，提到自己起初打算开饺子馆的时候，自己就曾经想过在校园周边开，思量着以学生和收入一般的上班职员为消费群体，只是后来，辣道的老总提醒她，一样很辛苦收入不会很高，叫她一直以来这个念头打了点折扣。此时，王小鸥开饺子馆的念头忽然又冒出来。可是想到韩耕希望家里投资的想法已经受挫，她有点不好意思把话题绕饺子馆那上面去。

韩耕却不在意，接着她的话："其实在学校边开饺子馆最担心的是寒暑假，你明白吗，就跟游乐场周围一旦到了冬天，生意很惨淡一样。"

王小鸥听到韩耕这么说，看着嘉和商圈效果图那些林立的高楼，忽然感慨地说："今天我看到这一切，心情受到的触动有点不同寻常，我们以前是够幼稚的，看看这些图景，看看这些高楼的背景，都市霓虹，夜景璀璨，说明什么？"

韩耕明白王小鸥的感慨，知道她的意思是，看看人家嘉和是什么实力，现实点，我们没有这个能力，完全是可笑的空想。可是，韩耕觉得王小鸥的想法偏了。他拉着小鸥走到外面的休息室，要了两瓶水，韩耕对小鸥说："你看了这些，受到很多有益的启发没错，是不是也受了不良刺激了？"

小鸥叹了一口气，看着韩耕，索性直接说了："我越看，越觉得我们的想法不靠谱，越觉得我们的想法跟现实有距离，不仅仅是你家里不投资那么简单。"

韩耕不说话，转身拉着小鸥找个地方坐下来，说："我却不这样想，真的，看了嘉和这些资料，我反而得到很多新的启示，城市的发展，不仅仅需要这样类型的，这样豪华尊贵的商业主体之外，城市的消费群还会向往次要的，边缘的，有特色的商圈，我是这样想的，我忽然想起不远处的广安街地下，叫作城市中心线，是商业地下一条街，我就觉得很成功，你去过没有，很多人呀，不错的，就是一个中档商业街成功的典范，不高级，不豪华，但是有广大的消费群体，这不就足够了吗？有特色，就足以吸引自己的消费群。"

小鸥站起来反驳说："可是，你忘了呀，它有优势的呀，国际大厦周围呀，城市繁华聚集区域，周围庞大的消费群呀，随便一溜达，就到了的地方，可是，优木广场就不一样啦，周围人迹罕至，人烟稀少，距离城市中心那么远，哪来的这么大的消费人群聚集呀？"

"我的立意是，就朝着建成一条边缘化的，有自己主打特色的商业街区，我们的顾客，就是忠诚度很高的，也许是临时起意，因为听说，就特地过来消费的，你明白我的意思吗？"

小鸥看着有些激动的韩耕，不由得脱口说："我明白你的创意，可是那样的风险，不是更大了呀？"

两个人走出展览馆，此时已经是中午，韩耕看到对面的中心线大字标志，忽然心里一动，对小鸥说："走吧，正好，领你去吃个大排档，在前面。"

下了通往地下的电梯，两个人穿行在热闹非常的地下小吃街里，人真是很多，很多小吃前挤满了人，年轻人很多，几乎没有空余的地方，小鸥有点兴奋，跟着韩耕，一家家看着，多是各地特色小吃，很便宜，而且所有摊位都很卫生干净，一个人花十几元就能吃饱。

终于两个人要了两份韩国泡菜拌饭，找了座位，坐下来，小鸥一转身，看到身后就有热奶茶，又要了两杯，递给韩耕。

韩耕就问小鸥："喜欢吗？"

小鸥吃了一口热腾腾的韩国拌饭，别说，很地道，尤其韩国泡菜的味道极其正宗，酸甜脆还不很咸，真的感觉很好吃，就笑着点头说，还行呀，我喜欢吃。不麻烦，还可口。

韩耕环顾周围，说："这周围喜欢在这里吃饭的，都是跟你一样想法的人，正好，这里也都是聚集了这样的饭菜，又好吃又便宜还有特色，这就是与众不同的吸引力，这就是非比寻常的竞争力。"

"这倒是，不过呀，我觉得，还是吃的品种少，选择性不大，样式虽然很多，时间长了，可能就会觉得没得选择了。"

"可是来这里的人，一般没有更多时间选择的，很多人就是一顿简单填饱肚子的便餐而已。"

"那商家不应该仅仅考虑到一顿便餐，真的，可以不断地采取一些经营策略，增加吸引力呀，谁不希望使劲赚钱呀。"

"咋没有，人家也做外卖的，我认识好几家呢，还有做团购的，都在想办法呀。"

吃过了饭，他们沿着地下小吃街走到地下商业街地段，两个人手拉手，很甜蜜地在中心线地下商业街的各类店铺间转悠了一个遍，像是一对无所用心的小恋人。王小鸥竟然没有来过这里，感觉很新鲜，进了一家经营情侣档衣饰的小店，两个人选了一对宝石蓝的毛线帽子跟手套，都戴上了，还互相做着鬼脸，都仿佛忘记了搁在心里的事情，就是两个无忧无虑的孩子。

看着韩耕高兴，王小鸥忽然就想把自己内心的想法都说了。她拉着韩耕坐在地下长廊的椅子上，思忖了一下，就说了想说的话。

小鸥说，那天见到了他的父母，很高兴，一下子，仿佛自己长大了很多，韩耕的父母真不容易，那么大的产业，这许多年，操心费力，可以想象付出了多少辛苦。以前自己未曾这么替别人想过，真的，不知道为什么，见过他们以后，有了恻隐之心。

韩耕就问什么恻隐之心呀。

王小鸥就说，觉得他们创业的过程一定相当艰难，再想到你说希望他们投资的事情，我就觉得，咱们确实有点欠斟酌，欠思量，再说，你爸爸不是也说了，家里有下一个步骤的计划，扩大经营规模在经济技术开发区征地的事情，都很紧迫。

韩耕有点耐不住，问小鸥："你直说吧。"

小鸥就大胆地说了："我的想法是，我们理智点，也换个思路吧，我的想法是，我们的商业街计划暂时停止，因为我觉得，就目前来讲，时机还不成熟，条件也不具备，你的家里，其实更需要你，你应该回去帮助你爸爸，那天你爸爸一说欣康的健康计划，我就被打动了，真的，很羡慕，而且我感觉也是个良机，开发区领导又支持，这也是你的责任，更是你们家族发展的一个契机。再说到我自己，我也已经想好了，就如期实现我开饺子馆的美好愿望，积攒力量和经验，会有机会的，有一天，我们的商业街计划一定会实现的。"

韩耕轻声问小鸥："你是因为对我失望了吗？"

小鸥摇头，说："我怎么能那么不懂事不理智，你家里的一切，你爸爸妈妈说的话，我都听得很清楚，也很认同，他们说得对，也很有眼光，我们应该跟着他们长经验，长见识，这是别人都不可能遇到的机会，我们怎么能不珍惜呀。说到我，你放心，我有心理准备，我不是跟你说过多少遍了，我想开一个饺子馆，就叫作'青春饭一号院'，你忘了吗？我还是很喜欢，如果我做好了，就按照你的意思，开到'青春饭十八号院'，直到有一天，这一切都做成了，所有想做商业街的经验，估计我们都已经积累全了，那个时候，再做大事业，肯定就顺理成章了。"

韩耕握住小鸥的手，心里为女孩的善解人意而感动。他知道，小鸥的话是为了驱散他心里的愧疚，叫他心宽，不要他因为不能投资而心怀顾虑和不安。韩耕努了努嘴，终于点头表示认可，但是，仍然还是补充了一句，我给你投资十万元，算我的股份，年底要分红的，你看行吧，不过我保证不插手你的饺子馆的经营，去吃饭，也要付款。

王小鸥呵呵笑起来，声音响亮，韩耕风趣的回答，叫她心里一下子豁然，她高兴地与韩耕击掌，好的，一言为定，亲兄弟，明算账，做生意上的好伙伴！

忽然的，没有任何预知的，韩耕冲动地上前拥住了王小鸥，耳朵在她脸颊边，轻声呢喃了一句什么，局促扭怩的王小鸥唰地红了脸。

韩耕说的话是，王小鸥，我爱你。

29

因为韩耕这么火热的一句话，王小鸥顿时感觉好像有什么东西在鼓胀着自己的心扉，心似乎被压迫到了，刚才还说话有条不紊条条是道的，就跟脑袋被什么撞了一下似的有点晕乎，然后，也不好意思看韩耕的眼睛，也说不下去话了。

女孩思维那么一瞬间的短路，眼神的慌乱躲闪，神情的羞涩紧张，韩耕看得一清二楚，直觉告诉他，此时应该奋勇直追，于是，一直彬彬有礼的韩耕忽然没了戒律全然不管身后还有人，就索性上前紧抱住王小鸥，试图亲吻她。小鸥扭脸，可是没有逃避得了，韩耕的嘴唇已经触碰落到了女孩的脸颊。

那么近的距离里，王小鸥看到了韩耕黑亮眼睛里的温柔。非常奇妙的感觉，就是忽然就觉得眼前的这个男孩亲切而迷人，王小鸥有些情不自禁，而眼前的男孩越发鲁莽而冲动，他已经捉到了女孩的嘴。这很可怕。亲吻的时间并不很长。可是改变了两个人之间的关系，他们似乎从现在起，从普通朋友转向了亲密关系。还不够吧，韩耕忽然站起来，拉着王小鸥，朝中心线的门口快步走去。

韩耕紧张的脚步，传导给了小鸥，叫小鸥警觉起来，她一边被他拉着走，一边试图挣脱，也加快了脚步，心里愈是慌乱起来，等两个人上了电梯，韩耕也不说话，只顾两眼朝前，手紧拉着小鸥的手，攥得小鸥的手都疼了。

中心线东南电梯出口上方马路边就是一家快捷酒店，蓝黄色的标志很醒目，从前王小鸥从没有觉得这颜色刺眼，此时，这颜色刺激到了她，她告诉自己应该赶快逃遁，或者，或者什么呢。可是小鸥觉得自己没有足够的力量拔腿离开，于是，她寄希望于韩耕。

而韩耕已经毫不犹豫地朝那门口迈开了脚步。

直到进了房间，眼看着韩耕锁上了门，王小鸥终于完全清醒了，理智也回到了她的身上。可是，看着韩耕热切的样子，王小鸥既紧张又犹豫，她环顾四周，本能地寻找可以用作庇护自己的东西，可是屋子很清爽，多余的物件一件都没有，她顺手打开电视，一边尽可能地不显慌张地假装挑台，一边问韩耕喝水不。

韩耕却就想拉她到床上去。王小鸥顽固极了，坚决不过去。撕扯半天，两人都气喘吁吁，王小鸥只能妥协一步，坐到床边，说不许动我。韩耕先是答应，然后伺机动手。几次难以得手，王小鸥终于不再抵抗，却突然垂下头，低声抽泣起来。这下，满怀激情的韩耕的热情冷不丁一下子减退了不说，还以为是自己的莽撞伤害了女孩的自尊心，连忙道歉讨好。

王小鸥默默站起来，韩耕以为她要离开，连忙先跳到门口，一连声说绝对再也不敢造次。却没想到王小鸥是过去给两个人倒水。看到王小鸥忽然的镇静，韩耕有些意外，不知道小鸥要做什么，呆呆地看着她端着杯子走到自己身边坐下。

小鸥温柔地看着韩耕，说："我不是拒绝你，你没理解错吧。"

韩耕听了，没说话，接过杯子，喝了一口说："你想叫我怎么理解，你劝劝我吧，不然我真不理解。"韩耕不阴不阳地回话。

小鸥不在意他话语里的不满，轻声对韩耕说："你说你爱我，我信。"小鸥稍微缓和了一下口气，又说："我也爱你，不知道你信不？"

韩耕听小鸥的口气很真诚，就直直地看着她，等着她说下去。小鸥努着嘴，似乎在下决心，呼出一口气，王小鸥自己咬了一下嘴唇，说："我都跟你说了吧，其实我很多事情瞒着你，你还不知道呢。"

"我不知道什么，你瞒着我什么？"

韩耕有点好奇了。

"我的家庭，我出于虚荣心，没有说过呢，我的父母离异了。"

是呀。韩耕不以为然的表情。

"还有呢，我爸爸再婚了，我妈妈也再婚了。"

"呵呵，不错呀，都有新归宿了，都挺想得开的。"韩耕仍不以为然。

"还有，我爷爷的事。"

"你爷爷？你爷爷有什么事，不是老革命吗？骗我的呀，没事的。"

"什么呀，胡说，我爷爷当然是老革命。"

"那你想告诉我什么？"

"可能以后我要管爷爷，因为爸爸妈妈现在都不在家里边，都住对方家里去了。"忽然间，不知道什么缘故，王小鸥一阵心酸，眼泪扑簌簌滚下来。

看到小鸥在哭泣，韩耕一下子也红了眼圈，赶紧安慰她，"你说的话，在我这儿都不算个事，只要不是你已经爱上别人，或者跟谁已经结完婚了，你说什么，我都愿意听，愿意扛。"

"真的吗，你愿意以后跟我一起养我爷爷吗？爷爷很老了，但是一点儿都不麻烦别人，他自己住一套房，是国家照顾他的，当然，为什么我家能住在干休所，也是因为爷爷的特殊身份呀。"

"原来你家是这种情况，那天我说跟你去你家看看，看你吓的，难怪呀，我还以为是怕你爸爸妈妈看到我呢，却原来本来你就一个人在家里呀，原来那会儿就知道防备我，我也认了，可是，现在，你也这样，真够呛，都什么年代了，不知道是同居时代呀，连'50后'的人都比你开通。"

"才不是呢。"小鸥反驳，"你说的肯定都是家里是男孩的父母，家里是女孩的父母肯定不愿意。"

小鸥想起自己的父母，不由得叹了一口气。

韩耕看到王小鸥在叹气，就问："你为什么叹气呀，还很发愁的样子，是因为你的父母吗，怎么啦，担心他们看不上我呀？"

小鸥哼了一声，却不知道跟韩耕怎么解释才好，家里的情况太复杂啦，以前自己竟然没有感觉得到，这也真是奇怪，现在，看着韩耕等着自己回答，她只好摇摇头。

韩耕不明白，还问："咋啦，什么意思？说清楚呀，怪着急的。"

王小鸥就说："不是父母的问题，是自己的问题。父母会尊重自己的选择的，最关键的还是自己。"韩耕就很放心的神情，索性一伸腿直直地平躺在大床上，也不看王小鸥，就自顾自说开了。

韩耕说："可以听从王小鸥的建议，看看父母那边的动静，到底有多大，如果是玩真的，又上项目又征地的，也没的说，但是，早晚，商业街的事要做，还有，一会儿就去银行给你转账，你想练练手，也行，就弄个饺子馆玩吧，等玩得差不多了，估计，我那商业街计划也有点模样了，到那时候，你再回来参与，也来得及。"

王小鸥就说："你倒是一点儿不死心，我还有一点儿私密情况没告诉你，现在可以说了，其实我继父，我没跟你说呢，他在报社上班，以前就是优木老总的同事，年轻的时候，是很好的朋友，可以靠这层关系，我们去跟人家优木老大见面联络上，看看人家关于优木广场的规划设想还有商业构想如何，至少可以接近人家探听到人家的意图。"

韩耕冷不丁起身，推了小鸥一把，笑说："你也学得深沉了，一会儿透露一点儿，一会儿透露一点儿的，你还是不信任我咋的？"

王小鸥笑，说："咋不信任呀，你都成我投资人啦，我哪里敢不信任你呀？"

"成投资人能证明什么，只能证明我俩的关系仅限于冰冷的金钱关系，对吧？"

"难道你认为，因为你投资给我了，我俩的关系反而远了呀，要是真那样的话，还不如不投资呢，现在不是也挺好吗？"

韩耕听了王小鸥的话，坐了起来，面无表情地看着她，"我怎么觉得你说的话，有点吃凉不管酸呀，你说的话把我弄的特没劲，靠近你吧，好像我不正经很轻浮很不负责任，给你投资开饺子馆吧，你又说咱们俩的关系就是冷冰冰的金钱关系，我有病呀，满大街找人给人钱非要给人家投资，然后叫人家嘲讽一顿，我图啥呀。"

听得出，韩耕真有点不高兴了。

王小鸥知道韩耕误解自己的话了，赶紧拉住他的手，试图解释，小鸥说："我是那满大街上都能找到的人吗？你啥意思呀？"

"我的意思，就是你以后会成为我的老婆，我啥意思呀，我没别的意思，是你多想了。"韩耕气咻咻地说。

小鸥望着韩耕，轻声说："那是以后的事。"

"多以后，给个时间。"

"适当的时候。"

"现在就是适当的时候。"

"等咱们基本能结婚的时候，就是适当的时候。"

"现在就能结婚。"韩耕忽然翻着眼睛，口气很坚定，盯着王小鸥，又说："我就看着你说，省得你说我不负责任，我可以闪婚，你呢，能接受吗？"

"天呀，胡说什么呀。"

韩耕甩开王小鸥的手，"瞧瞧，关键时刻，掉链子的绝对不是我，你信不？"

"你这样说话，叫我很被动，不知道如何是好，真的，我完全没有任何思想准备的，你是胡说呢吧。"

韩耕跟真事一样，站起来，走到小鸥的一边，单膝跪下，就要做求婚状，吓得小鸥赶紧拉他起来，说："别这样，我不是害怕，是我心乱了，你应该给我时间想想，再说，你是闹着玩的吧？我还要开饺子馆呢，你还要回家帮你爸爸创业呢，很多事等着我们做呢，结婚？说结婚就结婚，太夸张了吧。"

快到晚饭时间的时候，小鸥站起来，跟韩耕说想回家，因为最近爷爷有点喘，要回家给爷爷煎药。韩耕没说什么，跟小鸥走出酒店，开车先到建行，说要转账。小鸥听了，有点不好意思，说不用着急，以后再说。韩耕却从钱夹里拿出一张卡说，里面有钱，叫小鸥把她的卡号告诉他，小鸥就拿出建行龙卡递给他。韩耕自己下了车，到路边柜员机转了账，之后送小鸥回家。

看着韩耕的车消失在车流里，王小鸥站在家门口的马路边，还是有种说不出的感觉。进了干休所的大门。回到家，王小鸥一边煎药，一边在心里胡乱地想着韩耕，真是心里乱呀，药汤溢出来都没发觉，傻了一般。直到目前，王小鸥终于算看到了韩耕的性格弱点，那就是富二代通常都有的毛病，任性，草率，想当然，有时候做事很离谱，心不好捉摸，不把钱当回事也算毛病吧，虽然人家同时可以解释为很慷慨，很大方，要是这么说，算优点也行。这么一想，就乱了。又想到今天跟上演滑稽戏一样的求婚，如同开玩笑一般，太不严肃了，难道他真的把婚姻也视同儿戏吗？这真有点叫王小鸥担心。又想到他亲近自己的样子，就忍不住羞涩，可是，此时想来，韩耕那个急火火的样子，也怪叫人心里，唉，说不出的感觉。越想，王小鸥越分神，呆呆地站在窗前，心乱的不能自制。王小鸥从没有这样过。非要跟个人说说心里话才好。妈妈不行的，只能找女友了。很长时间没有见董欣和何丽君了，正好把她俩叫过来，晚上煲猪肝粥，再烙几张葱花小饼吃。

给两人通过了电话，小鸥就赶紧和好面，又下楼到爷爷屋里捞了几个咸鸭蛋上来。跟爷爷说了，等会端猪肝粥下来，吃了粥，再喝药不迟。

没等猪肝粥煲好，就有敲门声传来，王小鸥没想到董欣跟何丽君来得这么快，赶紧过去开门。两个女孩进来就大呼小叫，说王小鸥见色忘义什么的，忘记了女友之类，很长时间没一起吃饭了之类。

小鸥已经知道董欣他们公司最近生意好得不行，赚了不少钱，很替她高兴，看董欣的穿着也很有档次了，穿着羊绒大衣还有牛皮靴，羡慕得何丽君要死，董欣一脱下来，她就穿上了，在镜子面前试来试去。

给爷爷端过去粥之后，三个女孩一起动手烙葱花饼，一边说着女孩自己的话。董欣何丽君自然关心王小鸥跟韩耕的关系发展到什么程度了，一个劲地追问，亲过嘴没有，啥感觉，上过床没有？上过几次，在哪里，韩耕表现如何之类，都是超级瘆人的问题，闹得小鸥脸通红。

两个女孩开了一通过火的玩笑之后，见王小鸥始终也没说出个所以然来。何丽君就忽然有点紧张，脸色有点变，赶紧问小鸥："没事吧？"

小鸥不明白，"能出什么事？"

"没吹吧，富二代哪有准儿呀。"

小鸥笑，摇头，说："还没吹呢。"

两个女孩就做出如释重负的样子说："不容易，不容易，真不容易。"

董欣问小鸥，开饺子馆的事，还有谱吗？是不是认识韩耕了，这个事就不做了呀。小鸥想起从开始想开饺子馆到韩耕想做商业街又到现在自己还是想开饺子馆，似乎已经经历了很多，可是一句话跟她俩说不明白，就先摇头又点头。

何丽君一边却说："说开饺子馆还真开呀，真是受累的命，怎么这么傻呀，他不是富二代吗，家里有钱呀，你还开什么饺子馆，以后就是少奶奶了，就只管花钱了，我跟你说，别干活多了，掉价，知道吗，就天天盘腿坐着，端着个架子，叫他们供着你。"

董欣哈哈笑起来，"你说的那是佛爷，不是人。"

"我的意思，就是叫他们把咱们当佛供着，对吧小鸥，能干也不干，记着，这事我妈早就告诉我了，她就是吃这个亏了，一辈子做牛做马，就应该伺候别人似的，有个能干的人，行了，懒人都是能干的人惯出来的。"

小鸥就告诉她们，自己还是打算开饺子馆。说韩耕也支持。见俩女孩一个劲埋怨韩耕，说他虽然是富二代，一般比较自私，不管不顾别人的，还有对待王小鸥这样的美女竟然还不知道怜香惜玉的话说得太多，王小鸥就憋不住冒出一句说，呀，别说他了，他给了我10万元钱，帮我开饺子馆。

妈呀。两个女孩一下子愣住了。僵住了一般，呆愣了片刻的何丽君哇的一声扑向王小鸥，喊道："哎呀，竟然没发现你是个骗钱高手，说，用的什么办法，肯定用了啥招了，说，是不是？你肯定的，不然怎么能一下子就搞定了这小子！"

董欣虽然没有大呼小叫，但也很觉得韩耕有如此仗义之举很给力，对小鸥说："看来这小子真还不错呀，也许我们真的看对了人啦，小鸥，把握住呀，也许真的是个好男人呀。"

听到董欣由衷地赞扬韩耕也许真是个好男人，小鸥忍不住心里想起白天在酒店发生的一切，特别是他的猝然求婚，就忍不住问两个女友："你们说，我能跟他结婚吗？"

"什么叫你能和他结婚吗，是他能跟你结婚吗，明白吗，赶紧的吧，我要是遇见这样的优质男，我一分钟都不耽误赶紧结婚。"何丽君嚷嚷着。

董欣一旁嘲笑她，得了，记性太差了吧，丢人，你不是先认识的人家吗，不是瞧不起人家是送外卖的吗，这么快就忘了呀。

"我不是已经承认了狗眼看人低呀，我已经接受教训了，现在对身边的穷小伙好着呢，万一谁再是装成青蛙的王子呢，再在我身边溜走一个白马王子我可真是命苦了，对吧，我明白了，不经历人渣怎么能披上婚纱的道理我懂。"

董欣冷笑，"开玩笑都不会开，你跟王小鸥可不一样，王小鸥就不可能跟人渣过招，你可得加小心，就你这三观，早晚跟人渣相遇。"

王小鸥点头，认可董欣对自己的评价，这一刻她觉得董欣非常了解自己。很多成年人看到女孩子过于单纯幼稚就担心会遇人不淑，被欺骗被抛弃，其实，那多数是因为那些女孩子自身存在问题造成。王小鸥自己从小受到良好的家庭教育，在干休所这个大院子里长大，母亲是个善良平和贤惠的女人，身体力行传导给小鸥的也是温良谦逊平等有礼貌的思想意识，不好高骛远，不自以为是，不要坐拥优越感轻视别人，灌输给她的最重要的优良品德，是一个女孩一定要克服庸俗虚荣懒惰，还有不能过于软弱不够坚强自信。虽然王革命跟母亲离婚造成王小鸥心灵上的困扰，但女孩靠自己从阴影走出，更早的成熟了。

董欣对何丽君说："王小鸥能遇到韩耕，不光是她的美貌或者说她幸运，我觉得除了有这两方面的因素之外，更多的是小鸥是一个不仅聪明还拥有智慧的女孩，跟她比，你跟我，就仅仅是小聪明而已，我们还不具备她的观察力判断力总结力概括力，比如你，也是跟小鸥一起认识的韩耕，却因为人家是个送外卖的就百般歧视人家，这没错吧，目光短浅你承认吧，还有呢，即使韩耕真是个送外卖的，那也不可能永远是送外卖的对吧，这一点，你的洞察力更差，说来说去还是你的智力不行，还有呢，人家小鸥为什么遇到韩耕之后就叫小伙子喜欢上爱上？就是小伙子一眼就看出小鸥是什么品行的女孩，知道什么是女孩最重要的，如同王小鸥不可能跟渣男相遇一样，人家韩耕也不可能跟各类渣女将就，这一点，是他们俩能相遇相识相爱的基础。"

何丽君听了，心里是认同的，但嘴上不情愿叫董欣占上风，故意矫情，"你说了这么半天，除了夸就是夸，无非就是好男孩一定会爱上好女孩的故事呗，这也没啥奇怪的，人家俩你说了这么半天，其实都是啰唆，你看看这俩人站一起，明摆的郎才女貌，还有呀，还用问呀，也是韩耕正好就喜欢小鸥这种类型，也许，别的类型的优质男正好不喜欢王小鸥呢，也没准。"

董欣了解何丽君说话的方式，也知道她话里的意思，"是，对对，优质男类型多着呢，也许有正好喜欢你这个类型的，可惜，你先给我说说你的优质体现在什么地方？妈呀，但愿未来有个所谓的优质男能挖掘出你的优质来。说到人家韩耕，其实见到王小鸥的时候，王小鸥也不过就是一个公司的白领打工妹，可是韩耕就觉得小鸥好，他见到了看明白了，就义无反顾地追求，这一点特棒，一点儿不磨磨叽叽装模作样，真实坦白，这一点我也喜欢，挺赞赏。哎，分析了半晌人家的感情事，有咱们啥事？咱们自己还是空白，期待着咱的白马王子也早日出现吧。"董欣说完，看着小鸥，站起来，郑重地说："我现在就期待一件事情，那就是等你俩早日宣布好消息，别忘了，我可是婚庆公司的司仪呀。"

30

小鸥妈妈最近心里不很痛快，因为郑然女儿郑亮要出国的事情，跟老郑闹了别扭。那之后，虽然表面上，平淡的生活一切照旧，可是，曾经一心一意跟老郑安度晚年的小鸥妈妈，心里却生出惆怅来。这种事没法跟别人说的，越看到老郑为了他自己女儿的大事小情琢磨，小鸥妈妈就越是心理不平衡，心里就感觉有块石头压着，这个沉甸甸的压力自然是来自自己的女儿小鸥的未来。

看到人家老郑那么全力以赴为了自己女儿的前程，恨不得把自己买棺材钱都掏出来的劲头，小鸥妈妈心里滋生出酸劲来。将心比心，她越发觉得自己有点傻，越想，越觉得自己傻，怎么这么傻？为了什么呀，一点儿不留二心地跟了老郑，却原来，人家心里只有一个位置，就是人家自己的女儿，那自己算什么呀，这么全心全意地伺候，简直连老妈子都不如，当个保姆，还能赚点钱呢。又想到前夫王革命，更是气不打一处来，简直也是一个二货，就知道围着狐狸精团团转，脑袋进水了一般，自己女儿的事情，一点儿都不惦记，说是给了几万块钱，算是支持女儿创业了，好像他自己就有了交代了，那算什么呀，3万块钱呀，就觉得心安理得了，跟人家老郑比，零头都不够。返回来又想到自己那会儿担心人家生气，还小心翼翼哆哆嗦嗦地就给了女儿那么点钱，此时想来，自己都觉得亏心。

想着小鸥，就惦记起来，不知道她跟那个富二代的关系怎么样了，算正式处朋友吗，好像小鸥自己都说不清，联想起社会上对富二代的不好说法，小鸥妈妈就又有了担心。给小鸥打过电话去，想问问小鸥怎么样了，小鸥那边乱哄哄的，好像在工地上一样，再问，说是在装修呢，还是在开发区，不过不在原来设想的优木广场那里，而是在欧陆园这边，距离S市学院还有一个什么学校不远找了一个地方，正在装修，说过一个月就能把饺子馆开起来。

小鸥妈妈说："我过去看看吧，今天闲着没事。"小鸥说："别来了，乱哄哄的，看不出来啥，等装修好了再来看。"妈妈放下电话，却不死心，就想，不跟她商量了，就去看看怕啥，坐车去，自己又不是不认识路，32路公交车，到欧陆园找找看吧。

下了公交车，小鸥妈妈站在路边，不知道朝哪个方向走，试探着在四个路口转了转，老远看到一长溜饭店，心里琢磨着，是不是在这里呀，就扬着脖子一边找一边沿着马路走过去。先是看到了小鸥提到的老韩家家常菜馆，果然有点气派，比周围的馆子都醒目，停车场也很大，看样子做得有些规模了，再一抬眼，就看到一个不大的门脸，好像在装修，这个门脸紧挨着老韩家，好像以前是专门卖烟酒的门脸。小鸥妈妈拿出手机，拨通了小鸥的电话，不等那边回话呢，忽然就看到小鸥从里面猫着腰从脚手架底下钻出来。小鸥浑身落满了灰尘，脸上也是灰蒙蒙的，看到妈妈，张了一下嘴，听到包里的手机响，妈妈赶紧说："是我打的。"

小鸥拉着妈妈退到对面的马路上，对妈妈说："怎么还是来了，不放心呀，都挺好的。"没等说完话，就又有电话打来，是做橱柜的厂家，定好时间说下午来量橱柜。妈妈看到小鸥忙碌的样子，心里又是心疼又是欣慰，不管怎么说，女儿在做正事，虽然会很辛苦，但是，总要有个谋生的路子呀。可是，看着看着，妈妈心里又嘀咕起来，小鸥不是说，那个富二代的小子要帮助投资吗，还有什么他父母也要帮忙投资什么的，看这个架势，这么小的门脸，不对劲吧，不像是有大投入的架势呀，看看旁边的老韩家家常菜馆倒是很有气派，这肯定就是那个富二代开的饭馆了，到底怎么回事呀。想问问小鸥，看女儿那个样子，又不忍心把心里话说出来。

正这个时候，韩耕从老韩家家常菜馆里出来，一眼就看到了路边的小鸥母女。他好像犹豫了一下，但马上就加快了脚步，朝她们走过来。小鸥也看到了韩耕，扭脸对妈妈说："这就是韩耕，妈妈，就是他。"

韩耕老远就喊了一声阿姨，接着人已经站在了小鸥妈妈面前。小鸥妈妈有点猝不及防，没想到这小子忽然就冒出来，一边嘴上答应着，一边打量着眼前这个传说中的人物。韩耕穿着一件皮夹克，戴着一顶蓝线帽子，笑嘻嘻的，两只眼睛亮晶晶的，很顽皮的神情，小鸥妈妈一下就喜欢了，笑着说："你就是韩耕吧。"

小鸥妈妈一点儿没在韩耕身上看到所谓纨绔子弟的做派，却觉得这个孩子很朴实，韩耕这小子也没有扎耳朵眼，也没戴大金链子，真是不赖，简直很少能找到这么看上去既懂事又有礼貌，还能独立做事，不依赖父母的男孩子，比林旭强多了。

韩耕热情地跟小鸥妈妈说："正好到中午了，已经到门口了，就到老韩家家常菜馆吃顿饭吧。"然后看着小鸥。

小鸥就俯身在妈妈耳边嘀咕了一句什么，妈妈笑了。三个人就一起朝老韩家家常菜走去。

这顿饭，是小鸥点的，她知道妈妈喜欢吃豆腐，特意点了老韩家的家常豆腐给妈妈品尝，韩耕给娘俩上了老鸭菌汤还有自家灌的麻辣肠，几个家常菜，小鸥妈妈每个菜都喜欢，一边吃一边夸韩耕能干。等夸得差不多了，妈妈忽然问小鸥，饺子馆怎么不弄大点呀，比这个老韩家家常菜小多了。

小鸥没想到妈妈这么问，有点讪讪，不好当着韩耕的面说投资有限的话，就没有正面回答妈妈，只是说，先做小点，看看经营情况再说。妈妈却没明白小鸥这么说的意图，反而扭脸问韩耕，不是说你家里要投资呀。

韩耕就也有点尴尬，不知道怎么回答合适，小鸥就推了一下妈妈，说："别乱问了，投资不是小事情，要慎重的，这个小饺子馆韩耕也投资了，算我俩做的，你就放心吧，韩耕有经验，一定能做好。"

妈妈似乎想问怎么个投资，也终于决定不直接问了，就顺着小鸥的话说："对对，韩耕你做这个饭店做得这么好，帮一下小鸥吧，算阿姨我拜托你啦。"

韩耕有点挂不住小鸥妈妈的客气，赶紧站起来，对小鸥妈妈说："这就是我的事，阿姨，今天见到您，事先也没想到，还说哪天专门上门拜见您呢，今天您也看到我了，我对小鸥是诚心诚意的，说不上帮她，是一码事了，以后就别客气，我会一心一意地对待小鸥的，您就放心吧。"

之后，韩耕开车送小鸥和小鸥妈妈回家，一路上，小鸥妈妈端详着韩耕的背影，心里高兴，心情很愉快。回到槐中路干休所的家里，妈妈一进屋，就开始夸赞韩耕，说他一点儿都不富二代，这么踏实的孩子，真不错。

听到妈妈夸个没完，小鸥一激动，就说走了嘴，小鸥说："妈妈他跟我说，说，闪婚啥的。"

"啥叫闪婚呀。"妈妈没听懂。

"哎呀，就是闪电般地结婚，就是迅速结婚，听明白没，就是说结婚就结婚的意思，明白没有？"小鸥自己解释得也语无伦次的。

"他跟你求婚了呀？"妈妈惊讶地问："这么重要的事情，你也没说，他刚才也没讲，怎么回事呀？"

没什么事，就那么一说的。小鸥看妈妈口气严肃起来，有点后悔自己说多了，可是收不回来了。妈妈接着说："怎么回事呀，这么大的事情，也不跟我们商量，这跟开饺子馆还不一样呢，这是终身大事呀，不能开玩笑，明白吗，不是过家家呀。这个韩耕，这就不对了，怎么能这么不正经呀，嘻嘻哈哈的，就能把我女儿娶回家去咋的？"

"人家也没这么说呀，看你着急的，说着玩的。"小鸥赶紧淡化这个话题，生怕妈妈越想越严重。

可是妈妈揪住这个话题了，问小鸥："他家里怎么个想法？"

小鸥说："没想法。"

小鸥妈妈就不停地问："不对吧，这么大的事情，他们家会不管不问？"

小鸥有点心烦，说："你看看你，给个棒槌就当针，没完没了，我自己根本没想这事，开饺子馆还八字没一撇呢，哪有工夫想这个事呀。"

妈妈就想起刚才在饭桌前没好意思问的韩耕投资的事，就问小鸥："他说他投资了，算你们俩的，他给了多少钱？"

小鸥只好如实说了。

"10万？真的呀？"妈妈惊呆了，半晌，才吐出一口气，感叹着，"真是富人家孩子呀，说拿出钱来，就这么大个数，真有钱呀，不眨巴眼，我服了。"

妈妈忽然攥住小鸥的手，急切地对小鸥说："我糊涂了，还开什么饺子馆呀，赶紧跟他结婚吧，多有钱呀，我还计较人家不正经八百求婚，真是老古董，给你10万块钱呢，还说什么呀，这10万块钱说拿出来就拿出来，真就是人家的实力，这要是真结婚，我看了，人家也不会小气的，赶紧的小鸥，别错过了，听妈妈的没错。"

妈妈一会儿一变的态度，叫小鸥脑子乱糟糟的，啥也别说了，就是一说这10万块，把妈妈弄蒙了。想起之前跟董欣何丽君提到韩耕给投资10万块的时候，她俩的反应，小鸥也体会到，仿佛自己并没别人那么反应强烈似的，还有一说韩耕说闪婚，他们的不同反应，小鸥真觉得，好像自己也理不出头绪来了。

下午，跟着妈妈去了姥姥家。妈妈一进屋，就赶紧跟舅舅、舅妈说了小鸥的事情，因为自己对韩耕的好感，似乎话里就情不自禁夸大了韩耕的优点。舅舅、舅妈听了，也说，小鸥真有福气，遇到这么好的男孩子，赶紧叫到家里来，叫我们看看，参谋参谋。舅妈还有点紧张，一个劲说，要抓牢，别松手，这么好的男孩子盯着的人家肯定少不了，逗趣说小鸥一定要用点手段，把他拿下什么的。

大伙一嚷嚷，叫小鸥都紧张起来，好像笼住韩耕要下把力气似的，并且不是一个简单的事，叫他们玄乎的。可是，自己从没有这么想过。那天在酒店，韩耕想做那事，自己还坚决拒绝了，又想起何丽君认定自己跟韩耕那个了的口气，此时想来，小鸥迷惑开了，拒绝那个事情，难道是自己错了吗。

又听到妈妈跟舅妈说，开饺子馆，韩耕给了10万块钱的话，心里有点埋怨妈妈，怎么什么话都说呀。可是舅妈却咋呼开了，才10万块呀，他们家那么大的底子，这不算个啥，大姐你当事了，花着玩吧，一副毫不在意的口气。

妈妈见了，不知道怎么接话，很意外舅妈的口气，不当回事似的，就问："怎么啦，10万块钱不是个钱呀，少呀？"

"对于他家肯定不是个钱呀，大姐你不要紧张，这10万块钱，仅仅就是个态度，还是看以后，咱们家也不至于10万块钱就被砸晕乎了吧，对吧。"

小鸥妈妈听了，诺诺地点头称是。

小鸥妈妈的本意是想炫耀一下韩耕对小鸥出手大方，没想到舅妈对10万元钱一点儿不以为然，妈妈就有点不甘心，索性就说："人家已经跟小鸥提出来要结婚了呀。"小鸥一听，赶紧推了妈妈一下，可是没有制止住。舅妈听清楚了，这下有点惊异，问小鸥："真的呀，不是说认识没多久呢嘛，就跟你求婚了呀，真够现代的呀。对方父母是什么态度呀，准备怎么张罗婚事呀？他们家那么有钱，可不能办小气了。办小气了，咱们家还不干呢。"说着说着，舅妈就跟真的一样，问对方家里怎么准备的，房子呀，车呀，彩礼呀之类的，堵着小鸥追问，小鸥又说不上来，很尴尬。

从姥姥家里出来，小鸥就怪了妈妈一句，"跟舅妈说那个干嘛呀，没有谱的事情呢，叫人家当真了，乱问一气，咋说呀。"

妈妈见小鸥有些不高兴，就赶忙辩解说："我也就是那么一说的，没想到你舅妈对结婚的事这么感兴趣，说明人家关心你呀，别多想了，都是一家人，没事。"

小鸥没说话。妈妈就问："不是说韩耕父母要给你们投资做事吗，我看你自己开这个小饺子馆，虽然韩耕自己给投了钱，还是说明他们家不参与了，是这个意思吗？他们家怎么考虑的，不准备管你们做事了呀。"

小鸥只好如实说了韩耕家里要转型上项目的事，说他家里资金吃紧，他父母不打算给他俩投资了。

妈妈听了默然，也不知道说点什么好。过了会儿，叹气说："有钱人家的人也是有数的，也不能没个边，再说，人家父母是做大事情的，应该人家都有安排，既然韩耕自己掏了10万元钱，也算这个孩子自己的诚意在，你就好好做这个饺子馆，做好了，赚钱了，怎么都好说，不然，还可能成了话柄，人家父母更不支持你们做事情了。我这边以后一没事，我就过来，帮你干点活，别的不会，包饺子没问题的。"

小鸥挺爱听这话，搂着妈妈，亲昵地说："行呀，假如你来干活呢，不能叫你白干，我会给你发工资的。"妈妈说："一言为定？"

小鸥说："当然，按照日工资算，我说话算数哦。"

装修这一个多月的时间，小鸥除了在饺子馆工地忙乎，还要亲自去跑工商税务手续，韩耕说他去管这个事，小鸥说自己去吧，多跑几趟也没事。地面墙房顶都装修好以后，隔断也打好了，橱柜也组装好了。工商执照也跑下来了，小鸥把一切手续都办妥了，饺子馆也已经按了自己的心思，起名字叫作"青春饭一号院"，牌匾做得很雅致。

韩耕取笑说，不像是吃饺子的地方，倒像是喝茶下棋的地方，这给小鸥提醒了，里头的墙上也弄雅致些，挂点字画，雅致很好呀，虽然只是吃饺子，也更要心情好呀。

可是韩耕提醒得对，不能再拖了，赶紧开业，或者试营业吧，眼看周围几所大学要放寒假了，这就是个商机，等考完试大学生们要放松要回家他们要聚会的，"青春饭一号院"开业的时候搞点酬宾，他们肯定会被吸引过来的。不用担心眼下不好招工，因为寒假过后就要过年了，所以就先把老韩家家常菜的服务员拨过来几个用就好了。

"青春饭一号院"开业那天，还很热闹，老韩家家常菜算友情支持，每桌送一份他们家的著名懒豆腐，小鸥自己也安排了每桌凉菜白送的酬宾项目，另外小鸥还特意安排了送外卖的，那天饺子馆聚拢了不少顾客，很多还是老韩家家常菜的老客人。韩耕和小鸥欣慰地看着饭馆热闹的情景，韩耕故意对小鸥说："我等于自挖墙脚呢，完了，这里火了，我们老韩家的人都贴过来了，你说，我算吃亏了不？"

小鸥嗔怪地对韩耕说："你不是这里的老板呀？"

韩耕笑："算呀，不过，这会儿老板也随时听老板娘的吆喝，谁叫老板娘在这里主事呀。"

小鸥在吧台桌子下面轻轻踢了韩耕一脚，两个人相视而笑。

31

因为临近过年，考虑周围学校即将放假，学生顾客会减少，王小鸥做好了心理准备，一旦饭馆进入淡季，就做周围中小商家和写字楼的外卖生意。找了两个大学生送出去大约2000张外卖广告传单。真奏效，已经有很多电话打进来，而且是优木广场写字楼的居多。这说明，从前在优木那里开饺子馆的打算是正确的选择。还有，意料之外的事情，本来以为，大学生放假了，学生顾客少了，却正好相反，因为放假了，很多学生留在学校的，因为食堂伙食不比平常，索性经常做了青春饭的常客。王小鸥暗中感慨，这些上学的孩子，已经跟自己那个时候不一样了，也许是人家的经济条件好些，或者什么缘故吧，总之跟自己上学的时候不一样，他们似乎并不在乎多花几个钱吃饭，记得自己上学的时候，绝对无可能经常在外面饭馆吃饺子的。又一想，自己狭隘了，当然不一样，自己家在市里，说吃啥都不是难事呀，可是，人家的家几百公里以外呢，吃了饺子当然香呀。

董欣和何丽君已经来过饺子馆好几次了，但就见到韩耕一次。因为韩耕此时很多时间回欣康帮助家里做事。看到王小鸥那么辛苦，里里外外的，基本没有闲时候，说话的时间，手里还干着活，不是包饺子，就是弄小菜的。那天恰好看到一群学生来吃饭，青春饭里面热闹的不行。何丽君就感慨，真成了做饭的厨娘了，以前是在家做饭，现在可好，成了食堂的王厨娘了。起初，两个女孩还仅仅是看热闹，后来，就有点不好意思去打扰，因为每次去，都看到王小鸥忙得不亦乐乎，就有点不忍心在那里闲待着，可是看看周围左右，也帮不上什么忙。董欣问小鸥："这么辛苦，生意看着也不错，赚钱情况咋样？"

小鸥就抿着嘴笑，拿手比画，说："一天的流水平均达到了6000元，甚至有时候到一万以上了。"何丽君不会算账，问董欣："那一个月下来，能赚多少钱呀。"董欣说："还不得小几万呀。"何丽君咋舌，"这么小的饺子馆也能发财呀，要知道真是这么好干，我也干这个得了。"董欣说："你特没劲，早干嘛去了，你干吧，肯定不行。"

何丽君问："为什么呀。"

董欣说："你没有王小鸥的命好。"

何丽君回问："就因为韩耕吗？"

董欣说："因为你自己，跟别人没关系。"

韩耕因为已经参与了家族企业，经常抽不出时间照顾老韩家家常菜，看到王小鸥把青春饭经营的井井有条，很放心地把老韩家家常菜的经营也交给了王小鸥。小鸥妈妈过了年就正式退休，可以过来打理青春饭的生意，因为有事情做，小鸥妈妈很高兴，天天很早就坐车到开发区来。

小鸥有些担心妈妈照顾不好郑叔叔，还提醒妈妈，可是妈妈很爽快地说，郑叔叔很理解自己即将退休想在外面接着做事的心情，再说，一是帮女儿忙，再者女儿还给发工资，何乐而不为呀。还说，郑叔叔自从送走女儿，好像现在通情达理了很多，以前不怎么愿意管妈妈这边的事，老说报社多忙，那天妈妈跟他说了女儿有心思跟优木合作做生意的话，他很当回事，已经跟优木老总通过话了，说哪天带着小鸥去见见优木的老总呢。

其实小鸥叫妈妈来做事有自己的小安排。自己出来忙乎生意，她还是有点惦记家里爷爷的生活。叫妈妈来，就是可以中午还有晚上做好饭以后，可以叫老韩家家常菜的司机拉上妈妈给爷爷送饭去，妈妈也愿意，每天形成规律了，到点就准备好饭菜，喊司机一起走一趟。爷爷更是通情达理，老是说，不用管他晚饭，中午饭剩下的，他自己热热就行了。

腊月里快过年的时候，韩耕在老韩家家常饭馆，备妥了大宴，把王小鸥的爸爸王革命还有妈妈请来了，自己的父母也到了，双方家长一起吃了一个见面饭。

王革命可能是背着乔慧敏出来聚会的。小鸥为难过，曾经想把郑叔叔，乔阿姨都叫来，实在觉得这家里的复杂关系，外人见了会很惊诧，所以就算了，以后再说。

郑叔叔真把小鸥想跟优木联络的事情当回事了，几次跟优木老总电话联系，人家有时候说，在山东呢，或者在海南呢，后来又说在俄罗斯呢，说或许春节期间，可能从外地回S市会会亲朋短暂休憩几天。郑叔叔就赶紧跟小鸥妈妈说，万一人家优木老总真回S市了，叫小鸥准备准备材料，别到时候人家真打算见咱们了，咱们啥都说不出来。

小鸥妈妈赶紧跟小鸥说了。这一说，王小鸥才意识到，自己其实没得可说。说什么呀，什么也说不出来呀。就跟韩耕说了，郑叔叔帮忙联络优木的事情，说完，试探地问："你说，万一人家见咱们了，咱们跟人家说什么呀。"

韩耕却并不惊慌，说："没事，我们俩赶紧做一个可行性方案出来，还是那个老想法，做个偏门的商业街，等你叔叔真联系成了，咱们俩就跟着叔叔去优木，人家老大估计也没空跟咱们俩唠嗑，咱们俩就拣重要的话一说，人家要是没时间听咱俩捣鼓，咱们就把资料给人家留下。"

小鸥听了，没反应。韩耕就问："咋啦，不认可呀。"

小鸥说："你的打算比我的好些，可是还是听着跟人家的需求差得很远是吧，人家要是不搭理不就完了？"

"完了就完了，总要在有机会的时候，试一下呀，对吧？"韩耕坚持着。

于是，两个人开始，一有空闲就到书店翻阅或者上网搜寻有关商业街的资料，韩耕又找了在网上做效果图很好的一个朋友帮忙，终于做了一个大伙都很满意的商业街意向方案出来。

那天小鸥第一次带着韩耕去了裕华路长荣小区，见了郑叔叔，把他们俩精心准备的意向书给了郑叔叔，郑叔叔翻阅了一遍，嘬了一下牙，说："我是外行呀，说不好，不过看来你们是很认真很精心地准备这个东西，态度很端正，我很认可，年轻人，要有这样的精神，做事，要专注，不能水葫芦似的，飘来飘去没个准，我支持你们，肯定帮忙。"说完这个，郑叔叔稍微停顿了一下，还是说了："不过，我先要打击你们一下，事情没成之前，可能有两种可能性，一种是成功，一种就是不成功对吧，我心里很吃不准，从电话联系的情况看，优木跟你们合作的可能性不大。"

"为什么呢？"小鸥着急地问。

郑叔叔回答："我感觉他们的工作重心就不是干这个，已经转向外省市的房地产甚至国外的项目投资了，感觉他们不怎么在意你们这类项目了，再说，优木二期都交工了，该赚钱的地方已经拿到钱走人了，谁还会把精力放在一个已经没有什么油水的地盘呀，这不是商人或者投资人的做法呀。"对呀。韩耕接上郑叔叔的话说："正是这个因素，我们才敢往这个方向来想，要是人家自己全盘关注的，我们想也没意思，正是人家丢掉的你的鸡肋，我们才拾起来啃呢。"

郑叔叔听了韩耕的话，看着韩耕，说："你说的没错，可是你的实力在哪，优势在哪？对吧，人家当然愿意啃鸡肋，然后人家不费力气还能吃点拆骨肉或者喝点鸡汤，都合算。"说着话，郑叔叔又拿起桌上的方案，在手里掂了几下，摇头说："我担心，光凭着这个，人家不会被你们打动。"

"叔叔你就是说，人家嫌弃我们人微言轻是吧？"

郑叔叔看了韩耕一眼，又看小鸥一眼，不避讳地点了一下头，说："我不否定，人家是什么人呀，大企业家呀，能见咱们一次，就给面子了，都等于耽误人家时间了，明白了吗？"

离开长荣小区，韩耕和小鸥回到开发区欧陆园青春饭那里，两个人因为郑叔叔的话一筹莫展，不知道怎么办。没一会儿，韩耕就接到欣康电话，问他那里的什么事情。看到韩耕紧张焦虑的神情，小鸥站起来，催促他回家去。说，这个事情先放一下吧，不要着急，会想出办法来的。

没想到第二天下午，正在青春饭饺子馆干活的小鸥忽然接到郑叔叔的电话，叫她赶快出来，说优木老总在北京有个商业合作洽谈，之后他要回S市到省政府办点事然后就带着客商从S市机场离开，说没多少时间，叫赶快到报社找他一起去太行国宾馆见人家。这个时候，再等韩耕从G县出来已经没时间了，小鸥就忽然决定，自己带些资料跟着郑叔叔过去。

小鸥打上出租车，半个小时后到了报社，接上了门口等候的郑叔叔，赶紧奔向桥西。路上，郑叔叔由衷地感慨着优木老总这十几年的成就，叙说起当年他们年轻的时候，在一起还是报社同事的时候的一些逸闻趣事。一个劲叮嘱小鸥，见到人家不要紧张，落落大方，把自己的想法说清楚，没事的，在人家眼里，你就是个小孩子，不要怕出丑，人家问什么你就说什么，就好了。

等两个人到了太行国宾馆外面，郑叔叔一边跟楼上的优木老总通电话，一边用手势示意小鸥跟上他。放下电话，郑叔叔有些欢喜地扭脸跟小鸥说："真没白来，正好他自己一个人在屋里，赶快，一会儿不定谁又来了，咱们的话就说不全了。"

郑叔叔敲了门，王小鸥紧张地注视着门里的动静。门开了，一个中等身量戴着一副眼镜头发很浓密的中年男子在门里出现了。那个人见到郑叔叔，伸出手来，亲热地喊了一声郑然，小鸥听见郑叔叔也喊了对方的名字，就赶紧跟着叫了一声沈叔叔。听到小鸥的声音，郑然赶紧回身把小鸥介绍给优木沈总，说："这就是我女儿，就是她想做个事，想跟你见面说说。"

优木沈老总亲切地看着小鸥，笑着说："呀，你女儿呀，真是年轻又漂亮呀，郑然，好福气呀。"说着话，拉着郑然坐下。小鸥赶紧上前，给两个长辈把水倒好，然后在一旁坐下，等着他俩寒暄过后对自己提问。

郑叔叔自然知道人家的时光宝贵，说了一会儿问候话，就把话题转向了小鸥，并且示意小鸥把事情跟沈叔叔说一说。小鸥看到了郑叔叔的示意，也看到沈叔叔把目光转向了自己，就赶紧把自己的商业街意向方案递给优木沈老总，一边开始简短扼要地介绍意向书上的东西，一边心里谨慎地等待回答优木沈老总的问题。

起初，优木沈老总看到小鸥递给他的意向书，脸上没有任何表情，这更叫说话掂量字眼的小鸥紧张，担心人家是不是一点看不上这个什么意向书，等自己说完了，更是忐忑，暗自想，完了，做的功课太不够了，大概人家一听，什么都不是，丢脸了吧。

谁知道，忽然沈叔叔笑起来，看着手里的意向书，问小鸥："这个方案是你写的吗？"小鸥赶紧解释，"不全是，还有合作者。"

"咦，还有合作者吗？"沈叔叔似乎很感兴致，"你们考虑这个项目很久了吗？"

小鸥如实回答："是的，一直想做。"

"我看可以。"沈叔叔非常肯定的口气，一边点头，一边拿出手机，按出一个电话，念给小鸥听，说："这个人你记住，他负责这块业务，我之后会跟他说这件事，你们之后就找他吧，具体怎么合作，你们商榷，好吧？我支持年轻人创业，很好，有闯劲，有勇气，敢创新，我刚才大致看了你们的方案，虽然没有看全，但总体感觉很新颖，别具一格，有意思，我估计你们的问题就是，没什么钱吧，没问题，钱我多承担，事情你们多干，然后利益共享，你看我的回答怎么样，满意不满意？"

王小鸥激动的都快哭了，碍着郑叔叔在一边，才没好意思赶快给韩耕打电话。

优木老大发话就是厉害。没等小鸥想好跟人家联系怎么说话呢，大概第二天吧，就有优木一位孙姓的副总跟小鸥联系，说老总打电话过来，叫他们跟小鸥联络商榷做优木广场商业街的开发事宜。人家孙总说话的口气特客气，一点儿不把小鸥他们当小孩。当然，人家还不认识小鸥，不知道小鸥是什么样子呢。

那天回来，小鸥迅速把好消息告诉了韩耕，韩耕也没预想到这突然的形势变化，听小鸥说，突然见了优木老总，事情有了进展，自然也是很高兴。尤其听小鸥说，优木老总承诺可以他们多掏钱的话，更是感觉很意外。一个劲问，有这么好的事情嘛，我抓一下大腿，疼呀，真的呀，王小鸥，不会吧，有这么便宜的事吗？馅饼砸咱们头上了呀。

因为约定跟优木孙总首次见面在正月初八上班以后，兴奋的韩耕和小鸥一个春节都没有休息，天天在商议怎么跟人家谈判，一会儿一起挤在桌前做方案，一会儿一起互相扮演谈判的双方，代表各自的利益，争得面红耳赤，如此这般，方案却做得越来越周密翔实严谨，两人关于商业街运作规划的可操作性也越来越完善成熟合理。

转眼间，春节过去了，两人却都瘦了一大圈，可是经过反复推敲的商业街的文字方案却摞了将近半人高。这期间，老韩家家常菜还有青春饭两个饭店都经营得红红火火，小鸥一点没耽误这里的经营，从早到晚，没有一天半夜十二点前能上床休息，每天睡觉的时间几乎不到6个小时。

32

大概是初六那天晚上，韩耕兴冲冲跑到青春饭找王小鸥。还喝了酒，拉着小鸥到一个没人的地方，满脸憋不住的兴奋，还带着点神秘兮兮的怪样子对她说："小鸥，咱的命怎么这么好呀。"说完也不问小鸥是否明白，就自顾自手舞足蹈，连声说："娶对老婆是多重要的事呀，我必须问自己怎么这么有福气，全是因为福娃王小鸥带来的福气。"

把王小鸥闹愣了，知道他在家里喝酒，不知道怎么这么晚了还来这边，肯定是有啥好事，就赶紧问他咋回事。"我爸高兴了呀，答应给咱们投资了呀。""真的吗，家里的钱不是有别的用途吗，怎么会给咱们了呀？再说，你爸爸不是不太支持咱们吗？"小鸥既惊奇又惊喜。韩耕掩饰不住兴奋，"要不咋说咱们命好呢，我今天在酒桌上，借着酒劲跟我爸爸说了你跟优木老总见面的事情，还告诉爸爸人家优木的认可态度，特别是人家很硬气的态度，都说了，优木老总说的他们花钱咱们干事的话，多大气，刺激我爸爸了，我爸爸绝对没想到，我这么一说，老头子啥水平啥人生经验，顿时脑袋开窍了，然后，他不含糊马上就夸你呢，说你一个女孩子，勇敢，坚持，有魄力，关键时刻敢于上前什么的，夸了你不少好话，我妈也顺便帮忙，说你修养好，善良，一看就是替人着想的好女孩，叫我爸爸拿出点行动来，表示对我们的支持。"韩耕看着小鸥，自己挺兴奋，看王小鸥虽然很认真地听，但似乎表情没什么太大的变化，就上前搂她的胳膊，问她为什么没怎么激动："怎么啦，装淡定，表情咋还不激动呀？"

小鸥憋不住，一下子笑开了，"我等着你后面的话呢，快点说。"

韩耕哈哈笑起来，拍了一下小鸥的肩膀，"对对，你关心的是投资对吧，我爸爸已经当即表态了，他就一个态度，也掏钱，既然优木有态度了，他欣康更该有态度，说，我家的健康项目已经跟政府达成协议了，还说呢，因为未来地铁抵达G县的优势，我们原来的产业园还要扩展，要在S市东城，再沿着滹沱河造一大片花海，这事是政府十三五规划的重大民生项目，所以政府会出面沟通，银行方面也会大力支持的，钱肯定不是问题了。"

王小鸥都听明白了，高兴得蹦起来，真是眼前一片金光灿烂呀，她眼里闪着欣喜的光芒，情不自禁对韩耕说："真要感谢你爸爸妈妈呀。"韩耕却一个劲说："他爸爸妈妈对小鸥人品和能力的认可也是对自己最大的肯定，听他们夸小鸥比直接夸自己还美。"

真叫高兴呀。回到家，小鸥抑制不住兴奋，赶紧打电话把好消息告诉了妈妈和郑叔叔，叫他们也放心和高兴一下子。跟妈妈说的时候，一旁的郑叔叔接过去电话，对小鸥表态说："小鸥，郑叔叔在这里给你道歉，以前咱们走动少，沟通少，不太了解，通过找优木老总这个事，我发现你是个通情达理，善解人意，非常聪慧机灵的孩子，你也知道了，前几天因为郑亮出国，我跟你妈妈有了点小矛盾，现在没事了，已经和解了，我投降了，我连人带钱都交给你妈妈管理了，你可得把我当自己人，好吗？需要我什么我一定帮忙，没外话，我相信你一定能成功，我支持你！"

王小鸥一边接电话一边哈哈笑，仿佛从电话里已经感受到妈妈跟郑叔叔那边和谐欢乐的气氛，妈妈幸福就好了，小鸥满脸笑意地想着。又想到爸爸，赶紧也告诉爸爸吧。

爸爸王革命正在医院加班，听那边静悄悄的，小鸥赶紧把兴奋压抑下来，尽量平心静气地告诉爸爸说，事业要有大发展了。

王革命没明白问："青春饭一号院要扩大经营呀，不光卖饺子了？"

小鸥笑，说："是呀，我一直记着乔阿姨的西餐还有水果拼盘呢，我得找机会学会，我打算开一家西餐咖啡馆呢。"

王革命听小鸥提到乔慧敏，赶紧告诉她，"还没顾上告诉你，我明天不加班了，你乔阿姨邀请你们俩吃饭，正发愁给你们吃什么，说你们俩都是干餐饮的，不好意思献丑，好了，既然你说到吃西餐，我倒有了主意了，就吃西餐吧，明天晚上，到我这来，叫你乔阿姨弄一桌子西餐给你们尝尝，咋样？"

初七晚上，王小鸥和韩耕买了好多礼品，登了爸爸王革命的家门。一进屋，就看到乔慧敏阿姨竟然把屋子装饰的到处是盛开的鲜花，屋里所有灯都大亮，仿佛是一场辉煌的盛典一样，再看桌上，餐桌上全然是特别丰盛的西式大餐，小鸥看到有培根火腿蔬菜做的比萨饼，有土豆泥，有煎牛排，有辣酱烤鸡翅，蔬菜沙拉，水果沙拉，竟然还准备了意大利番茄面条，汤是罗宋汤，酒是葡萄酒，好家伙，一大桌子，喷香。小鸥高兴坏了，没想到乔慧敏阿姨这一手还真行，赶紧上前拉着干了一天活的乔慧敏，感激地说："谢谢你啦，阿姨，辛苦了呀。"韩耕也不见外，洗了手出来，就奔向厨房要干活。乔阿姨以为他觉得做的菜味道不够需要什么作料，赶紧问他找什么，韩耕说："我也得做道菜比活一下吧，不然王小鸥不干呀。"乔慧敏笑吟吟问："你要做什么菜？"

只见韩耕迅速从自己带来的袋子里大瓶小罐掏出来一堆，朝一脸惊愕的小鸥诡秘地一笑，说："你也不知道，我偷偷准备了一下，打算露一手，瞧好吧。"说完，就忙乎开了，没多长时间，韩耕加的菜，是一道微波炉蒜蓉芝士虾还有每人一份奶油蘑菇汤端上了桌，大伙赶紧品尝，乔慧敏难掩惊喜第一个大声夸赞："太正宗了，这才是西餐呢，我惭愧了呀，真期待你们多到家里来，给阿姨多露几手，叫我也好好学学。"小鸥一点儿没想到韩耕还耍着这个小心思，真是超越眼前美食之上意外的惊喜，爸爸王革命自然更是高兴的没法说，端着酒杯只会呵呵地笑。

因为韩耕爸爸的鼎力支持，使得韩耕王小鸥与优木广场商业街开发项目的合作具有了非同以往的意义，无疑，增加的大笔资金筹码使得项目在利益分配上发生了一些改变。此前，两个人在征求了韩耕父母认可的基础上，修改了谈判方案，两个人充满了信心。虽然做好了充分准备，还有韩耕父母的幕后参谋，他们俩仍然不敢有丝毫松懈，全力以赴，经过大概三个多月的磋商谈判，终于与优木签署了关于合作开发S市经济技术开发区优木广场大型商业街的协议。

等商业街进入全面装修的阶段，已经进入了夏季，虽然连着几天在下雨，王小鸥仍然每天顶着雨来到工地。不来不行的，事情太多了，一上午就接了20多个电话，都是迫在眉睫的事情，没办法，都小鸥扛着吧，韩耕没在跟前，跟着父亲去日本考察了。妈妈给小鸥打电话听出小鸥着凉了，知道她感冒了，一个劲嘱咐晚上回家喝掉她下午给炖好的汤。

可是小鸥哪有下班的点呀，跟施工方以及设计师的沟通，与优木一方的物业管理的交涉，还有同周围单位的利益磋商，与村管委会的协调，还有呢，代表着G县欣康与优木之间股东的磨合碰撞。

也有叫小鸥私下心底里欢喜的事情。按照自己的意愿，"青春饭十八号院"的装修也已经启动了，整个二层楼的装修设计没有全包，是需要小鸥自己经常亲自去选购主材和辅材的，设计也全是韩耕和她两个人自己做的。说来毕竟都是外行，所以，小鸥做的设计图纸不是很细致详尽，具体干起活儿来，关键部位或者细节，她都要在现场跟装修师傅磋商。真是考验王小鸥的抽象思考能力，她先在自己脑海中勾画出这样或那样做的效果，比对出最完美，最具操作性和兼顾经济的方案以后，现场再说给师傅们听，本来自己觉得非常完美的，现场才知道完全难以操作实施。

但是很难得，几经碰撞，创意的火花也越来越耀眼夺目，很多奇妙的灵感总是在这个过程中激发出来，不断有突破又非凡的情境出现，接连出现的意外效果叫王小鸥满心欢喜，赶紧拍下来发给韩耕。

韩耕回来以后，迅速进入角色，开始进入商业街招商阶段。值得一提的是，经过优木老总的斡旋，S市市政府也给予了这样的商业项目以足够的支持，也期待商业街项目带动东开发区周边商业环境的成熟和发展。虽然目前商业街尚未建成，其实长期的市场潜力必将随着城市轻轨的建成日益呈现出来。

于是有具备战略眼光的投资家把目光转向了这里。韩耕考虑到商业街尚是雏形，租金设置非常合理。已经有一些比较成熟的品牌服装考虑进驻，希望占据最好的位置，开始跟韩耕谈判，希望他们自己出资金，做品牌个性装修。韩耕有些应接不暇，考虑到整体商业街休闲文化的品质特征，也谢绝了一些不适合的行业的进驻要求。

小鸥打过电话来，说是跟附近的村委会有点意见冲突，老是拆迁不了村里几幢老房子，村民不舍得拆掉。韩耕只好再次给优木老总去电话，叫他们寻求开发区上级政府的出面协调。一会儿又是小鸥来电话，跟韩耕说，服装小街门脸外墙的装修到底确定是玻璃窗垂地还是设计成统一的文化墙，还有，音乐小街门头灯风格是偏重时尚休闲的，还是古典典雅的，是另类些还是风尚些。韩耕说，创意范畴的事情就别跟我商量了自己做主，你自己觉得赏心悦目就好了。

　　到了国庆节的时候，整体商业街的一些外貌装修已经初具格局，优木方面项目宣传造势全面展开，已经开始与媒体联络进行商业概念炒作，说是在跟电视台商量做一台大型综艺节目，又说要找个明星做代言人。有一天，郑然也给王小鸥打过电话来，异常兴奋，说刚开会回来，要忙不迭传递给她来自官方的消息，说是年轻人王小鸥眼下做的一切，跟本届政府的政策导向完全吻合，就是大众创业、万众创新，还说政府工作报告里总理也反复强调希望激发民族的创业精神和创新基因。总之，王小鸥同学做的一切，跟政府宣传的指导思想非常合拍，说现在凡是大学生创业，草根创业，上级还有很多扶植政策的，包括金融贷款和业务培训等方面他已经找了很多相关文件，看看哪一条能跟王小鸥对口。郑然还介绍说国务院已经下达96条措施推动"双创"，还说国家已经选拔出很多"双创"示范基地，省里市里马上会选拔优秀的青年创业精英去实地考察学习，王小鸥，郑叔叔真心表扬你，你很坚强很独立，是你妈妈的好女儿，我们背后都经常夸赞你呢，你的路子很对，你要加油呀。

　　转眼，圣诞节到了。王小鸥给女友董欣还有何丽君打电话，邀请她们到刚刚装修好的"青春饭十八号院"聚会。

　　在两个女友到来之前，韩耕和小鸥两个人一边忙乎着做西餐，一边一起畅想明年春天，商业街开始运营以后的各项进账收入。

　　韩耕正在按照小鸥的吩咐，自己做新鲜的番茄酱，他把煮好的番茄去皮、去籽，又切成小粒，然后在锅中放入橄榄油烧热，加入蒜末、洋葱片，番茄小粒，炒至软乎乎的样子。之后加入一些水慢火煮了半个小时，捞出来又用粉碎机打碎。这是顺从了王小鸥的强硬要求，说一会儿用在意大利面条还有烤牛排上。

　　人家小鸥说了，说咱们是谁呀，俩地道的厨子呀，请客坚决不允许用超市那过期的沙司凑合，明白人知道了，说不过去呀。韩耕觉得王小鸥自从入了餐饮这行以后，变得越来越矫情，挑肥拣瘦的，以前她不这样呀，不行，想起来了就想跟她说道说道。

韩耕看着小鸥，小鸥正翻动腌制的牛排，一边跟韩耕念叨了一句牛肉最近的价格，还是顾不上搭理他的样子。韩耕只好先表态。

韩耕说："庸俗的王厨娘呀，你不觉得你跟以前不一样了吗？张嘴闭嘴都是钱。"

王小鸥早就熟悉了韩耕的动辄调侃，回话说："咋不一样了呀，在商言商而已了。"

韩耕耸耸肩，表态说虽然自己一直是个商人，其实自己并不喜欢钱，至少现在发现了，不如这位王厨娘爱钱。然后又禁不住开始嘲笑世界上最喜欢赚钱的女人竟然就是自己未来的老婆王小鸥，还嬉皮笑脸地说，真是意外的收获，认识她的时候，绝对没有想到这一点。

王小鸥就狡黠地嘿嘿笑。韩耕问笑什么呀。

王小鸥说："你忽略了一条，你被我的质朴表象迷惑了，其实我质朴表象掩盖的本质就是爱钱，你忘记了呀，我是摩羯座呀。"

韩耕啊的一声，如梦方醒的样子，说："我傻瓜了，据说摩羯座女生此生会为了钱奔命的，你会吗？"

王小鸥一点不犹豫地点头，说："会的，不过没那么吓人吧，就是知道时时刻刻努力就得了。"

韩耕大声嚷道："你知道我是什么星座吗？"

小鸥笑，说："当然知道，你是不爱钱的水瓶座，你早就说过了，对钱超级没有欲望，有钱没钱都一个样，对不对？"

韩耕感慨，接着说："人家都说摩羯座的女生一辈子就知道赚钱，认定有钱和成功是同义词，说她们认定这辈子一定要有钱，她们强烈地想要出人头地，认定这个社会金钱至上，天呀，王厨娘，说的就是你吗，我看你已经露峥嵘了。"

王小鸥看韩耕一惊一乍的样子，故意吓唬他说："你还有不知道的呢，我还是工作狂呢。"

韩耕看着王小鸥，动情地说："我看到你的吃苦耐劳，看到你有主见有头脑，还有脚踏实地，这些算不算工作狂的表现形式呀？"

王小鸥不接韩耕的话，忽然对韩耕说了一句："你还不知道摩羯座女生一件事，我有点不好意思说出口。"

看着小鸥的神秘样子，韩耕忽然呆呆地接了句话："你不是要说摩羯座很旺夫吧？"

王小鸥打了一下韩耕，嗔怪说："你自己就很旺旺，还用我旺呀？"

韩耕索性觍着脸皮，说："我就这个体会不深，想早点深入体会呢。"

王小鸥故意逗韩耕，"想早点体会可以呀，可是一定要先表决心，终生不怕麻烦。还有，做好听我指挥的准备，你可要想好呀。"

韩耕嚷道："还想啥呀，我想的脑袋都想瘪了。我早听说摩羯座的女生天生就是个女王，这可好了，女魔头真来我家了。"

两个人说笑间大餐已备好，两个女友董欣何丽君推门而入，手捧大束鲜花，带来一片笑语欢声。落座准备就餐，四个人高举红酒，真恰是好时机，灵机一动的韩耕从何丽君手里抽出三支玫瑰，突然向王小鸥宣布，"我想当着她们两个人来个浪漫的：王厨娘，你说，你愿意从今以后成为我灶膛前烧火的吗？"

董欣一旁打断韩耕，"又胡乱忽悠，一点儿都不诚恳，钻戒呢？"

王小鸥却已经走到韩耕面前，深情地望着他说："别说灶膛前烧火的啦，包饺子下屉，蒸包子起锅，我都包了，以后光叫你炕上躺着张着嘴等着吃，还不行吗？"

四个年轻人一饮而尽杯中红酒，开怀大笑。

王小鸥感慨地想：的确呀，人生是一个充满无数变数的过程，也许一些时候，我们会感到孤独无助，会遇到挫折困难，这都很正常，没什么了不起，只要我们初衷是怀着爱，结尾就会遇到爱，独立使人成熟，爱情也会让人长大，爱情的过程是两颗心相互吸引交织的过程，更是互相慰藉找寻自我的过程，也许自己和韩耕从遇见到厮守还有一段路要走，但自己已经做了足够的思想准备，未来呀，一切都没问题的，那个隔桌端着酒杯的帅哥，就叫岁月迎候着你和我，来一场旷日持久的考验和修炼吧。